典耀中华

中国文学大奖获奖作家作品集

澜沧江

李达伟 著

主　编　王子君

副主编　沈俊峰

　　　　陈晨

北京时代华文书局

图书在版编目（CIP）数据

澜沧江 / 李达伟著 . -- 北京：北京时代华文书局 , 2025. 7. -- （中国文学大奖获奖作家作品集 / 王子君主编）. -- ISBN 978-7-5699-5896-6

Ⅰ . I267

中国国家版本馆 CIP 数据核字第 2025TQ4380 号

LANCANG JIANG

出 版 人：陈　涛
项目统筹：张彦翔
责任编辑：张彦翔
装帧设计：李　超
责任印制：刘　银

出版发行：北京时代华文书局 http://www.bjsdsj.com.cn
　　　　　北京市东城区安定门外大街 138 号皇城国际大厦 A 座 8 层
　　　　　邮编：100011　电话：010-64263661　64261528
印　　刷：三河市人民印务有限公司
开　　本：710 mm×1000 mm 1/16　　　　成品尺寸：155 mm×220 mm
印　　张：13　　　　　　　　　　　　　字　　数：184 千字
版　　次：2025 年 7 月第 1 版　　　　　印　　次：2025 年 7 月第 1 次印刷
定　　价：69.00 元

出版说明

20世纪八九十年代，茅盾文学奖、鲁迅文学奖、老舍文学奖相继设立，一批批优秀的文学作品通过评奖活动为广大读者所熟知、追捧，在社会上引起强烈的反响，并得以跨越时空流传。这说明，文学的繁荣不仅需要国家政策的大力支持，更需要社会力量的广泛参与。进入21世纪，随着文学创作队伍不断扩容、优秀作品不断涌现、阅读热潮不断兴起，设立的文学奖项也越来越多。虽然多得有令人眼花缭乱之感，但不可否认的是，其中不少奖项已产生了巨大的社会效益，不少优秀作品、优秀作家脱颖而出，这对于中国文学事业的蓬勃发展起到了促进的作用。

2023年春，教育部等八部门印发《全国青少年学生读书行动实施方案》。随后，122家国家语言文字推广基地共同发出"典耀中华"主题读书行动倡议。多家具有文化情怀的出版社和出版机构立即响应，相继推出各种适合青少年阅读的图书。就是在这种背景下，"中国文学大奖获奖作家作品集"书系（以下简称"获奖书系"）应运而生。

获奖书系由北京世图文轩文化发展有限公司（以下简称"世图文轩"）策划、北京时代华文书局有限公司（以下简称"时代书局"）出版。我非常荣幸地受邀担任主编。

世图文轩成立于2010年，系在北京市乃至全国较有影响力的图书发行公司之一，曾获得"重合同守信用企业""诚信经营示范单位"等荣誉称号。长期以来，世图文轩和众多出版社进行合作，获得了合作伙伴的一致好评。而时代书局立足时代，矢志书写时代，为时代的文化产业大改革、大发展、大繁荣做出贡献，是一家有远大梦想、有创新理念、有品牌追求、有精品面市的出版单位。在"典耀中华"主题读书行动倡议中，世图文轩和时代书局决策层敏锐地抓住机遇，迅速策划获奖书系选题，彰显优秀出版人的眼光、魄力与胸怀，以及通过出版优秀作品提高文化市场发展质量的理想。这样两家致力于图书策划、出版的企业，其品牌信誉是毋庸置疑的。

为大众，特别是成长中的青少年读者集中推送一批中国各种散文奖项获奖作家的个人作品集，是一件虽然困难，却功在当代、利在未来的大好事，我能参与其中，深感荣幸，同时一种使命感、责任感以及担当精神也油然而生。

经过反复讨论，我们先选择向茅盾文学奖、鲁迅文学奖、"五个一工程"奖、全国少数民族文学创作骏马奖、中国人口文化奖、冯牧文学奖、冰心散文奖、百花文学奖、丰子恺散文奖、朱自清散文奖、汪曾祺文学奖、中国报人散文奖等12种奖项的获奖作家征集书稿。后因个别奖项参与者少，又做了适当的调整。书系规模暂定为100部。相对于众多的奖项、庞大的获奖者队伍和现今激增的作家人数，100部显然太少，但作为一种对获奖作品的梳理、对获奖作家的检阅的尝试，或许可以管中窥豹，从中观察到我国这几十年来散文创作的大致样貌。我们希望此书系今后可以持续出版，力争将更多的有影响力的奖项与获奖者的优秀作品纳入，形成真正的散文大系。

令人特别感动的是，刚开始组稿时，王宗仁、陈慧瑛、徐剑、韩小蕙、王剑冰、蒋子龙等作者就对书系表现出极大的支持和信任，并在第一时间提供了书稿以示鼓励。随着组稿工作的开展，我们发现，众多作家都表现出对这个书系的浓厚兴趣与高度认可，他们对当代散文创作事业的发展前景有着共同的期待与信心。这对我和我的编委团队无疑是一种巨大的鼓舞。

组稿虽然费了不少周折，但总体上比想象中顺利得多。当然，非常遗憾的是，一部分作者的作品由于版权授出等原因，未能加入这个书系。

书系里，名家荟萃，佳作如林。有的，曾代表过一种新的创作范式；有的，曾开启过一种新的创作方向；有的，对某一题材开掘出更深、更独特的思想；有的，有引领某类题材与风格的新面貌；等等。100 部，就是 100 种人生故事、100 种生活态度、100 种阅历见识、100 种思维视角、100 种创作风格。无论是日常生活、人生成长还是哲理思考，我们都跟着作者们去感受、感悟、感怀——由 100 部书稿组成的书系，构成当代散文创作的一个缩影。

要做好这样一个大工程，具体的、烦琐的编辑事务远远超出了我们的预想。但是，我们没有知难而退。我们困于其中，也乐于其中。

在组稿、编辑过程中，我思考一个问题：我们为什么要读书？

每年的 4 月 23 日，是"世界读书日"。据说，每到这一天，会有 100 多个国家举行读书活动，旨在提醒人们重视阅读。我无法用一大段富有理论价值的话语来论断为什么要阅读，但以我个人的阅读感受，我坚信，只要阅读，就一定会有用——在浩瀚无垠的宇宙里，我们不过是一粒粒微尘，但阅读也许能让一粒粒微尘落在坚实的大地上，变成一粒粒微尘般的种子吧。而且，我认为阅读要趁年少。年少时你读过的书，你背诵过的诗歌、散文、格言、小说章节，随着时间的推移，你可能会淡忘，可能很难再复述出它们的具体内容，但其实它们早已对你的人生产生了潜移默化的影响，你从这些书中汲取到的营养，已经融入你的价值观、世界观和你的生活哲学。因此，我们组织的书稿，必须能成为真正可读的、有营养的、有真善美力量的作品，能真正在人心里沉淀下来。

习近平总书记在文艺工作座谈会上讲话时指出："优秀文艺作品反

3

映着一个国家、一个民族的文化创造能力和水平。吸引、引导、启迪人们必须有好的作品，推动中华文化走出去也必须有好的作品。"我们希望，这个书系能成为读者眼里"有正能量、有感染力，能够温润心灵、启迪心智，传得开、留得下，为人民群众所喜爱"的优秀作品。再过十年、二十年甚至五十年，这套书系依然能够有读者喜欢，有些篇章能经得起岁月的洗礼，真的成为经典。

当然，任何一套书系都做不到十全十美。我在编纂这套书的过程中，最大的感受是，当代散文创作无论是题材、创作方法，还是思想容量、艺术表现力，已真正呈现出百花齐放的态势。我希望读者亦能如我一样，从中感受到散文天地的无垠无际，感受到散文的力量。

在此，特别感谢给予我们信任与支持的作家，特别感谢包括世图文轩、时代书局在内的所有为此书系的成功出版付出了辛勤劳动的团队和师友。

谨以此文代为书系的说明。

2025 年春，于北京

目录

一

从白石江开始吧，我告诉自己。我还应该从金龙河开始。如果用长度来丈量河流和确定河源的话，金龙河最适合。我也应该从白石江往上的老君山深处开始。在冬日里，我们会在老君山深处看到很多条石头河，河流在堆积的石头下面流淌，我们只能听，我们只能通过那些堆积的石头想象河流的样子。沿着那些石头河往上走，最终我们能看到它们原生的模样，高山上的湿地，潮湿，然后水渗出来，在草丛里闪烁，慢慢汇聚在一起，当它们从那些堆积的石头里流淌出来时，它们真正有了河流的模样。我也应该从象图河开始，从雪邦山深处开始，象图河的源头在雪邦山，那里有一个村落叫江头，象图河流入沘江，沘江又汇入澜沧江，江头这样的命名似乎也在暗示着什么。这些都只是一种可能。

最终我花了很长时间，来到了这些河流边，并顺着它们往下走。一些东西会像这些澜沧江的支流一样，隐入群山峡谷之间。我在澜沧江的这些支流边行走，有时会看到一些船骸，它们的存在，充满不可思议感，让行走充满了幻想和想象。很巧合，我最先从白石江开始了沿着河流的行走。偶然性会带来惊喜、不安与震动。

白石江的源头，在我进入老君山的时候，就曾见过，只是当时并没有去留意一条河流的源头，也未表达出面对一条河流源头时会有的激动与兴奋。如果是此刻出现在河流的源头，我的兴奋与激荡之情将会毫不掩饰地表露出来。

白石江是否与我在苍山中遇见的白石溪相似？命名既相似，又有不同。我情不自禁地把两者联系起来。我出现在两条河流边，发现二者完全不同，白石溪清澈洁净，正午的阳光在溪流中打盹；白石江一直想从被污染的喘息中缓过来，那个过程异常缓慢。

我已经计划了很长时间，要沿着澜沧江的一些支流行走。就是纯粹地行走。只是我们很难做到纯粹。就是缓慢地行走，也很难。我们匆匆而过，来不及细细打量每一条河流。我只能多次回到澜沧江的这些支流边，用次数来弥补匆忙造成的忽视与过度表象化。我以为花费一个冬季就能完成这个计划，我一开始只是想看看冬天的河流，这与曾经自己进入苍山的情形很相似，最后才发现一个冬天根本无法完成。真正从苍山中走出来，花了近五年时间。一些人在这些支流边生活，一些人和我一样沿着河流往下，他们的身份是农民、民间艺人、学生、文化研究者和探险家。他们的行走与生活被河流影响着，他们或是平静或是内心掀起波澜地看着这些河流，他们面对着时间的流逝，也面对着各种死亡吞噬世界中的一切，吞噬植物、动物和人类。一些尸骨混入那些散落的船骸中，被带向远处，也被挂在江岸上的那些灌木荆棘中，被阳光和涨起的洪水冲刷，不仔细看已经分辨不清。

在观察河流变化的同时，我们无意间会聊到一些民间艺人和民间艺术，艺术与河流之间便产生了一些联系。在这之前，我从未想过把河流与艺术联系起来，也觉得二者很难归拢在一起，河流与艺术二者之间也很难找到相同的特点。很多民间艺术与民间艺人被我长时间忽视和遗忘。猛然间，我开始意识到不能再继续忽略他们了。我想真正用目光去洞察那些民间艺术，真正去感受那些民间艺术在内心深处产生的回响，那些从遥远的目光与时光深处在河流边交汇时产生的回响。我们聆听着河流的声音。我们在梦境中聆听到的不只是河流的声音。一些民间艺人与民间艺术，可能只是因为被河流的声响保留下来的只言片语就慢慢变得丰满和丰富起来，我们也不断用它们留下的斑驳、华丽、残缺与完整来拓宽关于艺术与人生命运的想象。

当河流与艺术联系在了一起，世界不再只是现实的那部分。河流与艺术的联系，是属于我个人的联系，里面有着太多牵强的东西。里面也有着太多被误解的东西，误解里又夹杂着偏见，误解有时会让世界变得更复杂，让一条河流的流向变得曲折，也会让一条河流改变方向，抵达那些不可知的世界。艺术的河流，亦如此。

在苍山的灵泉溪边，初秋的溪水在夜间哗哗流淌。这是一条黑色的河流，这是与阳溪不同的河流，一条是阴河，一条是阳河。它们的命名似乎在暗示它们是连接生死的河流，它们同样也是让我们意识到河流与艺术有着联系的河流（一些民间艺术与生死密不可分）。灵泉溪边的民间艺术、阳溪边的民间艺术，让它们不再仅仅是自然中的河流。就在灵泉溪边的酒店里，我看到了一个泥塑艺人的作品。这个民间艺人，我认识，也曾去过他的铺子和工作室。我印象最深的还是他有一只宠物公鸡，随时跃上他的自行车龙头，跟着他在那条喧闹的大街上往来穿梭，印象深刻的还有他曾说起的面塑作品被老鼠啃食的事情。他的工作室在苍山下的喜洲古镇。当我早晨六点多出现在酒店大堂时，突然看见了他的名字。我的一瞥，他的名字，他所创作的一些艺术品，还有灵泉溪都想冲破暗夜的浓稠。夜色慢慢淡去，一些失眠的诗人开始在灵泉溪的喧响中进入梦乡。

沿河而行的计划。只是计划要付诸实践，竟是过了三四年的时间。我已经无数次在梦境和想象中开始了这个计划。也在现实中，无数次因还未能完成而焦灼不已。我暂时从苍山中走出来。其实我依然没有从苍山中走出来。其中的一些河流发源于苍山深处。我在那些河流边暂时停留，四处打听，为了寻找一些民间艺人。在澜沧江的这些支流边行走的很多时候，我的白族语言并没有成为与世界沟通的阻碍，反而让很多人觉得亲切，他们开始向我敞开心扉。又有多少人是真的敞开了心扉？我沿着白石江，再沿着弥沙河，经过合江，抵达乔后那个产盐的小镇，遇见了那个守护施工现场的人。我们用白族话交谈，无比亲切，他和我说了很多他出现在那里的原因。我一开始以为他是一个修复古老建筑的能工巧匠。当我来到金龙河汇入的剑湖边的狮河木雕村，我感觉全村男女老少都是木雕艺人。一问他，他并不是这个村落的人，他只是一个守护施工现场的人，他与那些民间艺人完全不同，他也是受那些民间艺人影响的人之一。

白石江

1

我问对面那座山是否是老君山，有人答对面是雪邦山。方位感在那一刻是错乱的。如果不是有人在那一刻确定了世界的真实，对于一个世界的想象又将抵达何处？雪邦山上还有一些斑驳的雪迹，暗示着时间是暮冬。雪邦山是大理境内海拔最高的山。新华村，雪邦山下的一个村落。翻过对面的雪邦山，就是象图的江头村，象图河从江头往下，汇入沘江，最终流入澜沧江。雪邦山两面的河流，在不同的世界流淌，它们都是澜沧江重要的支流，从不同的方向，以不同的样子汇入澜沧江。在雨季，它们很像。在暮冬，它们也很像。一些时候，它们对人产生的影响也很像。如果不是地理世界在命名它们，我们有时可能会恍然觉得它们都只是同一条河流。

把目光往回收，近处是白石江。我们刚离开白石江不久，经过白石江时，透过车窗看到了一座古桥（古桥建造的时间，我们能想象已经很久远，要早于那个拦水坝，只是桥建于何时的信息在那个关于古桥的残片中被磨去了。如果那时还有一个研究古桥的人，他可能从建筑的风格就可以推算出桥出现的大致时间。出现在沘江边的人中，就有专门研究古桥的人。沘江上有很多古桥，它们风格不同，形式不一，沘江上的古桥群落可以说是天然的关于桥梁的博物馆。我们习惯了从讲述中获取一些信息，这些信息需要源自古老的讲述。给我们讲述的村支书还很年轻，我们至少需要一个老人。暂时，我们还未见到那个老人。当我们真正见到那个老人时，老人却习惯了沉默，他只是简单地谈论自己，他甚至很少谈论自己），看到了建于 20 世纪 50 年代的拦水坝（谈到 20 世纪

50 年代，我们感觉到了强烈的时间感。其实是白石江边生长的那些树木，才真正有着强烈的时间感。时间感，用人的年龄来定义与用植物的年龄来定义，完全不同），我们还看到了被分流出来的水在田地边的沟渠里流淌着。

我们回到了白石江边，真正出现在了白石江边。那是近距离地在一条河流边行走，同行的人有堂妹一家、诗人赵沐昆、新华村的书记，还有我小学五年级的语文老师。我们身份不一，在生活中受到的挤压却很相似。我们在河流边谈着与回忆有关的东西，也谈着河流的现在。一条容易让大家沉陷于回忆的河流，一群容易沉湎于回忆的人。1987 年，诗人在白石江边教书。最近，诗人的眼睛动了个小手术，他因此已经提前退休。几十年过去，对于一个人的一生而言，已经过了大半岁月。书记是诗人的学生，也由此引出对别的一些人人生起落的感慨。这也注定了我们不只是纯粹地在河流边行走。诗人、堂妹和堂妹夫都在新华村教过书。我的语文老师是新华村的人，现在回到村子里教书。他们在教育的问题上，有着相同的感受，既喜又悲，他们能做的就是认真教书。一来到白石江边，一些往事被他们讲述，他们讲述中的白石江成了几条迥异的河流，是一条未被污染的河流，是一条已经被污染的河流，是一条正在慢慢恢复的河流。白石江的源头，曾有一些矿厂（我们还能看到"新民矿山"这样的字眼，它成了一个地理标志），没有经过处理的污水流入白石江，受到污染的白石江里没有任何鱼类可以存活，鱼类突然就消失了。在讲述中曾出现过死鱼翻白、没有被冲走的鱼因腐烂发出恶臭、人们掩鼻却无法阻挠恶臭引起的反胃等状况。当白石江继续往下流，流到弥沙境内，河流的名字开始随着地理和流量变化，成了弥沙河。白石江受到污染之时，也是弥沙河受到污染之时，岳父在弥沙河边的乡镇上工作，他看到了一条河流的颓丧。

出现在白石江边时，我们并未在河流名上纠结，这是一条不以流经的村落命名的河流。跨过那座清末的古桥，就是铁河村，这个村落反而是以那条最终汇入白石江的溪流来命名的。古桥还在使用着，时间跨度很大，两个石拱，桥的色调是时间浸染后的暗色，桥面两旁杂草丛生，一些石头断裂了。我们坐于桥上，合影留念，同时谈起那座古桥一直沿用至今的种种。正言及此，一些牛从白石江的东面悠然踏上古桥，扫视了我们几眼。我朝其中一头花牛看时，看到它的眼眶里装入的是白石江。它的眼里不只装着白石江。江水的喧响，让它们平静异常。它们在桥面上的目光稍微一偏离，就可以从我们身上滑过，落在白石江上。

时间已经是暮冬。我计划就在冬日结束自己的沿河行（沿着澜沧江的一些支流行走），我把六岁的女儿和六个月的儿子托付给岳母和爱人，开始到处行走。最终，一个暮冬，根本无法完成我的计划。这个暮冬只是我沿河行的开始。河流涨起又落下。河流不再像习惯的那般涨起又落下。在白石江边，我开始意识到自己很难在短时间内完成自己的计划。当我来到白石江时，一些人问起我的家人，他们在下关那座城里忙碌着，媳妇早出晚归，女儿忙着各种培训。我旁边是活泼的侄姑娘，很快就三岁的她异常活泼，在桥上，在白石江边奔忙，不断拾起地上的石头与树的枝杈，往白石江扔去。一些被扔入白石江，一些未能丢到河里。古桥边，有块指路牌，木牌上标着东走剑川，南走乔后，西走南坪，北走维西。白石江流经乔后，那里产盐，曾繁华一时。当看到维西时，我想到了那些多年前从外地来维西的艺术家，他们曾在暮色将至时被我们不断讲述着，他们的人生与命运让人唏嘘。其中一些人以悲剧收场，一些人在维西那座小城里重生。

新华村的书记和我的老师从小就生活在白石江边，他们眼中就是同一条河流的不断变化，流量变得很小（澜沧江的诸多支流都在变小）。20世纪90年代，白石江受到严重污染，到这几年，白石江给人的感觉已经喘过气来，在慢慢恢复，他们等待着白石江里能重新见到鱼类，鱼类的出现将是河流生态恢复的重要标志。如果不知道眼前的这条河流里，曾大量排入重金属超标的污水，我们的感慨都不会如此这般复杂。我们只会抑制不住内心的激动，赞美河流的美，那将是关于河流的颂歌。当知道一条河流近几十年的变化时，内心开始变得复杂起来，我们在描述一条河流时的语气也在发生变化。

来到白石江边，我真正意识到白石江与曾经见到的白石溪不一样。冬日里，因河水落下，河谷中诸多石头露出来。远远望去，那些堆积在河床的石头，在阳光照耀下，就像是白石在流淌，那是白石溪。白石江在我面前的样子，无法从表面上获取与命名相关的任何东西。我只能获取表象的河流。河流两边是一些柳树。冬日的柳树，叶子枯落后，已经无法一眼就识别出那是柳树。在别的季节，许多植物会被我们一眼认出来。

2

我出现在新华村，不只是为了白石江，还为了拜访那些泥塑艺人。当目光暂时从白石江上移开，当白石江暂时隐入那些农田时，我们在偌大的村子里来回行走。每一次这样匆忙行走，内心总会有莫名的羞愧之意，这样匆忙地行走捕捉到的很多东西，往往因为浮光掠影而无法抵达希望的深刻与完整。世界在我们的匆忙行走中被切成碎片，我们只是与碎片相遇。这次很幸运的是，有一个真正的泥塑艺人刚刚回到了村里。如果我提前一天过来，我将只能从人们的口中获知关于泥塑艺人的一些情况。在这里，我将更多是在复述，字里行间将刻满别人的声音与目光。

我们步入那个正在修复中的庙宇，庙宇的规模很大。每年春节，不只是新华村，远近很多个村落的人，也将在同一天出现在这座庙宇里，祭祀祈福消灾，场面热闹壮观。当我向那位唯一在家的艺人问起这座庙宇的种种时，他说自己参加了其中一些塑像的塑造，那时他还是一个学徒。人们正在修复一些建筑，建筑被修复后，里面的一些塑像也将被重塑。塑像里有着各种隐秘的信息，我们很难轻易看出来。我纯粹就是一个门外汉。泥塑艺人用别人听不见的声音问我是不是不懂泥塑。我确实不懂，我不好意思地如实回答。在这之前，我应该去做一些功课，至少补一下有关泥塑的知识。

我们把目光暂时放在庙宇前的银杏树上。粗壮的银杏树，树龄已经有两百多年了，在这之前我从未亲眼见过这么粗壮的银杏树。我见过粗壮繁盛的往往是榕树。在苍山下喜洲的苍逸图书馆，旁边长着一棵五百多年的古榕树，图书馆里面谈论的是诗歌，外面是古老的洞经古乐，会让人有种恍惚感。银杏树，从根部开始，分开生长，同根生长出了三棵粗大的银杏树，很像我曾在热带丛林里见到的那些榕树，独树可成林。当叶子落尽，我又一次像在白石江时那样，没能很快认出那是银杏。当遇到上百年的古木时，我们又一次惊诧于植物的生命力，银杏长得很高，也很粗壮，好几个人才能合抱。没有人会动念把那棵古老的银杏树砍掉，而在我们村，有人把村口粗的、有着好多年树龄的松树砍掉当柴火烧掉。庙宇前和庙宇中的古木，往往不会有人动念，反而会被当作神树一般供奉起来，银杏树下插着许多燃尽的香，还有一些熟食丢过的痕迹。庙宇中还有许多古柏树，都长得粗壮。冬日的植物，善于把自己隐藏起来，用落叶的方式，把自己的外衣脱掉，植物的一些东西就会变得很相似。

一个村子里，竟有着那么多的古木。我们习惯于只有一棵古木的村落。雪邦山下的这个村落，可以算是在深山之内，本应该不缺古木。现实是，在雪邦山的深处，植被破坏严重。有几年，木材开放之时，许多古木被砍伐，剩下众多枯朽的树根，上面偶尔停着孤独的鹰。一些树根腐烂之后，轻微摇 摇，就会被我们轻松拔起。当古木出现在村落里，我们看到了既是自然的古木，又是与村落生活日常不可分割的生命，它们的象征意义因它们的长势变得庞杂丰富。深吸几口气，松柏在冬日里释放出来的淡淡芳香扑入鼻孔，让人感到舒适。银杏，就是以高耸的姿态映入眼帘，香气暂时无法捕捉。气息也只能被别人讲述，气息也只能被讲述的人们形容，有些气息无法被讲述。这样的感觉，跟面对静态的民间艺人时，很相似。

如果真正跟着艺人进入修复的现场，我又将从另外的角度和方式来理解这门民间艺术。与在苍山下的喜洲见到的那个泥塑艺人不同，那个人有着自己的作坊，也有着自己的店铺，他不只是外出给一些庙宇塑像，还帮助一些人修复塑像（那些塑像的民间艺人，更多是去修复那些年深日久且已经残损的塑像，他们往往是在修复自己塑的像。那些塑像，每次民间艺人去修复它们时，它们就成了艺术品）。除了塑像，他还不断塑造着一些艺术品。与在喜洲见到的泥塑艺人给人的感觉完全不同，他们就只是纯粹的塑像之人。很多泥塑艺人都不在家。他们背着自己的工具进入村落，进入深山，他们真正居无定所，长时间餐风饮露。他们在一些村落的本主庙里，或者在一些隐于深山的庙宇里塑像，往往是两三个人聚在一起，其中有师傅，也有徒弟。泥塑是体力活，我们去拜访的民间艺人近八十岁了，他三十岁开始跟着自己的岳父学习泥塑技艺，从事泥塑已经差不多五十年了。

当他跟我们说起那是体力活时，我们意识到眼前的老人，可能不会再从事泥塑了。我们从我老师口中获知，这确实是他最后一次外出了，从此，他将与从事了近五十年的泥塑技艺告别。在泥塑之前，他是一个木匠，为一些人做棺材。与一般的木匠给人的感觉不同。当这个过往被轻描淡写地说出时，他的内心还是起了一些波澜。无论是做棺木，还是后来一直从事泥塑，更多是为了生活。如果说，他真有喜欢的艺术，应该是摄影。他拿出了几本摄影集，基本都是他拍摄的。

3

老人说自己应该不会再出去塑像了。我们从他的话语里感觉到犹疑和感伤。他年事已高，当他主动要求结束自己的泥塑生涯时，家人都很高兴。他一定还未从复杂的心绪中缓过神来。我们进入他家时，他刚刚赶集回来。在这样的时间节点上，让他回忆自己的过往，气氛变得有些复杂和微妙，各种情绪交织在一起。我离他很近。别的人和我一样，都不知道该如何安慰老人。老人需要几句安慰的话。我用笨拙的话语，试着安慰老人。

老人说这天早晚会到来，只是迟早而已，自己的师傅离开了眼前的村落，不断去往更远的地方，他出现在了省城的一些庙宇里。老人说起了好几座有名的庙宇，里面的一些塑像是他师傅塑的。老人说自己未能达到师傅的高度和远度，虽然自己也是刚刚从几百里外回来，但终究还是没有去过省城塑像。自己的师傅，曾想把他带到省城，只是那时自己的几个女儿都还很小，那是交通还未如现在这般发达的年代，他们用脚步丈量着世界，他的几个女儿都需要照顾。他带着自己最小的女儿去了好几个地方，或是塑像，或是修复过去自己塑的像。没有女人去塑像，一些偏见使然，不然自己的小女儿悟性极高，老人在她身上看到了自己，老人只能叹息一声。老人也承认他们那一代再往上的泥塑艺人，在这方面都是狭隘、保守和有偏见的。他的小女儿不在家，已经嫁到别处了。

一个近八十岁的老人，一个沉默寡言的老人，我问他关于泥塑的好些问题，他都只是简单地回答我。有一刻，我感觉他的内心在拒绝着一个外人，还是一个对自己从事了大半辈子的职业丝毫不懂的人。对于做棺木的过往，我是从他的女儿口中得知的。在未见到他之前，我想象着自己将会见到怎样的民间艺人。见到他之后，我知道自己再次见到了一个沉默寡言的民间艺人。他们长时间面对着塑像，长时间只是两三个人在一起，已经习惯了沉默，也不自觉就会陷入沉默之中。在这之前，我以为那些塑像都有着固定的尺寸，得到的回答是没有。用头作为尺寸，用感觉来塑像，塑像的高度是几个头，或者几个半身，把自己作为塑像的标尺。

我突然有种想法，想跟着老人去往某个庙宇，向他学习泥塑技艺。但我知道这已经不可能，不只是因为他已经决定不再从事泥塑，还与我的悟性与感觉有关，还因为工作与生活的捆缚。他跟着自己的师傅学习泥塑技艺，只花了几个月就出师了。他有个师兄是师傅的儿子，他的师兄从小就跟着父亲学习，却在他后面很长时间才真正出师。这与学习时间的长短无关，这是一种无比依靠天赋与感觉的技艺。自己的小女儿，跟着自己那段时间，塑像时的孤独感并不强烈，他怀念自己的小女儿跟着自己的过往。塑像里面并不是空的，要在塑像中放入一些符咒，当符咒放入其中时，塑像才真正有了五脏。一些符咒在那本我随意翻着的书里。那本书已经有一些年代感了，绵纸，纸张泛黄。一些古老的符号，我们翻看着，看不出什么来，那些符号对于和他一样塑像的人才真正有意义，毕竟那是让塑像不只是空壳的符号。他不只塑像，还要开光。从放入符咒到完成塑像，再到开光后，塑像才真正完成。那是老人给我讲述的他这个职业的完整过程。在塑像里放入符咒和最后在众人目击下给塑像开光，都是那些大师傅才可以做的。当谈到这个话题时，他有些自豪地跟我们说，三十多岁时，他就已经可以开光了。他拿出了很多照片，因为照片的存在，他的过往不只是存在于说法中，说法与照片完成互证。

他在塑像之余，也热爱摄影。他拿给我们看的那些照片，除了有他自己身影的照片外，都是他自己拍的。他拍下了自己的作品。他既是泥塑者，又是摄影者，一个在创作，一个在记录。那些照片里面，有着尺寸很小的黑白照片，上面是他塑的两个像。当它们成为黑白之时，我们会马上想到彩绘，经过彩绘的塑像，变得绚烂无比。色彩华丽是那些塑像最基本的要求，与朴素无关，与生活的真实无关，那是关乎精神的世界。不能贫瘠的精神世界，这是隐喻的一种可能，也可能无关乎隐喻。他跟我一一说着他塑造的像，我对他描述的那些人物并不熟悉，记忆像筛子一样，并没有留下些什么。在面对他的时候，我还是多少有些不知所措，我并不知道在面对着他的时候，最恰当的话题应该是什么。跟他谈论他创作的那些作品，他必然是高兴的。我们暂时把那些塑像的宗教意味放在一边，我们要把目光放在艺术之上。

我面对着的就是一个纯粹的民间艺人，他用感觉在塑像。当出现在澜沧江的这些支流边时，我发现很多民间艺人就是用感觉完成民间艺术创作的。塑像的种类基本确定，虽然种类繁多，但每一个塑像都有着塑像之人的指纹，用指纹来形容就会很贴切，没有任何比喻之意，每一个塑像上都有着指纹痕迹。认真细视，高下立判。我感到遗憾的就是还未目睹过一些塑像之人工作的场面，那些老人讲述给我的东西飘散在那些庙宇与山林之内。

4

我要问问老人的名字。我是问了，却没有记住。老人成了无名之人。如果我不是有意出现在澜沧江的那些支流边，不是有意去拜访那些民间艺人的话，他们于我而言，永远就是无名和陌生之人。当我第一次无意间遇到其中的一个人，我开始对那个群体的人生与命运产生强烈的兴趣，这样的兴趣并没有随着采访数量的增加有所淡化，反而是更加浓厚了。他们很多人从事的民间艺术，我都很陌生。那些本不应该无名的民间艺人和民间艺术。他们只是对我而言，无名和陌生。

我一直无法忘记，老人意味深长地问我是不是不怎么懂泥塑。我确实是不懂。老人的名字，我只需再次问问我的老师就能知道。我老师一定也不希望自己的父亲是无名的。一些人的名字开始出现，他们不再是无名的。他们生活的村落，也不再是无名的，从他们生活的村落流经的河流也不再是无名的。暂时还是让这个老人成为无名的一部分。白石江的水哗哗地流淌着，似是对我的抗议。我们出现在那条河流前，就已经多次说起这个老人了，他的名字不断出现，只是当我在记忆中打捞那个名字时，名字随着记忆的河流随风飘散。

那些河流，在每一次的采访中，或是途经，或是有意来到它们旁边，我以为一个冬季就可以把那些想要拜访的民间艺人采访完毕，那我面对的河流就只是冬天的河流。冬天的河流很相似，它们枯瘦，它们低缓，河岸上的植物凋败，停止生长。白石江边的那些柳树粗壮弯曲的树根特别显眼，垂到河流中的是没有绿意的枝条，与别的季节见到的柔软不同。河流在暗示我们一些东西。面对那些民间艺人时，我会把他们与那些流经村庄的河流联系在一起，它们之间的许多东西很相像。冬天的河流成了老人一样的生命。我采访的民间艺人都是老人。这里面有着一些巧合的意味，这里面也有着一些深意，许多民间艺术已经没有了传人。在白石江边，我问起老人是否有一些徒弟，老人说有。当我在银江河边问起另外两位老人时，他们说没有。这是完全不同的。我希望有。只是有些时候，随着时间的不断推移，民间艺术总会有一些无奈。许多河流，在人们的记忆中，已经不是原来的样子。过往的河流，无论在什么季节，都很大。现实中，所有的河流在冬季总是小得让人不解。

白石江继续往下，它开始叫弥沙河，弥沙河边我没有遇到专门从事泥塑的老人。到弥沙河边一个叫弥井的古村落时，那里有一些唱戏的人。那是一个群体，在特殊的日子里，他们在弥井的那个古戏台上唱着古老的滇戏。那里还有一个群体，他们会约着去往另外一些村落，为人们念诵经文。我们暂时不去弥沙河边，即便白石江和弥沙河是同一条河流。它们又不是同一条河流。在白石江边，老人说起了自己的那些徒弟。那些讲述汇入了白石江的声息中。我们是在老人的家里，听着他讲述自己与泥塑的一切。在那个院落里，看不到白石江，白石江隐身了。它的隐身就像是在暗示我，我那些无端把民间艺人与河流联系在一起的行为，有些随意和突兀。

我把讲述的场景移到了河流边。老人无法集中思想，他从泥塑上转移到了河流上，他打起一桶白石江的水倒入选取的特殊泥土里，白石江被他塑进了其中一个塑像里。白石江边的这个村落里，有座庙宇，庙宇里有着许多泥塑，老人参与了其中一些泥塑的塑造和彩绘。这些就是实体，比老人给我看的那些图片中的泥塑更具象和直观。我在面对这些泥塑时，它们只是艺术，我再次把这些泥塑的一些功能过滤掉。我并没有把这个想法袒露给老人。如果老人知道我进行着一种简化与削弱，他会不会动怒？毕竟对于他而言，每一个泥塑从选择泥巴到塑造，从彩绘再到开光，是一个完整的过程。老人将无法理解我。我能理解老人。我对那些泥塑的认识，变得无比简单和纯粹。面对庙宇中的那些华丽又栩栩如生的泥塑时，我不由得发出啧啧的赞叹声，这是我第一次真正意义上认真观察着它们，用审美的眼光。老人需要我的那几声赞叹吗？老人并不需要。当出现在银江河边时，其中一个泥塑艺人，早已不再塑像，我还见到了另外一个泥塑艺人。当我进入他的家里时，才知道那是一个面塑艺人，他用面团和糯米塑造一些小的东西，像十二生肖，有一段时间，他开始用泥土塑造一些东西，只是依然与庙宇中的塑像不同。

老人回到了自己年轻的时候，我们对照着他的照片轻易地就回到了他年轻的时候。他跟着自己的师傅在一些村落，在一些深山，一待就是很长时间，师傅沉默寡言，他也习惯了沉默。关于泥塑，在那些没有具体到标尺上的塑造技术，都只能悟，都只能在与泥土的交流中，慢慢找到可以供自己遵循的东西。师傅跟他说，要遵循内心的感觉，要遵循眼睛的判断，还要遵循手指的触感。

5

老人回到了自己的起点。回到了自己的出生地。老人只是在那些特殊的日子里，去往村子的庙宇里，每一次都会面对自己曾经参与创作的艺术。那是一个群体创作的。里面有些人已经离世，他们获得了肯定，如民间工艺美术大师、非遗传承人。一些人比他还年轻，同样已经获得了种种荣誉。老人暂时没有获得这些荣誉。眼前的那些泥塑，还有很多其他人创作的泥塑，都没有标注创作者，老人说他们从未想过要标注自己的名字。在泥塑之上，无法标注，它不只是艺术品。这也注定了他们就是一群无名的人。老人喜欢摄影，他拍摄了很多照片，他还让人帮他拍下了自己工作时的照片，那是一种记录，那同样也是对于艺术创作者的确定。老人喜欢摄影，这个行为无意间留下了很多信息。老人的年轻，老人工作时的专注，老人在喧闹中为塑像开光时的激动与自豪，这一切都没能逃脱摄影术的捕捉。老人把自己早年的泥塑和不久前创作的泥塑照片拿给我们看，我们无法一眼就看出高下。老人暗示我要注意细部，细部是有了区别，细微的差别都意味着老人在艺术上的努力与精进。老人说他们做的是泥塑，泥塑图谱已经固定，他们已经无法再创造了，他们只能在造型上有着一点点细微的创作变形。老人就像是为了与我们相遇，我们今天到，他昨晚刚刚回来。

我遇到的其他民间艺人，很少有像他一样，在多年以前就喜欢摄影的。关于泥塑，他们进行着的就是一个传承而没有多大变化的艺术创作过程。他们面对的世界很狭隘。他们只知道塑造佛像，而现在很少会有塑新佛像的机会，他们成了一群修复塑像的人。其中一些人不曾塑造过任何泥塑，他们从一开始只学会了如何修复塑像。我想到了在银江河边见到的老人，他在自己的工作室里塑造了鲁迅的像。我还在苍山下看到了那个既会泥塑又会面塑的民间艺人，他的许多作品就在我们前面，一些瓦猫、调皮的人像、佛像反而成了他口述的东西，与在白石江边不同，在场不在场的都只是佛像。苍山下的民间艺人，我不能说那是老人，他年纪还不大。那个人以他的年纪矫正着我对于民间艺人的误解。采访了那么多的老人后，思维固化，以为民间艺人就应该是老人。老人只是大部分。我跟老人说起了这些人，老人顿时感到不可思议，自己只知道塑造佛像，除了这个，他从未想过其他。从佛像到人像，这对于老人而言，已经是进行了让人不可思议的革新。老人只是想了想，便把注意力再次放回到自己拍摄的那些照片上，再次回到了自己的泥塑上，其他的东西，他不再去想。即便去想，也已经没有多少意义了。老人的回来，已经宣告了某种意义上的结束。

　　挖掉表层土，需要深土，掘地一尺左右。泥土被捣碎，筛去石粒，去除杂质，放入水，成为稀泥，放入糯米和纸筋灰，不断揉搓砸，泥巴开始成为泥塑的材料。老人讲述着对于三色泥土的选取和揉制过程。我开始在脑海中想象着，一个年轻人的流畅与一个老人的迟缓。那确实是体力活。老人继续说着下一步。老人朝院子里看了看，没有示范的场所，只能继续依靠讲述。立架，把那些所谓的符咒放入其中，上大泥，过细泥，补缝，又回到了老人一再强调的感觉。他们的作品被放入庙宇，成为天然博物馆的一部分。一些古老的塑像，再次被泥土覆盖，经历了几百年甚至上千年，再次被考古者挖掘出来，放入博物馆。当这些作品被放入博物馆时，人们把注意力放在了那些泥土无法遮蔽的艺术之光上，一些人忘记了那些作品就是用泥巴创作的。老人不敢想象自己的作品，有那么一天会被放入真正的博物馆。他们的作品很少被放入真正的博物馆，这与他们塑造的都是大型的佛像有关。我在苍山下见到的那个泥塑艺人，除了佛像外，还塑造了很多小的东西，还有许多与佛像无关的东西，他的那些作品被放入了真正的博物馆，一个非遗博物馆。无论多么小的泥塑作品，让人惊叹的永远是它们的精致。那些艺术品并不呆板，用朴拙来形容的话，也不恰当。

眼前的老人，在这么多年的塑造和揣摩之后，觉得自己的作品似有一些意动之形。当有这样的感觉时，他感到有些满意了，毕竟他们所从事的一直就是让自己对泥土的感觉、对色彩的感觉不会退化的事业。当感觉退化了，也便意味着自己的艺术生涯到了终点，也失去了创造艺术的能力。老人在最后一次外出后，可能是有了力不从心之感，才有了"那是他最后一次外出"的说法。他回到家里，把自己的工具收起来。当我们出现在院子里时，看不到任何从事泥塑的工具，他把自己的照片也收起来。我们到他家后，他才小心翼翼地把那些照片拿出来，黑白到彩色的照片，尺寸由小到大。

6

只有他自己在标注着，很少有人会去帮他标记。只有他自己在回忆着，也很少会有人帮他回忆。我们变得有些悲观。有时是如此，有时又不是如此。我们开始帮他回忆。如果我们不出现在他面前，他只会自己把那些照片拿出来，一个人在忽明忽暗的光线中，回忆着自己忽明忽暗的一生。没有多少波澜，我们跟他说起生活的波澜壮阔，他只是回忆着自己在生活中的诸多不容易，那是死水微澜般的生活，自己的身份开始被迫发生改变。他的记忆也出现了一些差错，他在一些照片上停留的时间明显长了起来，他的状态像极了我们在河流边坐着，静静地观察着河流时会产生的恍惚与停顿。他把照片翻了过来，上面没有记录时间。当无法想起之时，也便意味着时间把生活碾磨成了各种碎片，一些碎屑被风与尘改变。想不起了。厚厚的一沓照片，又怎么能全部想得起。

我一张一张地看着那些照片，看完那么一沓厚厚的照片并不需要花费多长时间，我并不着急，我放慢了目光。泥塑，绝不是一种快速的手艺。老人用了一生，只是完成了我手里可以被轻易握住的一沓照片。我觉得老人完成的作品远不止这么多，但老人肯定了没有更多，就只有这些照片。这些照片的数量还超过了老人作品的数量，里面有着好些重复的内容，里面还有个人的照片，那是老人在创作时的照片。老人还把自己的相机拿了出来。作为一个喜欢摄影的人，他换了好几台相机，这也让我感到有些震惊，他说自己是那些最早开始摄影的人之一。古老的摄影，古老的相机，我在那个摄影博物馆里见到了。我在老人家里，看到了几张黑白照片，还有几台微小的已经不用的相机，它们也可以被放入那个摄影博物馆。摄影博物馆里缺了一幅关于古老泥塑的照片。

当老人把那些照片拿给我看的时候，我觉得我不只是拉近了与他、与他创作的泥塑作品之间的距离。虽然是照片，但是泥塑作品不再只是被努力讲述的东西。那是他自己在记录，没人会帮他记录（是有人帮他记录了一些，有些照片并不是他自己拍的）。后来我在一些村落问起照片中这些泥塑的作者时，村民们摇了摇头，说作者早已消失了。但有了照片，作者存活的时间会相对久一些。当我出现在另外一些村落时，他们还记着泥塑的作者，当那些泥塑出现问题时，他们会去找他，需要他回来修复。许多塑像都是在修复，在增补。泥塑本就是一门增补的艺术，当时间把一些东西减少时，就必须把那些东西修补完整。他们并未因为泥塑的去作者化而感到遗憾。大家都觉得只有这样，那些泥塑作品才真正是纯粹的艺术品，才真正是没有掺杂任何创作者的人生与命运的东西。真实的情形，并非如此。

许多人并未把目光真正放在那些泥塑作品上，只是一扫而过，耐心已然消失，审美已经退化。我努力把目光放慢。一张又一张照片，各种造型，有一些是我熟悉的，有一些我并不熟悉。不同的小的世界，有着对泥塑造型的不同需求。它们也在暗示着那些本主庙中供奉着不同的神灵。艺术品在不断精进的过程中，时间的河流在往前流淌。那些村落里的很多人，往往只是忙着上香祈福，却忽略了那些塑像的精美。

我们又看到了老人出现在离白石江很近的地方，找寻着适合的泥土，然后打起白石江的水，我能肯定的是出现这样的情形之时，白石江还未被污染。那些泥塑作品，被放入庙宇中，成为当地村落精神意义上的守护者，它们不能被污染。我们都会去评判那些泥塑作品。对抗时间的力，那是让我们都会感到惊叹的。艺术能对抗时间，艺术是恒久的。仔细想想后，才意识到那些泥塑作品存在的时间不过尔尔。出现在博物馆中，见到的那些泥塑作品给人的感染力，就完全不同，它们虽然色调有些暗淡，彩绘已经变得斑驳，有一些裂痕，还有一些缺失的部分，我们却在它们身上看到了艺术的力。

当我出现在白石江边，与老人说起在博物馆里见到的那些泥塑作品时，老人说自己也见到了，见到之时，内心是震撼的，那是自己完全没有想象过的震撼。那些泥塑作品，让老人意识到自己终其一生也无法完成。他结束自己最后一次彩绘回来后，在回忆性浓烈的讲述中，彻底意识到了自己确实努力了一生，也无法抵达。老人并未说起"自己虽然未能完成，却一直在努力"这样的话语，老人只是不吝啬自己的溢美之言，不断回忆着那些精美的艺术品。这时，回忆又有了精确性，他回忆起了自己在面对其中一些泥塑作品时，在那些细部上的停留和思维的无限扩散。那些泥塑作品的作者，同样已经消失在时空之间，化为一缕蓝烟，成为泥塑作品上最突出的符号。他们会在作品的一些细处，留下自己的痕迹，在那些民间艺人之间，那些隐秘的信息变得无比清晰，符号与人是对等的。到了眼前的老人他们这一代，泥塑艺术的发展并没有想象中的一往无前，有时反而是停滞了、退化了。老人进入了博物馆，我也进入了博物馆。老人从博物馆走出来，我从老人所在的村落里走了出来，在夜色中，经过白石江。白石江，离我已经很远，我们去了另外一个村落，那里正举行着一场葬礼。那是同行诗人的亲戚，饮过酒的诗人悲恸不已。午夜时分，我们才离开了那个村落。在去往县城的途中，有一刻，我们又离白石江近了。

二

弥沙河和白石江是同一条河流。我无数次沿着弥沙河往下，经过弥沙乡政府所在地，然后抵达弥井。从弥井村继续沿着弥沙河往下，就会抵达合江。别人给我讲述了从弥井到合江的艰险路程，加之那段时间又是雨季，我一听便放弃了。父亲帮我回忆，其实我在某个夜间就已经走过那段路了。那时我的身份是学生，洪水季节，公路到处塌方，我们从弥井往下走到合江，再坐车前往县城。这近乎是在梦境中走完了那段路程。

我在梦境中走完了澜沧江。在多重梦境中，澜沧江以及它的那些支流呈现着与现实完全不同的模样。在其中一个梦中，我在澜沧江边建了一个书房，江流从书房前奔流向前，没有人看书，我也不看，我坐着一条木船往澜沧江的下游漂去，天蓝色的河水（与现实中冬天的澜沧江相似），天蓝色消失，乳白色出现（这只能是在梦境中发生，也只能是错觉），澜沧江突然变小，带不动那条小小的木船，我走下木船。原来和我一起坐着木船的人早就消失不见，他们以我丝毫察觉不到的方式从澜沧江消失了，他们属于真正的澜沧江，而我属于澜沧江的支流。下船后的我出现在河流边的一个村子里，那是有着一些少数民族生活的村落，澜沧江早已不知所终，剩下的是我们一群人在一个陡坡上挖掘土罐，一些土罐里装着钱财，一些土罐里装着人的骨灰，还有一些土罐里装的是船骸。

我跟着父亲回到记忆中，作为学生，不只是我被一条河流影响着，还有其他的学生，还有与我们有关的人。我们一群人在夜色中沿着弥沙河继续往下，走得匆忙而疲惫，我的父亲、还有其他大人扛着我们的行李，他们更疲惫。我听到了在记忆中产生回响的弥沙河卷裹着沙石往前的声音，在河流边行走的我们，既恐惧又激动。夜间的河流，我们只能通过想象与听觉来判断和塑造它的形象。形象并不是完整的，就像是河流本身的那些声息，不是具象化的，是抽象的碎片。我知道自己终将沿着弥沙河一直往下，再次抵达合江。

我很佩服的诗人，一个人深入很多偏远之地去做一些田野调查。他所经历的那些路途的艰难，远远超过了我从弥井往下可能会遇到的。他多次出现在澜沧江上，他坐在渡船上与形形色色的人相遇，他遇见了普通的人，他遇见了那些偷渡者，他遇见了那些被通缉的人，他还遇到了很多沉默不语的一直生活在澜沧江上的渡船人，许多人沉默着渡过澜沧江。坐在渡船上，诗人才意识到澜沧江的水流只是看似平静，实则任何时候都是在湍急奔流，与坐在渡船上的人的内心是一样的。在弥沙河边，我遇见的那些人，身份较为单一，只是命运感同样很强烈。

我佩服另外一个民族文化研究者，去往弥井的路还不是很好的时候，她就多次搭乘面包车出现在弥井，每次都要在村子里生活一段时间才离开。有好几次，她让别人用摩托车拉着自己到合江，然后继续往下走。当我出现在弥井的时候，总会想起她。每次提到她，只是凸显出了我与她之间的区别。她做田野调查时的深入与扎实，是我无法达到的。她要进行的是把一些碎片拼贴在一起，也把想象与现实进行对接，用隐藏在现实中的被人忽略的细节来填补想象。

弥沙河，因为生活的原因，我与它之间的联系变得很紧密，我无法忽略它。我经常关注着弥沙河的变化，它的变化会对我们的生活产生一些影响。这时候的弥沙河与象图河很相似，它们流量的变化与我们的生活贴得很近。今年的雨水季节，弥沙河的流量超乎我们对它的认识。在这之前的很长时间里，我们以为即便是在雨季，它也涨不到多大。我们在河边的低洼处种上烟。很快就要摘烟叶回来烤，本应是一个丰收的季节。雨季来临，洪水涌出河堤灌入那些烟地里，许多烟在洪水的冲刷浸泡下，只剩下无力的烟秆，以及悲观绝望的人群。

为了从悲观与绝望中走出来，我们会在弥沙河边的某个庙宇里举行一场祭祀活动，为了治疗伤痛，也是为了聚集在一起，看到一些希望。这样的仪式，在澜沧江的那些支流边，依然很普遍。

当雨水季节过去，水位降下去，河流在很长时间里会被我们忽略。当我为了那些民间艺人和民间艺术出现在那些河流边时，我开始关注的那些民间艺术像河流在洪水季节时的奔涌，我关注的是一些民间艺人在从事民间艺术时内心的飞升，我进入的是一个既实又虚的世界。实往往有重量，虚往往是轻盈的。在沉重的现实中找到一种爬升的想象的虚构的力。我继续努力，在已经没有残剩多少诗意的现实上舔舐着诗意的蜜汁。在那些河流边，我会像那些文化研究者一样，见到一些民间艺术的碎片，见到一些残缺的部分就已经让我欣喜若狂。

岳父、岳母说可以陪着我，继续往下，沿着弥沙河往下，到达那些河流已经更名的世界。因为路况不好，计划暂时搁浅。我听着一些人讲述他们经过弥井、抵达合江的经历。差不多要到合江时，山很陡，只有山羊可以在那些陡坡上轻松爬行，它们可以轻松爬到山顶"啃食"飘过的云朵，偶尔一些大意的羊会从山顶滚落，落入河流，不见踪影。那些羊就像是滚入河流的落日。

弥沙河

1

我继续沿着白石江往下，又有一些不大的溪流汇入白石江。白石江的这些支流，如血管末梢般忽隐忽现。由于是冬季，河流的流量并未有明显的变化，白石江依然很瘦小。到弥沙乡境内，白石江变成了弥沙河，弥沙河在合江汇入黑惠江，黑惠江最终流入澜沧江。在合江，我把注意力都放在了河流的流量之上，河流真正大了起来。在河流的不同河段，我们把注意力放置在不同的事物之上。流入白石江的许多河流往往以流经的村落来命名，这近乎常识。除了那条让人印象深刻的铁河。河流既是野性的，又更多受到了人类生活的影响和改变。当河流的野性得到释放之时，往往离村落和农田较远。

弥沙河与白石江的命运因为被污染，一直绑缚在一起，都还未真正恢复过来。我们走近河流，原来刺鼻的气息已经消散，加之冬日的河流总是蓝盈盈的，会让人产生错觉。我们甚至会在那些远离村落的河段，有种俯下身子直接捧起水就喝的冲动。当看到自己的倒影在河流中犹如被轻风吹拂后的摇曳碎影时，我们猛然意识到那是一条被污染的河流，那是一条还未真正缓过来的河流，河流自我修复的时间无比漫长。我们都高估了河流的承载能力，当我们意识到时，一切已经发生。河流在展示着它残酷的一面。弥沙河在刚刚过去的那个雨季，又吞噬了三个人的生命，他们要过河，那里没有桥，他们蹚入水中，洪水刚好涌来，避而不及。人们沿着河流寻找着他们的尸体，人们从白石江找到了弥沙河，才找到发泡肿胀的尸体，惨不忍睹，悲伤逆流回到白石江边的村落。我们往往会低估一条河流的破坏性，即便宽阔的河床已经说明了一切。河

25

床之内，沙石堆积，河流暂时被那些沙石塑造，到了雨季，才是河流在塑造着那些石头。

一些民间艺人生活在弥沙河边的那些村落里。我负责去接他们。他们往往是这个村落里住着一个，那个村落里又有一个，很少是同一个村落里有几个的。这是民间艺术和民间艺人的一种现状，他们和他们的技艺散落在大地上。不远不近的距离，他们很多人只能独自练习。我总以为，他们成为老人后，对于那些乐器的控制与年轻时并不会有太大差异。但其实，里面还是有着很明显的差异。许多民间艺术，需要的就是旷日持久的练习与领悟。还有一些民间艺术，需要的是年轻时的体力与敏锐。我了解到在弥沙河边，每年都有很多庙会，这么多聚集的机会也意味着他们完全可以以这样的方式完成练习。他们拿出乐器，练习开始。他们收起乐器，练习结束。

我把车子的后备箱打开，他们中的很多人都不愿意把乐器放入后备箱，他们习惯紧紧地抱着自己的乐器。在这种微妙的行为里，我看到了他们珍视着那些古老乐器的同时，更是对一种一直未曾成为主导的身份的珍视。他们"民间艺人"这个身份，反而会让他们在一段时间里活得更有尊严。他们背着自己的乐器，乐器放在乐器盒里，还有放入包里的经书，都是被隐藏起来的。当他们聚集在一起时，这些东西开始显露出来。那些基本是老人的民间艺人，用艾蒿净手，在燃烧的松柏枝上熏一下手，才打开自己的乐器。他们是合奏。那些合奏的音乐，我从一开始就把它们当成是纯粹的音乐，里面的信仰色彩又一次被我过滤和淡化。我去接的很多民间艺人，他们从事的民间艺术往往有着强烈的宗教色彩。把信仰色彩过滤掉，那些民间艺术经过简化，它们剩下的将是艺术的那部分。

葬礼上，最重要的就是那群民间艺人，有男有女，有纯粹的音乐演奏，也有男女分别念诵的经文。我参加了几次葬礼，奶奶的葬礼、五叔的葬礼。我们要去往那些村落，把他们接过来。我们需要他们。如果他们没有把乐器展示出来，如果没有他们在演奏时的表现，我将根本不会发现他们的殊异之处。他们和弥沙河边那些村落里的很多老人的人生与命运相近，他们并没有因为自己会点乐器，还是那个特殊群体中的一员就会变得不同。其实他们还是与一些人之间有了不同，我们把音乐的信仰色彩过滤后，他们所从事的就是纯粹的艺术事业。

2

我出现在了弥井。弥沙河从村落中间穿过。弥沙河流经那里时，两座山很陡，两山之间的距离很近。要翻越那两座山，想象也会感到疲惫和无力。我只想沿着弥沙河继续往下，却不曾想过要翻越那两座山。山上并无茂密的古树，低矮的灌木与杂草说明着一些东西。弥井，与乔后一样，也是古老的盐井所在地，曾需要烧大量的木柴。弥沙河边，曾经就有一些村落，以卖柴为生。弥井，一个传统的古村落，还有很多东西保存得很完整，有古老的盐井，有古戏台，有好些庙宇。在一些特殊的日子里，有一些人会在那个古戏台上唱着古老的滇戏。我们迷恋完整。我们看到了太多的碎片，这也让我们更加珍惜完整。我们害怕出现空缺。当空缺出现之时，我们想尽办法把空缺填满。

时间是农历四月八日，平时冷清的村落在那天变得无比喧闹。也只有在那个特殊的日子里，我们才能真正看到一个世界的相对完整。那天见到的河流很小，河床很宽，村子沿着河床两岸分布，有一座石拱桥方便两岸的人往来。石拱桥的那些桥洞里放着许多木头，让人惊诧，难道人们就不担心洪水涨起后，水会漫进那些用于泄洪的桥洞，把那些木头冲走？

我知道在高耸的两座山中间的这个世界，在这一天，因为节日，它必然会变得喧闹起来。在其他时日，这个村落人影稀少，许多人外出打工。这个节日不同，许多外出的人会回来。里面参加唱戏的人，会在这天回来，他们曾在城市的工地上忍不住想唱上几句。那是在一个城中村，空间狭小，人们疲惫地躺在那些简易的床上，其中就有在村子里唱戏的人。我跟他说唱一段吧，他拒绝了，他说这里不是戏台，他们每次唱戏之前都有一些烦琐的仪式，他们要把戏神接回来，举行一些祭祀仪式之后，方可唱戏。在城中村里，一切杂乱无章，人总是被现实挤压着。当我出现在弥沙河边的古戏台，并听他们唱了几出滇戏之后，我开始理解一个民间艺人对戏曲的珍视。他只能在内心深处进行练习。一门艺术的不断精进，练习必不可少。

在弥沙河边，他们很难经常聚集在一起练习，他们只能在各自所在之处练习着自己要演绎的那些段落。练习的过程中，他们只能依靠想象，努力与另外那些人完成隔空的配合。人们把节日的盛装穿了起来，穿着各种民族服饰的人出现了。节日过去，许多人把那些节日盛装脱下来，世界又回到它朴素的一面。在人们表演结束后，负责管理戏服的人把古戏台上的戏服清洗干净，晾在古戏台前空落的院场里，沿着河谷往上的风让那些戏服飘荡起来。那些已经过世的唱戏之人的灵魂纷纷被风带入戏服之内，戏服开始了各种依托于风的表达。我痴痴地看着那些飘荡着的戏服，它们无比轻柔地摇曳着，像极了弥沙河流动之时的水波。戏服是那个世界里最华丽之物，当它们重新被放回箱子里，古戏台因为时间的蠹虫与灰尘，以及人影的稀少，变得朴素而落寞，那是世界在很多时间里的模样。喧闹与华丽，同样是世界的真实，只是它们持续的时间长短不同而已。

岳母穿的是朴素的藏青色衣服，还有一些人穿着相似的衣服，她们参加的是民间的莲池会。岳母在很久以前就已经说起，自己要回去几天。岳母隐入那些人中间，她们手中拿着红色的扎花，抬着一些熟食，还抬着一些茶、烟之类的东西，她们手中所有的物都有着隐喻和暗示的意义。她们出现在那座风雨桥上时，排成的长队比桥还长。那是她们内心的信仰，为了安心，为了祈福和消灾，里面暗含着诸多意义。她们只是长长队伍中的一部分。还有其他的人，一些人奏乐，一些人抬着塑像，一些人抬着鼓，其中还有一些负责主持仪式的老人。我看到了表象上人群的热闹，也看到了他们在举行仪式之时的严肃与安静。这与在别的时间出现在河流边相比，只是听到的河流之声不同。只有等这些仪式结束，才开始唱滇戏。

在这之前，我出现在某条河流边，只是为了一两个民间艺人，这次却不同，是为了一群民间艺人。当提到一群民间艺人时，我猛然发现自己面对着的很多都是唱戏的人。有好几个民间艺人，我要去拜访他们是因为他们是纸扎艺人，或者是绣娘，与他们聊着聊着，发现他们还会在那个古老戏台上唱古老的戏曲。经常会有这样的巧合。澜沧江支流边的好些村落里，人们唱的是白族吹吹腔。在弥沙河边，是古老的滇戏。他们唱滇戏时用的是汉语。我会无端替他们担忧，说汉语和用汉语唱戏对于这些常年只是用白族语言交流的人而言，确实太难了。我的担忧是多余的。

在这之前，我曾贸然猜测，他们在每一次节日的表演就是练习，平时他们没有时间聚在一起练习。猜测无疑是荒唐的。他们戏班子已经聚集在一起练习了二十多天。负责文戏伴奏的五个老人，正在戏台的一边练习着，另外一边是武戏的音乐伴奏，那里暂时空无一人，让我们对他们的形象充满想象。幕布一拉，艺人的形象消失，出现的便只是音乐。我们也将像那个最年老的民间艺人一样，用耳朵来聆听音乐，我们无法做到像老人那样轻易就听出里面的瑕疵。一些人还在戏台上唱地方戏，就已经让我们惊诧和激动了。他们对自己的演奏和表演看得很重，并不会因为人们审美的差异和能力，改变对艺术的态度与追求。

我把注意力放在了那些脸谱上。我又一次想到了在热带河谷中，曾见到的众多在风中飘荡着的怪异的面具。一些面具与那些脸谱很相似。我在摆放着的那本《滇剧脸谱》上找正在画的脸谱，没有找到，问了才知道他们画的是被那本《滇剧脸谱》忘记或者被那些去收集脸谱的人错过的一个古老的脸谱。脸谱，暗示身份与角色，那些过往历史中或是真实或是虚构的人物。岳母还有其他的人，对那些还未化妆的人很熟悉，在化起妆并穿上戏服后，已经分辨不清楚谁是谁了。他们成了与脸谱对等的人。唱戏化妆用的几瓶颜料，红色和黑色是主要的颜色。红脸和黑脸，一男一女负责给他们化妆。

戏台在庙宇里，是一个重建的戏台。我一开始以为，那是并未经历重建修补的戏台。戏台出现，修复的痕迹明显。我看到了太多古建筑被重新修复。时间的侵蚀，让一些墙画失去了色彩，让一些木质的部分已经朽坏。我注意着戏台上非常细微的变化。那些在戏台上练习、被我们打断的老人有些忧伤地跟我们说起，戏台早已经过了重建，他们曾目睹着来自人的破坏，那个过程很粗暴。

一些老人已经在近三年离开人世。这无疑是让人感伤的。我们尽量不要触及那些已经去世的人。但我们又很难不去触及那些逝者，我们问他们戏班子的人数，还问他们中年龄最大的是多少岁。这些问题一问出口，那些回答的老人便情不自禁地说起那些已经过世的人。

有几个女的也参加唱戏。在箐干坪那个村落，女人不能登上戏台，上面只有男扮女装的人。我们交谈着。在交谈的过程中，她们直言内心深处感觉不是很自信。才刚刚学习，学习的过程中有着重重阻力，那是时间和年岁带来的。她们还说，她们的记性已经不是很好了，她们的目光已经变得混沌无神。那是她们对自己的评说，我们看到的却是完全不同的情形，她们在戏台上的表演让我们印象深刻，她们的嗓音清澈，有一刻，我们听不见河流的声响。

3

进入简陋的化妆间，再爬上木梯，便是戏台的后台，长条形的后台。抬头见到的都是戏服，没有箱子。那些戏服从箱子里被拿出来，箱子和戏服在那一刻完成了互换，用戏服制作的箱子，是错觉。在那个古戏台里，总会产生一些错觉。两个小孩出现了。小孩意味着年岁小，与那些老人形成反差，让民间艺术不只具有那种让人疲惫与忧伤的暮气沉沉。

那是在另外一个地方，广场上，太阳热辣辣的，几个小孩穿着民族服饰，披着羊皮褂，鼓着腮帮吹奏着唢呐。我看到那个情形时，眼睛莫名就湿了，内心竟涌起莫名的心疼感。友人说他们是唢呐的传承人，都已住在县城，过去的那些民间艺人才真正让人心疼。过去的民间唢呐手要去往些村落，为人们的葬礼或婚礼吹奏唢呐，唢呐是他们用来维持生计的东西，那时鼓着腮帮子的人们都让人感动和心疼。

回到眼前的两个小孩，还未化妆的小孩。他们眼睛清澈。这将是他们第一次登上戏台。化妆后的小孩，出现在戏台中央，总是无法集中精神，他们的眼珠子翻滚着，朝喧闹的人群望着，他们只需要站在戏台中央。戏服挂在戏台上或者是堆在戏台上。前台用来演戏，戏台正对着一棵参天古木和庙宇的主体部分。戏台就在庙宇之内。人们从戏台之下经过，去往庙宇。人们唱戏，不只是唱给人，还唱给那个世界之内人们信仰的神灵。

我们在后台坐了很长时间，我被那些随意挂着或者堆放着的戏服吸引，那是可以把那个幽暗的空间照亮的华丽戏服。有没有专门制作戏服的人？我想问问那些制作华丽戏服的人，他们在制作戏服时，内心的微妙变化。在弥沙河边，已经没有人会制作戏服，会制作戏服的人生活在罗坪山下的那个村落里。我们是去过罗坪山下那个制作戏服的老人家里，当时老人正在用缝纫机制作戏服。一开始他们提到那些戏服的来处时，我竟希望是那个我曾去拜访过的老人制作的。但不是，那些戏服是另外的人制作的。

人们还未穿上华丽的戏服，他们与我们一样普通。准备唱戏的人坐在戏台的后台，他们中的一些人面露疲惫之色，其中一些人随意躺在那些凳子上。我们能理解他们的疲惫。在看到那个古戏台时，我跟他们说起了翻越对面那座山就可以到的沙溪，那里也有古戏台。我每次去往那里，都不曾见过唱戏的人，一个空落的戏台，一个我每次去都是空落的古戏台，但我不会武断地说那已经是一个废弃的戏台。那个古戏台正对着一个庙宇，庙宇里有着一些精美的壁画。我曾多次进入其中，就为了看那些保留下来的为数不多的几幅壁画，并在那个空间里想完成所谓对空间的诗学阐释。只是最终才发现那个空间本身，还有那些精美的壁画，都在拒绝被阐释。我们找不到那些壁画的作者，我们也找不到那些古老建筑的建造者，他们早已经变得无名。那些古老的建筑和壁画，因为时间的不断累加堆积，加之作者的名字早已消散于时间的尘埃之内，有了更深刻和繁复的意义。壁画上画的人物，精致无比，与岩画给人的粗砺模糊不同。它们的相似之处是能让我们释放想象力。我们无比珍惜它们，我们会因为它们展示出来的建筑之美与艺术之美而莫名感动。那是无法描述的感觉，有时就像是被锋利的茅草不小心划伤产生的痛感，有时又像是被生锈的铁钉刺着时会有的疼痛，都是疼痛感。我们在那个空间，感受到的是与生活中的速朽完全不同的东西，一切的美感，一切的珍贵都是通过时间的缓慢赋予的。时间已经过去很久，时间的厚度已经把一些壁画损坏，时间也留下了一些东西。我们能感觉到壁画和建筑背后的民间艺人，在那个空间耐心地画着那些壁画，耐心地建造着那些古老的建筑。那些无名者似乎早已洞悉时间的缓慢，以及与时间的缓慢相对应的耐心的意义。在沿着澜沧江的支流行走的过程中，我们发现了许多无名的民间艺人。他们是过往的，他们是想象的，他们是隐身于古老建筑与艺术背后的。

在沙溪的那个庙宇里，还展示着过去在那个世界里很活跃的祭师的服饰和器物。当我想在那个世界里，拜访一个有着传承意味的祭师时，才发现祭师早已消失，我们只能在口述史中找到他们的身影。我们看到了已经有着时间霉斑的衣服，衣服被单独挂在了墙体上，风偶尔一吹，衣服被吹动，显得无比空荡。随着时间，肉身慢慢变老，慢慢萎缩，彻底消失，那件衣服存在的时间远远超过了人活在世上的时间。

他们是否曾去过沙溪的那个古戏台唱过戏？我想象着他们出现在澜沧江边的那些古戏台上，下面坐满观众的情形。然后我继续想象自己也跟着他们出现在那些古戏台上。一问才知道，他们并不曾去往别处表演过。这与沘江边唱吹吹腔的那群民间艺人不同，吹吹腔艺人沿着沘江在那些古戏台上表演，还在那些临时搭建的舞台上表演。与眼前的他们相对比，那些吹吹腔艺人才是真正在世界中流浪的戏班子。眼前的他们只熟悉那个唯一的古戏台，他们已经在上面排练了二十多天。

他们都还未化妆。他们已经有三年没在戏台上唱戏了。他们给人的还是有着焦虑与激动相互交杂的感觉。每天练习持续的时间都很长。里面还有好些老人，他们是更容易疲惫的人。外面正在练习的人中有几个我认识。我曾去接过他们，也曾多次在弥沙河边的那些村落里见过他们。那时他们不是去唱戏，他们在一些葬礼、婚礼或者其他的祭祀活动上演奏音乐。手里抬着月琴的老人，跟我们说的唱戏是不同的，唱戏是一群人之间的配合，无比考验他们之间的默契。抬着月琴的老人，我们谈到了他的过去，他曾是老师，退休后曾跟着自己的孩子去县城带孙子，三四年的时间，他觉得很不适应，便回到弥沙河边，经常抱着自己的月琴。

那些人从小耳濡目染，一些人的祖辈就是唱戏的，许多人在此刻演的角色是他们的祖辈延续下来的，几辈子都在演绎着同一个角色。弹着二胡的老人强调的还是自己热爱。他们都是一群热爱民间艺术的人。我们从不敢轻视他们，就像我们从不曾轻视过民间的工匠一样。我们看到了他们对于艺术的热爱与痴迷。那种热爱可以持续几十年不变。那种热爱会让我们感动，也让我们汗颜。他们很快就进入了演奏的状态之中，他们之间配合异常默契，他们演奏的音乐和谐动听。戏台上演奏的音乐和谐而动听，又真只是和谐而动听？多次听他们在不同场合演奏之后，又总觉得他们的音乐就是动听，他们以动听的音乐努力把人们从悲伤中拉扯出来。他们基本是老人和中年人。他们口中说的那个二十七岁的年轻人，外出没能回来，但我们在他们表演之时，感觉不到暮气沉沉的气息。如果我们只看到他们的年老体弱，又怎么能希望他们可以把我们从无限的悲苦中拖拽出来？又怎么能肯定他们可以用欢乐的音乐给我们增添几分喜乐？为我们增加喜乐似乎不是难事（想想他们的年龄，同样很难），为我们减弱悲伤才是不断在耗尽他们的气力。他们见多了生死，也看淡了命运的潮起潮落，但他们每一次参加葬礼之时，也意味着自己又接近了死亡几分。里面的复杂可想而知。他们已经有三年不唱戏了。三年里，他们这个群体中的老人离世了好几个。我真希望是自己听错了。

戏台下面不远就是原来古盐井所在地。弥井曾是滇西有名的四大盐井之一。盐还产着，只是已经成为展示过去技艺的方式。一些煮盐巴的大锅，其中几口摆放在房间的角落，有三口锅还被用着。其中一口锅下面，是差不多要燃尽的柴火，锅里已经干得差不多的卤水还在沸腾翻滚，我们用勺子把潮湿黏稠的盐巴舀起来，盐巴略微发黄，这与锅被使用的次数和时间有关。还有一口锅上，放着一个筛子，筛子用来沥水，水沥干后，盐巴给人的感觉不再那么黏稠，颜色也不再发黄，白色的盐粒开始堆积在筛子里。盐巴的制作过程被无限简化。那个煮盐的人去提卤水，然后烧煮，把成盐卖给一些外地来的人。煮盐的人，他存在的意义似乎只是向人们展现过往的时间和记忆。下了好几个台阶，那里有一小塘卤水，煮盐的人跟我们说，那近乎死水，已经不再被人使用了。

古盐井所在的院落里，一些不多的非遗在展示着，制盐、甲马、黑陶和布扎。堆着不多的几个甲马雕版，印刷出来的有几页纸，墨汁太浓，字迹洇开；黑陶，一些用来煮茶的壶，一些罐子，一些杯子，都是墨色，与雕版的色彩给人的感觉有些相似，有一刻甚至会有错觉，那些黑陶也是用特殊的雕版印制而成；布扎，十二生肖，与甲马和黑陶给人单一的色调不同，布扎的色彩是丰富的。我看到的是一个年轻的非遗传承人，一开始我以为她的年纪与我相仿，一问才知，她的年龄比我还小，那是会让戏班子羡慕的年龄。在银江河（澜沧江的另外一条支流）边，做面塑的那个老人，最终用泥塑做了十二生肖，他还会布扎。当我出现在他家时，他早就不再做布扎了，我没能看到老人做的任何布扎。眼前的年轻布扎艺人和远处的老人之间，布扎的十二生肖和泥塑的十二生肖之间，我与他们之间，都有了隐隐的联系。

戏班子可能会遇到类似缺乏传承人之类的难处，我没有跟那个布扎艺人说起。我在戏台上与戏班子随意交流之时，他们也并未表现出我以为会有的那种难过与叹息。一些人已经在学了。一些人从小就开始学。

4

开始化妆。脸谱已经存在于画脸谱的人的脑海。已经有三年没画了，戏班子也已经有三年没唱了。戏班子用二十多天重新找寻彼此之间的默契，还找寻着对于一些戏曲的记忆与感觉，让戏曲中的人物与故事从画脸谱，到着戏装，然后在那个古老的戏台上复活。一本古老的脸谱，巴掌大，有个人在戏台前翻看着，她应该是向戏班子借过来翻看的。我也想借来翻看一下，那个暂时拿着脸谱的女人，警觉地把它收起，也让我在那个最适合翻开古老脸谱的空间里，只能匆匆捕捉到一眼。虽然已经很近，但与脸谱的距离感还是很强烈。我能理解那种警觉，那是一本用于珍藏的书。化妆的过程中，化妆师并没有去找那本老的脸谱，也没有把那本很新的《滇剧脸谱》翻开。杂乱无章的化妆台，一张古旧的木桌子，色彩已经斑驳，化妆用的颜料、一面圆镜、一些画笔摆放在那里，那是随意堆放的过程、无序的过程，也是无比简化的过程，脸谱是用粗砺的色彩与线条勾画出来的，只能是看似简化的过程。

我们以为化妆持续的时间会很短。但真正化妆结束登台，已经超过原来计划的时间半个多小时，化妆并不是一个我想象中的简单过程。戏班子里的化妆师，同样不可或缺。一楼简单的化妆间，简陋的空间，色彩黯淡的空间里，色彩绚丽的脸谱，正在化妆的有一个，旁边等着化妆的有两个。化完妆的人就爬到二楼的古戏台，候着。化妆过程无比缓慢，与其他的民间艺术和技艺一样，都依靠着淬火一般的耐心，与弥沙河在这个季节流淌时的样子无比相似。我在那座风雨桥上观察着河流。河流变得无比缓慢，也变得有些瘦小。河流曾经的样子，我们只能靠桥和河床想象，河床很宽，石拱很高，有一些桥洞，桥洞里放着一些木柴（那是我第一次到那里时，给我触动很深的，那些堆积着的木柴也在诉说着河流的一些秘密）。河流依然会在雨季涨起，那就是戏曲里情绪与唱词迭起之时。我在观看那些戏曲时，总会把戏曲与河流联系在一起。许多人会这样做，我只是延续着一些人对于艺术与河流的理解。

我沿着河岸往下走，拦河坝一消失，河流越显瘦小，变得很像是那些年轻的河流。年轻的河流，它们的特点就是小。我也意识到，这也不是一条年轻的河流了，它没有任何汹涌不羁的样子。这与那些戏曲给人的感觉完全不同。我们是看到了很多年老的民间艺人，但他们一化妆后，年老的气息荡然无存。他们中的一些老人被化妆成年轻人，他们的唱腔发出的也是年轻的声音。我们会忘记自己是在弥沙河边看一场古老的滇戏。很多人都不敢相信，那些民间艺人在那个世界里，还展现出专业的一面。当我们离开，沿着弥沙河往上走时，我们都在议论那些演员的表现。许多人都在谈论一群民间艺人，很多人都在谈论滇戏，戏曲的重要意义在人们的谈论中显现。我们在戏台前面已经分辨不出来他们真正是谁了。

唱戏开始。他们在舞台上表演着，色彩华丽的服饰和脸谱，戏台上的那些墙画——墙画中有几幅是黑白色调的，仅仅四幅，那四幅需要演员抬头才能看见——它们与戏台上其他色调之间形成鲜明对比，在对比中，我们一眼就意识到了为何戏台上的色彩会那般华丽。在真正唱戏前，其中一些唱戏的人穿着戏服，与那些举行祭祀活动的人群，在弥井那个村落绕行一圈，他们的身影落入弥沙河中，朝合江方向流去。他们的戏腔和唱词，也从古戏台所在的陡坡上，往河谷滑落，汇入弥沙河流淌时发出的声音之中。滇戏唱到一半，我离开了弥井，沿着弥沙河往上，回到弥沙河边的一个村落里。那夜，有梦。梦中的河流，以及梦中的民间艺人。

三

　　我想在黑惠江边住一晚。我是在黑惠江边住了一晚。那些从罗坪山上飞过，来到黑惠江边饮水的大鸟对我的吸引力延续着，不曾消散。一群大鸟黑压压地飞过罗坪山。幸好它们是夜间飞过罗坪山的，如果是白天，将会遮天蔽日，悲壮不已。现实中，众多迁徙的鸟，从那条迁徙的路线，飞过了罗坪山。很少有人见到那些黑色的或者是褐色的大鸟。许多人都曾见过众多的候鸟在罗坪山上的迁徙。监测候鸟的人见过，他们要捕获一些鸟，给它们做一些记号后放生，他们希望过几年会再次捕获那些标有记号的候鸟，再次捕获对他们进行监测和研究的意义不言而喻；还有一些牧人和路人见过，迁徙的鸟群黑压压飞过罗坪山，那些五彩斑斓的色彩被黑色的力量吞没，远远望着就是黑色的鸟群，就像是那些牧人放牧的羊群飞到了天上；还有偷偷捕鸟的人见过，一麻袋一麻袋的鸟被那些偷偷捕鸟的人背到市集上卖，那个捕鸟的过程很残忍，他们捕获的许多鸟的种类很多人不曾见过，与罗坪山上或者是黑惠江边常见的仅有的几种鸟不同。这些不常见的鸟类，这些在梦境中都可能不曾出现过的鸟类，让那些乡村尘埃飞扬的集市，有了纷纷扬扬的色彩。死去的色彩，依然充满活力。一些出现在集市上的孩童呆呆地看着那些鸟，那些色彩开始进入他们的梦境，梦境越发斑斓。讲述中，在黑惠江边饮水的大鸟，墨色，混入夜色，如果拨开浓厚夜色的黑，它们将被那些失眠的人看到，它们还将被那些因为生活赶夜路的人看到。一些人会在夜间翻越罗坪山，那时的他们像极了那些迁徙的候鸟。

在黑惠江边住的那一晚，我与好友阿颖畅的父母聊到很晚，他们与我的父母很像。午夜十二点，我还未入睡。我来到阿颖畅的院落里，院落中竟有一块田地，种着蚕豆，抬头，月亮明亮，天空辽远，有许多月光无法遮蔽的星星，依然释放出璀璨的光芒，与常理似乎是相悖的。按理说，那么明亮的月色，又怎么可能会有那么灿烂的星辰。在那样的月色下，一切很安静，没有大鸟出现。大鸟在那个时间点还未出现。大鸟也可能出现在了黑惠江边。黑惠江，离我们有一段距离。能够听到黑惠江拍击两岸的声音时，不是这个季节。这个季节的这个河段，黑惠江的水流因为被一些电站截走而变得很小，小到会让人觉得那根本就不像是一条大的河流，只有河床在提醒着我们，只有阿颖畅和其他人在不断提醒着我，这是一条季节性河流，它的小只是暂时的。我也知道事实如此，毕竟这次我来的这个河段里，已经汇入了很多条支流，像白石江、弥沙河，也像金龙河、玉清河等好多条支流。其中有一些支流，我很熟悉。洄游的鱼，早就被拦河坝拦住了路，它们曾经逆着澜沧江往上，然后又逆着澜沧江的支流黑惠江继续往上，抵达炼铁，有些还继续往上，朝河流的源头游去。它们比我们更深刻地感受着一条河流，它们经由浅滩，也经由急流，它们的身体还将与河流中的沙石撞击，那个过程浪漫而惨烈。我们在黑惠江边，看着众多的拦河坝，感叹着那些洄游鱼类在黑惠江的灭绝。有些大鸟来到黑惠江边的目的，是否就是在那些河流边等着洄游的鱼类？

此次，我们的目的地就是炼铁乡的黑惠江边，我们努力把沾染在肉身上的盐粒抖落下来。这一次我们与那些飞过罗坪山的大鸟不同，它们只能是在夜间飞过罗坪山，来到黑惠江边。传说赋予了它们黑夜的色彩。我无法肯定夜间出现在黑惠江边，就会遇见那些传说和记载中的大鸟。候鸟迁徙的时节，出现在罗坪山的话，我就能见到很多鸟，里面将有很多我不曾见过的鸟，也将会有那些传说中的大鸟。在我出现在罗坪山上时，一些老人很肯定地说在还未禁止捕杀那些候鸟的那几年，他们就曾捕获过一些大鸟。他们的描述，竟与传说与记载完成了互证。我竟也相信了有一些大鸟会出现在黑惠江边。

鱼在歌唱，在讲述中，很多人都肯定他们听到了洄游的鱼在唱歌，昼夜不息。在澜沧江的支流边行走的过程中，我已经习惯了聆听讲述，我也开始渐渐相信很多讲述。我们养成了听鱼唱歌的习惯。我们来到了河边，风起峡谷，风呜咽着，沿着狭窄的河谷往上。一些孤单的水鸟，在河床里的沙石上停留了一下，又往别处飞去。我们听到了水鸟发出的声音，有那么一会儿，我还以为那是一直想听到的鱼奏响的音乐。那时，我正轻轻地闭上眼睛，风开始变得轻柔（风声给人的感觉，也在暗示着内心的微妙变化），这样的轻柔能从岸边的苇草摇曳的身姿上感觉得到。我缓缓睁开了眼睛，是水鸟在其中的一处沙石上鸣叫。当我们潜入水中，就会听到鱼在歌唱。

水鸟在歌唱。河流在歌唱。梦。梦中之梦。梦中，我听到了鱼在歌唱。我潜入黑惠江中，有一种鱼，头大，无鳞片，它们搅动着江水。时而像轻柔的风声一样美妙，时而像呜咽的风声一样让人难受。呜咽一般的歌唱，唱出了作为鱼在那个世界中，生存境遇的尴尬、窘迫与无奈。我更希望能听到的是远离忧伤的歌唱。在那个梦中，我醒来，嵌套的梦，我还没有真正醒来，只能算是在另外一个梦中醒着。梦中，鱼种类繁多，流水清澈。我从嵌套的梦中真正醒来的过程变得异常缓慢而艰难。从梦到现实的距离，竟是那么长。我回到了现实。我真正出现在了黑惠江边。

黑惠江

1

这里的黑惠江只是流经炼铁的那段，就几十公里。我离开乔后，进入炼铁，那是顺着黑惠江而下。有几次，翻越罗坪山，经过炼铁，进入乔后，再来到沙溪，然后是剑川，那是逆着黑惠江往上。从剑川继续往上，就可抵达黑惠江的源头。这一次，我逆着黑惠江，离开漾濞江进入炼铁，到了炼铁后，就不再继续往上了。乔后与炼铁是不同的，乔后的空气里飘荡着的盐粒，有些粘在我们的衣缝中，有些被我们吸入肺部。到了炼铁，有个老人，吸了吸鼻子，问我们是不是从乔后过来的。那个老人熟悉那些夹杂着盐粒的气息，他曾在那里开采过盐矿。我们以这样的方式，携带着那些盐粒，出现在了这里。那些黑惠江里的鱼，在含有盐分的水里生活，然后顺着黑惠江，游到了炼铁，它们的肉质鲜美。这一次，再次见到那个老人，老人依然吸了一下鼻子，便确定了我们不是从乔后那边过来的。

我是在白天沿着河流，沿着人们对同一条河流的不同命名，沿着河流两岸事物的变化，沿着河流流量的变化，出现在了炼铁这一段的黑惠江边。这是独属于我的一段。其实，这一段，应该独属于好友阿颖畅。这一次，他请假陪我沿着黑惠江的这段行走，他熟悉这一段。他在黑惠江边出生、成长、求学，然后在黑惠江边的纸厂代课几年。黑惠江边的那些记忆变得清晰可辨，在黑惠江奔腾的声息中，他并不曾感受过一个代课教师因对未来感到迷茫而产生的孤独与恐慌。那几年可以说是他活得无忧无虑的日子。我也回忆着在怒江边教书的那些日子，前路未定，却对陌生世界充满渴望，对未来也充满幻想。现在，阿颖畅和我都生活在下关这座城里，我们面对着的生活上的压力很相似。

在此刻的黑惠江边，我们已经意识到暂时离下关那座城已经很远。我听着阿颖畅讲述关于黑惠江边教书的过往。那几年，还未实行九年义务教育，他见到了一些家境贫寒、过早辍学的人，也见到了依然对知识充满渴望的人。第一年来纸厂，他教毕业班，在他上课的时候，有个学生在教室的外面徘徊了很久，那种徘徊里有着可以触碰得到的胆怯。当阿颖畅来到他面前，他开始变得支支吾吾，大意是想来他们班上课。那个人早就应该读初中了，由于家庭贫困没能继续读书。让他感到不可思议的是，这个学生与母亲相依为命，父亲因病早逝，木讷的母亲并未来求他。按理讲，求人的应该是那位母亲。这个学生，后来如愿读了初中，还考到了县城的一所高中。阿颖畅还说那个人成绩很好，应该是考上了大学。按时间推算，早就毕业了。那个人的现在，他不知道，如果要去打听，还是能打听得到，只是有时打听已经无多大意义。或者是阿颖畅担心打听到的与自己希望的会不一样。那可以说是因为阿颖畅而改变了命运的人。他还说到当时的一个村支书，重男轻女，有个女儿，学习很好，到六年级毕业时村支书就不再让她上学了。他也曾做过那个村支书的工作，没有效果，这事也让他痛心不已。这是回忆。回忆中，阿颖畅并未因每个月两百多的工资而生活落魄，他在纸厂开着一个经销店，在认真教书之余，也多少赚了点钱。他在纸厂教了七年书，每年都去参加教师考试，好几次到面试之时，就被淘汰了，里面有着各种各样的原因。回忆起来，总是很难。七年之后，阿颖畅因为终于通过考试，成为一名乡村小学教师，便离开了纸厂，偶尔才会回到黑惠江边。当出现在属于阿颖畅的黑惠江边时，这样的记忆就是黑惠江上的浪花，它们是河流撞击着江石后掀起来的浪花，过往也渐渐被黑惠江吞没。阿颖畅努力想成为那种有可能会影响别人的人，他甚至希望自己能对一些人的一生产生影响。我们都陷入回忆中，发现一些人的一生即便结束了，他们给某些人的影响却一直延续着，我们有时也在努力挣脱另外一些人的影响，那个过程压抑而折磨。此刻的回忆是美好的。我们在讲述过去的时候，往往要讲述过往中的那种被我们挤压出来的甜蜜，或者是那些本来就存在的甜蜜。

有一段时间，我近乎偏执地寻找着澜沧江支流边的那些民间艺人，我想捕获一些艺术与河流之间的秘密。这样的想法，在付诸实践之时，就已经注定了失败和牵强。在澜沧江的一些支流边，我是见到了一些民间艺人，我也在以自己的方式，把他们联系在一起。当我来到黑惠江的这一段时，我问友人阿颖畅，他们村里是否有一些很特别的民间艺人。我同样问过吉海珍和小宝，雪山河边有什么特殊的民间艺人。这里说的民间艺人，我们心照不宣，是非物质文化遗产传承人。他们都说，并未有这类熟悉的人。就这样，我在雪山河边多次行走时，只是沉醉于河流本身的美。继续沿着雪山河往里走的想法，被雪山河电站阻断了。雪山河电站里面的雪山河是县城的饮用水源。当雪山河从雪山河电站流淌出来时，它要流经一个烤酒的铺子。有几次，进入苍山前，我们都要在那个铺子里坐上一会儿，烤烤火，甚至用酒暖暖身子，才起身进山。从苍山中出来，又在那里坐会儿，同样是烤烤火，喝点酒，亦是暖身。

阿颖畅说只有一个刻碑的老人，一辈子都在教书。关于老人的讲述，很模糊。只有亲自面对老人，老人的形象才会从模糊变得具体。阿颖畅在田心完小读书时，安咯人就是校长，那个教学点现在已经撤掉了。去阿颖畅家要经过那个教学点，很破旧，房子低矮，杂草丛生，铁门生锈，一看便知已经关闭了多年，空落颓败。阿颖畅出现在了老人家里，他与我视频通话，老人当时精神矍铄，他们两个人酒喝得正酣，在火塘映照下，面部通红，阿颖畅声音不觉已经高了一些。通过手机，依然能感受他们相聚时光的美好。我跟老人用白族话聊了几句，倍感亲切。

老人让我想到刚过世不久的姨爹，他同样曾是乡村人民教师，他亲身感受过教育发生的种种变化，也可谓桃李满天下。我小的时候跟着姨爹在乡政府所在地到处行走时，很多人都会带着崇敬之意跟他打招呼，这使我内心佩服不已，也曾萌发过将来要成为像他一样的人的想法。我们在聊起这些时，阿颖畅说他小时候在与老人的交集中，同样有过这样的想法。阿颖畅如愿成为一名人民教师，教书育人一段时间后，他改行成为市级文联的一个工作人员。他家在老人家隔壁，每次阿颖畅回到田心，都会抽空去看望一下老人。阿颖畅是否有过要成为一个刻碑人的想法？刻碑的老人总是要遇到对未来逝者的一生进行总结评价的情形，老人找寻着这个人一生中最值得称颂的品质，那是让他绞尽脑汁的过程，公正公平地评价一个人的一生总是很难。在黑惠江边，老人更多见证了许多人普通而庸碌的一生。面对着一些人的一生，他们所遭受的挤压，他们的饥饿与病痛，他们的颓丧与困顿，他们因意外在生活中承受的痛苦，那些无法真正做到合家团圆和合家欢乐的痛，总是让他很难受，他真希望很多人都能拥有幸福的一生，真实的情形总是很难。当碑文上的人逝世，当后人对这个人的一生进行缅怀追忆时，但求能让后人在那些人或是普通或是不平凡或是匆匆的一生中感到骄傲，并对自己的一生有一些启发和重塑意味。老人不知道自己是否在那些简短的碑文中做到了这点。刻碑的老人是否会比别人更强烈地意识到，有些时候死亡并不是生命终结后的彻底消散，反而是生命以另外的一种意义在延续，在他这里，是以碑文的方式在延续着。

我们并未进入那个有着一群唢呐艺人的村落，那里在过年的时候，会有人唱戏，这个村落与松鹤村很相似，它们之间又有着一些不同。已经过了很长时间，阿颖畅在跟我聊起那个叫大叶坪的村落时，他只是简单强调了那些唢呐手，以及罗坪山两面的唢呐手之间的相似之处。在他看来，他们之间太相似了。他也没有把讲述详细地放在那些唱戏人身上，唢呐手同样被我们简单带过。阿颖畅把一些东西暂时忘记了。当我们离开黑惠江好几天后再次聚在一起闲谈时，他才猛然记起了他们村也是有一些民间艺人的。他生活成长的村落里，每两年也都会唱戏，刻碑的老人就是唱戏人之一。当刻碑的老人有了唱戏的身份，他就不只是一个刻碑的人。这同样就是我要在澜沧江支流边找寻的那种民间艺人。只是因为阿颖畅的记忆临时被其他的东西填满，老人的身份被简化为一个上门女婿，一个曾经的人民教师，一个刻碑的人。阿颖畅还忽略了其他的民间艺人。

我们也并未因一场葬礼或者一场婚礼出现在黑惠江边。我们来时，一些祭祀祈福的活动已经结束，或者还未开始，一切都不凑巧。当那些唱白族调的人老去，让他们再唱一段白族调时，他们顿时羞赧不已，不知道如何开头，嗓子里像堵塞着什么，嘴巴似乎在外力的作用下只能紧闭着。这与过往，他们还年轻时，完全不同。曾经他们可以在黑惠江边，不管不顾地对唱着那些情义深浓的白族调。当意识到现实如此时，我顶多只能与田心村的刻碑老人谈谈他的过去。

我出现在老人家。他的气色比上次稍好，我也发现他还未从手术中真正恢复过来。一个异常缓慢的恢复过程。他一开始以为我来只是因为黑惠江，而不是他，他开口谈论的是这条河流。当我暗示他，暂时把河流放在一边，他并未在意，依然继续谈论着黑惠江。刻了多少年的碑？在这之前，我总觉得应该是多年，在他很年轻的时候，就已经耳濡目染（这是事实，他跟我们说起了他的老家，是在罗坪山另外一面的凤羽古镇。我知道那个古镇，前不久我还专门又去了一次凤羽古镇，在古镇里见到了另外一些专门以刻碑为生的人）。他回答我们，真正刻碑的时间就五年。这与我的想象完全不同。这五年里，炼铁乡的大部分墓碑都是他刻的。他还一再强调刻碑只是他退休后的兴趣。他指了指，碑就在院子中的那张水泥桌了上，老人的毛笔字写得很漂亮。他先在石碑上写下文字，然后开始刻。刻出的字与写的字，有一些区别。石碑的材质也影响着他刻下的那些字的质量。我再次确定了刻下的那些碑文对于一个人而言是关于一生的评价。有时，是人家自己提供，有时，也会遇到这样的情况，是他帮人家想一份初稿，然后大家共同讨论完成，一个人的一生在讨论和修补中真正完成。多年后，很多人会忘记那些刻石碑的老人。刻碑的老人，要面对多少人的一生？如果是田心村的人，老人对他们的一生熟悉（其实有一些人的现在，同样是模糊的，他们外出打工，几年不回来的也有）。从田心村往外扩散，许多人的一生于老人而言，只能听他们自己或者是他们的亲人讲述。讲述总是很漫长，最终落于石碑上的话语总是那么简洁。一个人的一生简化为那么几个字，是否准确，是否值得怀疑。当刻下之时，一切便已确定，许多碑文很清晰，一些古老的碑文，被拓印下来后，依然清晰。可以说，一群人完成了对于一个人一生的定论，放在墓地，经受风蚀雨淋。

2

我们选择从长邑村开始沿着黑惠江行走。与计划如何行走不同，这次的行走充满了太多的意外和惊喜，这是在这之前从未有过的沿着澜沧江支流行走的经历。阿颖畅都不曾以这样的方式，沿着这段黑惠江走过。他给刻碑的老人打了个电话，电话关机。春节的时候，他曾拜访过老人，那时的老人身体依然很差，聊天的时间稍长，就会疲惫不堪，那是一眼看到的疲惫不堪。那段时间，老人经常去州医院复查。电话不通，意味着他可能又去了州医院复查。当意识到可能会错过那个刻碑的老人时，我们变得不急不缓。当我们进入田心，得知刻碑的老人刚从州医院复查回到村里两天。老人以这样的方式回到村子，让我无端想到白石江见到的那个塑像的老人，他们都是在我决定去采访他们之前一两天，回到了村里。他们的回来，都是巧合。他们就像是为了亲自把他们人生与命运的某部分呈现给我，转述总是与真实隔着模糊的一层东西。我在白石江边，看到了老人面对不再从事泥塑艺术这个事实时的复杂情感。在黑惠江边，我看到了一个老人把他的刻碑生涯简化为不多的几句话，无论我们怎么继续把话题引向刻碑，疲惫的老人似乎已经无力谈论刻碑的过往，也无力去谈论自己教书的过往，也不愿意触及自己的童年。在那一刻的回忆让人疲惫。那一刻，老人需要的是休息。一个因为病痛暂时无力刻碑的老人。看到老人的疲惫，我甚至有一种忧伤的想法，老人会不会也不再继续刻碑了？一开始，当阿颖畅说起这个刻碑的老人时，我并未在意。如果不是几次跟着阿颖畅来到黑惠江边，刻碑的老人可能就只是以曾被我们提起的方式出现过，然后就像很多人一样，不会再出现在我们的生活中，也不会对我们产生任何影响。老人不同，因为各种巧合，他再次出现在了我们的世界中，并与我有了交集，最终他像澜沧江支流边的许多民间艺人和工匠一样，对我产生了一些影响。很多人对人产生的影响，便是他们的人生与命运。我关注的不仅是他们从事的民间艺术，还关注他们的人生与命运中表达出来的坚韧不屈、孜孜以求，还有那种普通人的朴实。

在遇到刻碑的老人后，一些时间里，当我出现在苍山、雪邦山和罗坪山时，我会有意进入这些山中的墓地里。有时，就像是独处，一个人出现，像极了神经质的盗墓人，实际上就是为了去看看那些墓碑上的文字，有生卒时间，有墓志铭。那是在雪邦山中，我拨开了萋萋荒草，见到了一些墓碑，墓里埋葬的人，大多年纪轻轻便去世了，二十多岁。无法想象，刻碑的人在面对着那么多年轻的人去世时，内心会产生什么样的震动。如果是刻碑人自己的亲人，里面的悲恸之情又将是如何强烈？刻碑人当时的心境，与今日我的心情完全不同。墓碑上并无任何暗示，我们只能猜测，可能是瘟疫，可能是意外。从那些碑文，回推到当下的刻碑人，他们都是在面对着生命形形色色的姿态，出生时无比相似，死亡的方式却有着太多种，自然死亡，非正常死亡。刻碑人将有着更多的感慨。在与刻碑的老人有了一些交流，同时也与刻碑人在情感上建立起了联系后，刻碑人真正把内心的一些东西毫无遮掩地跟我们说着。

我把在这之前遇见的那些民间艺人和好友阿颖畅分享后，我也表达着自己渴望去往黑惠江边时能与一些民间艺人相遇的意愿。他在电话中问一些人，从翠屏那个村落到他们田心村，是否有那些我想要见的民间艺人，他得到的回答是没有。真正与刻碑的老人认识后，老人沉默寡语，谦虚朴实，刻碑的时间不长，却刻得很好，这其实就是我要找的人。从翠屏还要往上，快到炼铁乡政府的一个村落里，有着一些吹唢呐的人。我们熟悉那样的唢呐手，在罗坪山的另一面，在那个叫松鹤的村里，就有着类似的民间艺人，他们无比相似，他们吹奏的调子也无比相似。在松鹤村见到那些唢呐艺人后，我便决定暂时不去那个村落里。我们还提到了唱白族调的人，在炼铁是有这样的人，但友人无法肯定。我们在沿着黑惠江行走的时间里，没有听到任何散落在田野河谷的白族调。那是什么时候？把时间往前推几十年，那样的情形很普遍，一些唱白族调的人出现在黑惠江边，还出现在澜沧江的其他支流边，放牧，然后对歌，歌声汇入澜沧江的支流，歌声也在那些河谷中努力往空阔处爬升。一些故事就在对歌中发生。当歌声在黑惠江边消失，我们见到了一些在江岸上啃食着枯草的牛羊，只有一些老人在放着那些牛羊，许多人已经外出打工。我们只是在黑惠江边遇到了那些唱白族调的人，他们已经不在那里，或者他们已经不像多年以前那样，自由自在地在河谷中唱着或是忧伤或是快乐的调子。我们都知道很有可能见不到任何民间艺人了。

在长邑街上，准备去往黑惠江边，路过一个店铺，那里聚拢了四五个年轻妇女。她们在绣着一些东西，我只是静静地看了她们一会儿，她们成了此行中可以算是民间艺人的人。我们之间没有产生任何交集，也没有任何对话，她们很像从此处的黑惠江往下（那时的黑惠江更名为漾濞江）时我们见到的那些绣娘，她们的一些东西很相似，她们又有一些不同。在漾濞江边，我们看到了那些让人惊叹、让人眼花缭乱的绣品，眼前的那几位妇女绣的作品都还未完成，只是开始。我还遇到了一个年轻的男子，刺绣很厉害，他已经挣脱了曾经别人看他之时的偏见。有许多民间艺人用自己的艺术，矫正了一些人认识上的偏见。

黑惠江边。就在田心村，还有一些老人唱板凳戏。几张桌子在院子里并拢在一起，唢呐手坐在最边缘的位置，一些老人就在唢呐和其他乐器的配合下，唱一些吉祥祝福的话语。这次同样还是通过讲述，我了解了板凳戏真实的一面。在这之前，我想象了好几次。其实与想象中的样子很不相同。老人声音嘶哑，曾经，老人声音清越。

我们不再纠结于民间艺人和黑惠江之间产生什么联系的问题。我暂时忘记了可能的民间艺人。那些唢呐手将要吹的是一个过水调，人们抬着某个逝者，要从黑惠江上抬过去。曾经，是从摇摇晃晃的吊桥上抬过去。我们决定不再有意去寻找民间艺人。这样的决定，也让我们此行的目的变得无比纯粹。冬日的黑惠江，在一些河段，依然不是很小。在一些河段，因为电站截流的原因，河谷中的江流变得无比细小，没有任何活力。是从长邑街往下不远处，河流被截走，河谷变得狭窄，那里本应该是河流奔涌之地，河流却在那里变得死气沉沉。冬日和初春是黑惠江一年里流量最小的时候。黑惠江也是一条受众多电站影响的河流，河流的样子被众多的电站改变。

到达翠屏村，那已经离长邑有一段距离了。那时，我用河流从翠屏村流到长邑村的公里数计算，依然只能是概数。在翠屏村的某个已经变得平缓开阔的河段，我停留了很长时间。那是为了感受，那天我的沿河行的计划，只是走不多的一段路，那是以与之前的沿河行完全不同的速度在行走。慢下来，我已经多次这样告诉自己。有一次在苍山，我就意识到只有慢下来，一些东西才会展示给我。一个世界给人呈现的东西，以及一个人呈现的东西，是与时间的长短成正比的。如果我只是在雨季沿着河流行走，我收获的可能只是河流汹涌澎湃且有着极大破坏力的一面，却有可能忽略它在雨季之外的季节里的特点，水流退下去，河谷中众多的石头显露出来，一些河段，河流苟延残喘，让人失望和感伤。这一次，至少在翠屏这一段，河流的流量已经很小了，却没有让我们感到失望。水鸭的叫声，喜鹊的叫声，还有其他鸟类的叫声，与河流的声息，交错在一起。它们在河流上低矮地飞着，就像是早上空气里的水雾沾湿了它们的翅膀。有好些鸟，我们无法分辨它们的种类，我们离它们很远，它们离河流很近。我们只能通过它们发出的鸣叫来分辨其中一些鸟的种类。在这之前，我已经很长时间没见过许多鸟了。它们再次出现在了我们面前。我们在那段黑惠江边待了很长时间。来的时间是早上。我们早早离开下关那座城市。出现在黑惠江边时，我看了一下时间，是早上九点，我不曾那么早出现在黑惠江边，除非是那几次睡在黑惠江边之时。

　　依然是翠屏村，一座古老的吊桥，已经弃用。吊桥上，已经不能过人，两边被封起，有些木板已经朽烂，如果人走在上面的话，我们能肯定许多木板将被踩坏，木板将落入黑惠江，发出一些喑哑的声音，然后被水流带走。黑惠江带走了很多东西，它从上游冲下来了一些东西。替换人的是木板上长着的草，长得繁茂，此刻，它们是一望无际的枯败。吊桥下，是一些老黄牛，它们偶尔朝我们望望。古老的吊桥前，是一座现代的桥，过桥便是翠屏街，去街上的路都是水泥路。我们没有选择那些水泥路，而是选择离黑惠江更近的沙石路。一些路是暂时筑起的河堤，当雨季来临，河水上涨，那些河堤就很有可能消失。这次，因为河流的流量小，我们可以走到河流中露出来的沙石上。黑惠江的河谷中，有着很多良田，是河水落下去后人们开垦出来的，在雨季来临之前，就要收起那些庄稼。没有及时收割的庄稼，就会被河流吞没。在冬日和初春，没有这样的担忧，在河谷中，我见到了堆积的很多玉米秆，还有一些农人在那些田地里忙碌着。他们从容的样子，并未有任何焦虑的神色，他们对这条河流已经很熟悉，他们知道它何时会涨，何时会落。他们依然没有想到的是刚过去的这一年，黑惠江的水会涨得那么大，对两岸的冲刷让他们还是有些措手不及。黑惠江的上游金龙河、弥沙河都涨得超乎想象的大。在这些支流边种田地的人，忧伤不已。大家再次认识了一条河流。几十年的固化，并未让一条河流真正固化，河流是流动的，流水不腐。只有冬日，才是让我们对一条河最放心的季节。在长邑那座已经废弃的拱桥上，长满杂草，桥洞里堆满垃圾，那些垃圾已经在说明河流真正涨起时，流量真是很大。

从纸厂往上，有一个叫石城的村落，世界都是由石头组成的。如果把这个村落与河流联系在一起的话，在这个村落同样可以见到黑惠江，这个村落里流淌着的是石头的河流。那些核桃成熟后落下来，砸到石头上，就会砸得裂开。一些房子直接建在石头上。一些很大的石头，人们在上面晒谷子。那是一个坚硬的世界，那又是一个柔软的世界，人们亲切。黑惠江河谷中的那些石头就像是被讲述中的那些超自然的力，搬运到了石头村。

3

从翠屏村继续往上。我们走得很慢。到达新生邑。继续往上，依然很慢。对新生邑印象最深的是江边的那排长得繁密的柳树，从漾濞江往上，没有见到那样繁密的柳树。柳树是江边最常见的植物。还有笔直的白桦，有时也能见到。黑惠江边，在不同的位置，因为海拔和其他的因素，同一种类的植物会在一些河段频繁出现。新生邑的柳树，正在准备抽芽，天气渐渐变得热起来了。在乌蛸箐，见到的是芭蕉树，许多芭蕉树在江边生长，阔大的叶子，枯黄垂落，一些还未收割的玉米秆，同样枯黄。还有要枯败的芦苇，也在江边摇曳。黑惠江在炼铁的那些河段，很多时候河床宽阔，流速平缓。江边人影稀少，除了阿颖畅和我，还有一个路人把车停在江边，独自坐在石头上抽着烟，那是我们熟悉的属于中年人的疲惫之色。到雨季，一切将变得与此刻所见完全不同，河流会把那些宽阔的河床填满，河流的声息也开始大起来。暮冬初春，是最适合出现在黑惠江边的季节。我莫名惧怕在雨季面对任何一条河流，河流可能随时会涨起来，一些虫蛇也会在那些时节出现。在这个季节，我可以毫不顾忌地拨开那些芦苇和杂草，来到江边。那些在黑惠江边生活的人，别无选择，他们见到了黑惠江四季的变化，他们与黑惠江真正建立起了情感上的联系。我似乎随着在这条河流边行走次数的增多和时间的累积，也与这条河流间建立起了情感上的联系，是否牢固，我无法肯定，能肯定的是很特殊。已经有很长一段时间，我产生了一种想出现在这条河流边的急迫的心情。

炼铁的这一段黑惠江，流淌几十公里，是我真正与黑惠江离得最近的时候。这一次，我花了两天的时间，选择离河流最近的地方，在那些土路上走走停停。一路都是灰尘，一路都是土路。我们离黑惠江很近。如果我们换成那条去炼铁、乔后的路，路很好走，却离黑惠江很远，只能远远看到河流的样子，很多时候河流消失。我们都感叹，再不会有这样的机会以这样的方式在黑惠江边行走。

有一会儿黑惠江突然隐身了，被那些堆积在河谷的沙子遮蔽住了。黑惠江突然变小了。我们以为是黑惠江的一部分渗入了那些沙堆之中。最终才发现，那并不是黑惠江，是平通河，是黑惠江的支流。我们已经沿着平通河往上走了一段时间。问了路人才知，我们走错了路。如果我们继续往前走，就会到达那个叫西山的乡镇。如果到了那里，我很有可能就会遇见一些唱白族调的民间艺人，有一首白族调专门以"西山调"

命名。一些民间艺人已经老去，一些年轻的民间艺人很少唱。需要天然的嗓子，还有特殊的时间，还需要那纯粹情感的向往，许多调子唱的是对幸福生活的渴望与向往。我们折返，开车过了一座临时用几个水泥桶搭起来的土桥，平通河缓缓流淌着，雨季，平通河同样会有着极强的破坏力，那些堆积着的沙石已经说明了一切。我们小心翼翼地过桥，然后是土路。

差不多到神后，真正的黑惠江又出现在了我们面前。我们只是经过神后，我们只是从村子中间经过，只是从车上下来问了个路，然后我们匆匆离开。过了神后，抵达黑惠江边的山石坪村。很久以前的山石坪村，让人望而生畏，那里住的都是麻风病患者，曾经进入那个村落的路只有一座吊桥，可谓与世隔绝。今非昔比，麻风村已经成为过去。在那里暂时与黑惠江告别。翻山，又见到了翠屏，以及从翠屏村那个坝子里缓缓流淌而过的黑惠江。绿色的蚕豆，金黄的油菜花，一些浑黄的荒地，米黄色的河流，各种颜色交杂在一起。与从一开始一直在河流边行走不同，河流与我们之间的距离开始变得有些远，但在河流边走走停停，河流不曾从视线中消失（除了被那些堆积的江沙遮挡，把黑惠江的支流平通河误认为是黑惠江）的经历，让我在离河流越远之时，离河流依然很近，那是一种奇异的心理感受。

当来到好友阿颖畅家时，我们已经离黑惠江有一段距离，我们离罗坪山反而更近，村子背后便是罗坪山。我在他家的院子里，就看到了罗坪山，与这几天苍山上还有一些积雪不同，罗坪山上已经没有积雪，能远远望到那些高山草场，许多放牧的人是彝族同胞。阿颖畅说在多年以前，那里就有一户人家，有一百多头牛，三四百只羊，好几十匹马，那些空阔的高山草场能适应那么多的牛羊马。阿颖畅也曾是一个牧人，放牧多年，丢了好些羊。

这夜，我们就在田心村。那些发生在火塘边的谈话往往是可靠的，也是最温馨的。夜色中，风吹得猛烈，把那些堆放在路边的苞谷秆纷纷吹倒在地，我想听听黑惠江的声音，听不到。如果是在雨季，能清晰听到河流拍击两岸的声响。现在，还不是雨季。田心河比行将流入其中的黑惠江有活力，我们看到了从苍山中，或者是从罗坪山中流淌出来的河流，它们是年轻的河流，它们是有活力的河流。在河流边，我们能听到河流触摸耳膜的声响，哗哗哗。我们在田心电站待了一会儿，听河流的声音，让人激动的声息。

在田心村，在友人阿颖畅家，我和他七十多岁的父亲以及近七十岁的母亲闲聊到近十二点，我们之间有着很多共同的话题。我们陷入回忆。我们谈论着身处的世界，也谈论着当年没有能力供阿颖畅他们两兄弟一起上学，最后只能继续供阿颖畅上学的困境。他的哥哥没去读大学，现在在田心电站上班，上班之余，干农活。阿老师说自己哥哥吃苦耐劳的那种精神让他既敬佩又心疼，他哥一天到晚不停地干着活，这天他哥去长邑接读高中的儿子回家，回来后又去拉了一车麦子回来。我们差不多吃好晚饭，他哥才回到家，一个人吃着饭。我跟阿颖畅说，看到他哥哥，让我想到我哥，他们是同一类人。吃过晚饭，在夜色中，他的哥哥与我们告别，他夜间也要在电站守着，就怕出一些问题。他的妻子在广州上班，很节约，攒了一些钱，为了两个孩子，已经好长时间没回来。他们的大儿子在县城读高中，小儿子近四岁，活泼可爱，又很调皮。

4

那是另外一次来到阿颖畅家。暮冬。他家刚刚杀了两头猪，杀猪的人正用松毛烧着它们。一个多小时后，我们从苍山的东面来到了罗坪山下。沿着漾濞江往上，来到了黑惠江边。同一条河，不同的命名。在罗坪山下，女儿给他们喂马，喂了一整天。我远远看到了罗坪山顶，但我无法肯定那就是罗坪山的最高点。海拔，总是会吸引着我。对山的最高点，会产生一些诗意化的想象——在冬日的话，还会夹杂着冰凌、白霜和雪意的想象。我只是看到罗坪山的一小部分。我无法说清楚内心对罗坪山产生的情感。我甚至还不清楚，那次穿过的垭口离罗坪山的最高点还有多远。罗坪山，又是一座陌生的却也让你产生无尽想象的山。又一座山开始打开我的想象力，应该是激发我的想象力。那些每年都要翻越罗坪山的候鸟，已经给了我想象的翅膀。我突然意识到已经有一段时间，自己的感受力正变得麻木，不再像以前那般很容易就陷入冥想与遐想的境地。对于世界的那种复述能力也在消失。我尝试着复述在罗坪山的炼铁田心村看到的，但一切变得模糊，一切不再是具象化的，人同样也不是具象化的。有个友人就在这个村里大口喝酒，他的记忆竟是随着喝的酒的量不断变得清晰，这与我在这之前的经验是完全相悖的，这是属于他个人的独特经验，他记住了与他喝酒的人，他记住了很长时间以前，他们就已经见面了，只是没有饮酒，他们只是一起吃了饭，那个人便开车匆匆离去，回到罗坪山下。继续喝酒，然后他们相见的细节越发清晰，一开始的记忆里，还有着我的影子，最终他端起酒杯说，那天我并不在场，一开始我是在场的。在我被他清晰的记忆踢到一个虚空的角落后，我暂时离开了他们，暂时离开了那个现场。

我最感兴趣的是罗坪山，还有从罗坪山下流淌而过的黑惠江。那时的黑惠江成了一条分割线，分割的是两条山脉，它有一段还是界河，分割两个县。就在罗坪山下，一些东西还保留得很完整，丧葬婚嫁习俗，丧葬和婚嫁是一个地方最能体现特点和不同的方面。这些暂时只是存在于人们口中，这些我们有机会见到，只是我已经进来几次，暂时还未能得见。一场葬礼很容易遇到，今年已经有四个亲戚离开了我们，三个舅舅，一个姨父，他们有的很年轻，有的近八十，有的自然死亡，有的非自然死亡，他们以生命逝去的方式来改变我对生命的认识与态度。一些认识是在悲痛与讶异中完成的。

一场婚礼，有很长时间，在我进入苍山中的一些村落时，很难见到。在罗坪山中的一些村落里同样如此。我们就是在罗坪山下谈到了，在很多村落里，小孩子很少。你以为在那些只会见到儿童和老人的村落，我们见到更多的是老人，蹒跚却依然朝罗坪山深处走去，里面有着那些我熟悉的制香的老人，还有把牛放在深山牧场的老人。我遇见了一个老人，他是朝深山走去，他有八头牛，只是牛价便宜，他只知道要不断地继续往深山走去。到了下雪天，他就把它们从深山赶回来放养，而今年罗坪山上迟迟不下雪，我不知道一个老人面对着罗坪山上没有积雪时的内心。内心毫无波澜是不可能的。这个老人与我的父亲很相似，父亲也要经常进入深山，他也有八头牛，还有三匹马，他们的境遇相似。当那些牛新增一两头小牛时，是他们在深山中最幸福快乐的时刻。我们能从他们的表情上获悉他们的幸福与苦痛。那是另外一个老人，那个刻碑的老人。一个七十岁的老人，那时刚刚动了一次手术（现在正在不断恢复中，这次出现在老人家里，老人的气色已经好了很多），气色不是很好，天气很冷，我看到了他的嘴唇不停地瑟缩颤抖，我提醒老人加件衣服，老人缓慢地拖着身子，加了一件衣服。老人的一生吸引着我们，最终我只是从友人的口中知道了他人生几乎微小得可以忽略的部分。一生都是教师，喜欢刻碑，字写得很好，从他们家高大的门楣开始，在那些墙体、照壁上，都能见到他的字。罗坪山下，刻碑人的一生是我所感兴趣的。那次，我对他一无所知，我也无力去假想他的大半生。如果我们在他家多待一会儿，他可能就会聊到自己的大半生经历，只是我们并没有在那里闲很长的时间。一个住在这个村落对面的朋友，六十多岁，开车过来接我们。我们便只好跟老人告别。刻碑老人的人生与命运，是我再次来到黑惠江后，才真正有了了解。

友人写了十多本书，我们进入他的书房。在离开前，他给我一瓶酒、一包茶，他的爱人还给和我同行的作家北雁织了一件毛衣。他和北雁之间虽然有着年龄上的差距，但他们的关系很好，他们已经交往了很多年。我羡慕这样的友情。在罗坪山中写作，在黑惠江边写作，还有一些朋友从各地跑很远的路过来找他，这样的生活让人向往。下面是黑惠江，我看到了不是很大的河流，那是澜沧江重要的支流，与想象中不同，与我来的季节也有关系，泥沙堆积，往上升的是泥沙，河流下陷，河床宽阔。雨季，河流将会把一些泥沙卷走。我看到了近乎静止的河流，听不到河流流淌的声音。友人听到过，雨水季节，河流涨起来，他听到过。河流的声息变化，他再熟悉不过。他开着车，经常出现在城市里。

5

黑惠江，在不同的河段呈现给人的感觉，都不一样。总会有我面对着的并不是同一条河流的错觉。河谷时而开阔，时而狭窄。河流平缓流淌之时，往往是河谷开阔之地，会看到河岸上的村落和一些由人种植的植物，那片芭蕉林，也像是人为种植上去的，那片柳树林，也是人们为了拦河而种植的。在一些地方，河道和村落平行，人们只能筑起沙坝巩固河堤，不然洪水泛滥的季节，洪水就会涌入那些村落和田地。在那些狭窄的河谷，两岸的群山朝人挤压过来，也挤压着河床。河流经常被截走，河流在那个平缓的谷底，竟如死水般停滞不前，水中满眼所见是蝌蚪，见不到鱼，竟见不到如那些蝌蚪般大小的鱼。在别的一些河段，蝌蚪消失，都是那种细小的鱼，透明的。蝌蚪是让人吃惊的生命，在海拔四千多米的世界里，它们依然能生活在那些高山上的水里。我认真观察后，竟发现它们是那个高山湖泊里唯一的生命。它们也可能天生有一种抗污染能力，习惯了被污染的水流，它们同样适应洁净的水流。面对着这种漆黑的、在水中聚拢在一起的密密麻麻的蝌蚪，我们发出了如此感叹。当我们的感叹结束，继续往下，留下的不多的水流，再次被电站截走，河床空荡荡的，只剩下石头。黑惠江暂时不叫黑惠江，它开始在几十公里的流程里拥有了"漾濞江"这样的命名。那是在金盏河汇入黑惠江之时。在那里，还有许多巨石，而在其他河谷，那样的巨石已经很少见。我们坐在河谷中的石堆里。那就是石头的河流，河流就像是石头剥落的碎屑。中午十二点，那是河谷中最为燥热的时候，我们睁不开眼睛。那些石头，会让人情不自禁地发出感慨。养蜂人，这次直接紧闭房门，房子上标注着售卖蜂蜜酒之类的字样。不像去年来时那样，整个河谷都是蜜蜂嗡嗡轰鸣的声音，那种声音替代了河流的声音，让人顿感烦乱。这次，如果不是那么热的话，听听金盏河、听听漾濞江的声音也是很好的。

四

失眠时，他就会出现在河流边，用河流把刀子磨得锋利，并通过河流在夜间流淌的声息，回溯遥远的过去与预言未来，那些已经被遗忘的过去，那些不曾明晰的过往，那些人们无法想象的未来。当河流的流速变得缓慢下来，他轻轻地把手放入河流，像抓轻柔的水草一样抓起了一把缓慢时光的秘密。这些关于时光的缓慢讲述都发生在苍山中。我暂时还没有真正从苍山中走出来。如果从苍山中走出来，一些讲述就会发生变化，就会滑入荒诞不经的境地。在苍山中，或者是在其他山中，我们在河流的声息里，沉迷于那些讲述不能自拔。我不只是沿着河流往下，我还溯河而上，我去往的有可能是河流的源头。我能确定自己是为了那些河流边的讲述，还有那些讲述的人。我们都习惯了讲述，我们喜欢上了讲述。

很多时候会有一条河流从那个讲述的世界里流淌而过，讲述在水流的浸润下，也变得轻盈，那是想象的轻盈，也是世界本身的轻盈。无论是在苍山中，还是在罗坪山，或者是在雪邦山和老君山，许多河流从它们里面流淌出来，源头就藏在那些山里面，一些让人着迷的对河流的命名也发生在那些世界。我遇见了雪山河，我遇见了磨坊河，我遇见了皮罗河，我还遇见了它们最后都汇入其中的澜沧江。

我遇见了他，一个民间艺人，我本希望听到他对于民间艺术的看法，他却跟我说起了苍山中的那些河流，他说自己喜欢那些河流。他感觉自己置身于一些河流的源头。当他跟我说起河流时，我开始想象一个会在夜间失眠的他。当我跟他确定是否有过失眠的经历时，他断然否定，说没有失眠过。我相信他的说法。听着那些在雨季会变得更加响亮的河流之声，反而更能入睡，就像在凌晨群鸟沿着河流往下时发出的喧闹叫声，会让人再次入睡一样。在他的讲述中，在我多次进入那些世界的经验中，我知道在那些河流的源头，人们往往模糊了生与死的界限，人们也模糊了现实与想象之间的距离。一些祭师会用自己的少数民族语言来命名一座山，还会用民族语言命名依附于那些山与植物的神灵，几百种神灵背后是祭师精神世界中聚集着的丰富庞杂的生命，有植物，有飞鸟，有走兽，有虫蚁。它们被命名之后，祭师似乎就拥有了它们。

诗人曾跟我们说起，他在澜沧江边的一个村落，遇见了一个人。在村子里见到他时，个子瘦小，面色黧黑，毫不自信，但到了山上，他开始变得异常自信和自豪，开始给诗人介绍那些山，介绍那些山中的河流，还有那些古木。它们开始被他以自己的民族语言命名，那时的他就像是一个创世者，他再不是一开始在村落遇见的那个人了。在诗人看来，那时的世界都是那个人的。他顿时对那个人肃然起敬。

在苍山中，或者罗坪山中，一些祭师给人呈现的是完全与我们所见不同的世界。很长时间里，我迷恋着那个陌生的世界。那是与普通的日常完全相悖的世界。有一次，在一个有近百年历史的图书馆里聆听着一些诗人讲述诗歌，那不是常态，那只是偶尔才会发生的，图书馆之外，一些老人在演奏着洞经古乐，那才是常态。让常态继续，我们不能为了一场诗歌活动，去打断他们已经习惯的生活形态，那是主持人在谈到外面的世界时所强调的。大家都深表同意。金盖河一直流淌，就是常态，而其中一些发生在河流边的现实，就不再是常态。金盖河并不像三厂局那样早已出现并深深刻在记忆中。我是跟着他们来到三厂局，才知道了有这么一条河流的存在。我们第一次来的时候，世界很平静。它那不是普通的部分，更多借助于讲述。

我们也没有出现在一场祭祀活动上。作为记者的佳燕有机会出现在好几个人的葬礼上。他看到的世界与我们看到的完全不同。我们只能通过讲述来获悉一些东西。我们想成为像佳燕那样的人。金盏河是苍山中的一条河流。我们能想象那个曾经以狩猎为生的民族，在黑夜与白昼，在河流的喧响声中，出现在苍山中，面对着豹子，面对着老虎，面对着黑熊时，内心的恐惧与英勇交杂。他们收起了弓弩，那些曾经在苍山中贴地行走的野兽，纷纷从尘埃上挣脱，成了飞升在空中的想象的一部分。我曾在很多地方想象过苍山中的很多个世界，也曾想象过会遇见这样一条苍山中的河流。让我没有想到的是在苍山深处，同样会发生泥石流，把河床冲刷得惨不忍睹。

苍山中还有一条叫皮歹河的河流，与村落名字无关，这条河流的上游有一个村落，村落里的鸭子会顺着这条河流往下，忘记回家的路。我们没有见到沿着河流往下寻找鸭子的人。讲述中也不曾出现过这样的人。它们顺着河流来到皮歹河上的那个电站，过了一段时间，它们成为野鸭。皮歹河和金盏河很相似，它们发源于苍山，它们流经村庄，它们经过电站，并最终一起汇入漾濞江，再汇入澜沧江。我沿着金盏河往上走，来到了三厂局。河流深处有着众多关于生命的秘密。沿着河流，我们不只是发现河流，还发现了村落，我们发现了时而鲜活、时而衰颓的此刻与过往。有时，一些民间艺人会在河流边生活。有时，那些民间艺人也会从苍山中走出来。那个会爬刀山下火海的大师傅，出现在了漾江镇，他开了一个中医诊所，许多中草药是他沿着金盏河往上在苍山深处采集的，在金盏河里把它们清洗干净。

金盏河

1

金盏河流经金盏村后，汇入暂时浑浊的漾濞江。金盏河的清澈与漾濞江的浑浊，对比强烈。这个冬日见到的河流，都很清澈，清澈见底，河流清洗过的石头上的图案清晰可见，像蓝色坠入河流中一般。我从铁匠铺的窗子往河流望着，见到的河流，让我有点失望了，那不是我想要看到的河流。我选择在冬日出现在那些河流边，主要就是想看冬天的河流。雨季，我也曾出现在漾濞江边。河流滚滚向前，它的浑浊和我此刻见到的很相似。有那么一刻，我竟有种错觉，我面对的不是一条季节性的河流，是一条以浑浊为真实的河流。当我们离开铁匠铺沿着河流往上时，河流又有了季节性色彩，我们又看到了一条清澈而瘦小的河流。

我们来看看那个还存在的铁匠铺，我想看看一个古老的职业此刻的样子。同行的几个人中还有记者，他们想记录下一个行将远去的职业。还有摄影者，想拍摄下一些被时间迷惑与篡改的照片。还有一个作家，他想以文字的方式记录下什么。我们真可谓各有所求。我们本来打算从三厂局回来，再来铁匠铺，半路友人接到铁匠的电话，他打铁只打到十一点多，下午他要去往离家不远的镇上守店。一些废弃的钢条被随意堆放在一起，我们看到了众多已然被淘汰之物，它们重新被利用。目光从那个近乎慌乱的现场，转移到另外一个现场，一个正在工作的现场。铁匠本要停下手中的活计，友人跟他说不用停，也不用表现得那么不自然。一个铁匠生活的现场。在那个镇子里，他就是唯一的铁匠。已经有三代了，到他也就结束了。里面夹杂着感伤的东西，又不仅仅是感伤的东西。他曾收了一些徒弟，到半途就接连放弃。他的儿子也不想学。

　　鼓风机嘶嘶地吹着，火炭燃烧着，火炭中有几块烧得赤红的铁。他用铁钳把其中一块夹出来，拿起锤子不断击打，等温度降下来，等赤红暗下来，又放回火炭中继续烧着。换一块继续。锤打之时，火光四溅，铁屑脱落下来，撒满地面。要借助一些模具，模具上面覆盖着厚厚的一层灰。我曾想象过，鸡刚鸣叫一两遍，铁匠在漆黑中把火点燃，把一些铁块放入火中。最终要制作的东西，往往是人们定制的。我们定制了两把菜刀，他拿出来两把，我们选择了其中的一把作为样品。就要那样两把，我们都以为铁匠打出了很多还没有卖完的刀。已经没有剩下来的，并没有我们想象中的那么不堪。如果铁匠不是因为年老体弱而停止打铁，而是因为已经没有人需要而放弃铁匠活的话，这里面夹杂的人生与命运就会有着一些不堪的意味。他是需要那些模具的，无论是制作犁铧、刀，还是制作其他的东西，模具很重要。大致的轮廓成型之后，就到了考验铁匠的经验、眼力和感觉的时候了。这也在考验一个铁匠是否高明。

　　当剩下唯一的铁匠时，已经没人跟他比较了。我们能从那些打造出来的成品上，知道这就是一个好的铁匠。烧得赤红的火炭旁，是一个窗子，窗子里摆放着一些东西，其中有一些药，像三七粉，像银翘解毒颗粒，像阿莫西林，还有一些胃药，那是铁匠铺里存着的药，看来这也是一个经常要借助药物来缓解一些疼痛的匠人。他大部分的时间就在铁匠铺度过，还有一部分时间是在镇上的喧闹中度过。铁匠铺的家，被整饬得干净整洁，种植着许多草木，二楼还种着许多盆兰花。近乎两个极端，在他身上达成了某种不可思议的平衡，柔软的植物与坚硬的铁块，植物需要的是轻触的质感，那些铁块需要的是力量的锤打。打铁发出的声音响彻铁匠铺。我们听到了淬火的声音，铁匠把淬过火的东西放到了地上。我们看到了一些基本成型的东西，那是用来做犁铧的部分，需要把好几个部分焊接在一起，犁铧才真正成型。

铁匠的女儿与儿子，已经汇入打工的洪流，他们去往深圳。过年回来几天后，就回到深圳的那个电子厂上班了。我们村也有人去往深圳，无论男女都在工地上班，一个小时十五块钱，一些人不分昼夜地在为生活而努力。他们是怎么看一个作为铁匠的父亲的？这个问题，被我们提出后，还是感觉有点唐突。他笑了笑，说他们并无丝毫贬低歧视之意，只是坚定了他们不会成为铁匠的决心。我们能预见到铁匠最终的命运，铁匠早已做好了离开的准备，命运真如他所预见的那般来了。这只是我们的猜想。我还想到了那些窗子里摆放着的各种药，希望它们上面覆满的灰尘是在暗示着铁匠的身体已经恢复。我们告别铁匠。我们要沿着河流继续往上走，三厂局是我们那天的终点。

就好像要与铁匠这个职业达成某种平衡，铁匠家旁就是一个废弃的桥墩。从那个桥墩往上不远处，又是一个废弃的桥墩，毁损严重的桥墩上长满杂草，那些丛生的杂草枯干着。冬日的草木和桥墩，它们是现实之物，也成了一种职业在眼前这个世界里的预言。

2

我从铁匠铺的窗子望向河流时，河流是静止的。那是错觉，河流并不曾停止流淌。我想拨开铁匠正在打铁的声音，听听河流的声音，却听不到。铁匠会在雨水季节听到河流在哗哗流淌。铁匠是否也曾端起酒杯，看着涨起或是落下的河流陷入沉思？当他想到再没有人愿意接替自己时，是否会对着河流陷入恍惚？他是否也会因为自己的儿女去往深圳打工，偶尔陷入焦虑，而在铁匠铺里陷入对人生与命运的沉思？这一定会发生。我们在铁匠铺时，他跟我们不只说起铁匠铺的种种，还说到了他们几兄弟里就只有他对打铁感兴趣，并成了铁匠。他还说到了自己的子女，还说到了镇上自己的店铺，店铺里售卖一些自己打的物件，还售卖其他一些不是纯手工的东西。我印象深刻，雨水季节，友人小宝就在那个铁匠铺给我打电话，我能在电话里捕捉到铁匠在铁砧上锤打铁片的声音，还听到鼓风机发出的咻咻声，还听到了河流哗哗的声音。当听到哗哗声时，我还问了一声"那是下雨了吗"。友人说不是，那是河流的声音。

当把河流与那些民间艺人和匠人联系在一起时，河流充满了隐喻。铁匠接受了现实，里面已经没有叹息，铁匠说当人们不再需要他打的东西时，再挣扎也已经没有多少意义了。有些消亡充满了必然性。友人几次三番出现在铁匠铺，记录着一个铁匠，也可能是过往众多铁匠的生活日常，同时也记录着铁匠的技艺，只是有些东西是无法记录和展示的，那些已经镌刻于铁匠经验与记忆中的东西。在一些细微处，铁匠借助的是感觉。对于民间工匠来说，感觉很重要。感觉是一种上天赋予自己的东西，也是在长时间不断练习中形成的。

我们羡慕铁匠拥有那种让细微处变得更精致，用感觉就可以矫正细微处的能力。我们的感觉都钝化了。我们的感觉已经失去了对世界最敏锐的感受力。当离开铁匠铺，来到不是很大的河流边，我们离那些废弃的桥墩很近，一切是残破的，一些砖石坍塌在地，桥墩的现状也具有了隐喻性。有一块石碑，记录的是过往的战事，已然消失的桥是何时建起的，都已成谜。眼前这条河流上还有着一些古老的桥和成为废墟的桥墩，它们以它们的方式在记录着一些东西。一些赤楠在离桥墩不远的地里生长着，低矮却繁茂，与桥墩旁的植物和桥墩上的草木生长的姿态完全不同。冬日里，充斥着各种对比。

我们离开了那个叫脉地的地方。一开始，我以为是麦地，想象中种植着大片大片麦子的地方。当"麦"字变成"脉"之时，我们想到的是"脉搏"的脉，这也让这个地名指向了另外的维度。我们要去三厂局，那里有一些织布的人。在金盏河和漾濞江交汇之地，我们停了一会儿。我想去往河谷看看。河谷之内的砾石在阳光的照射下，在漫过河谷的风的作用下，还有在河水长时间没能浸润它们的条件下，变得坚硬、干燥和惨白。河谷中，河流的流速很缓，河流之声很低沉。反而是另外的一种声音盖过了河流的声音。那是蜜蜂的声音，在河谷中嗡嗡地响着。我想听听河流的声音，结果河流的声音消失了，只有蜜蜂的声音。河岸的一个坡地上，有人在养蜂。暗色的蜂箱堆积在那些草木中，养蜂人应该在那座用帆布搭建的简易房子里。我不好叨扰人家。这些在大地上追随着花行走的养蜂人，对我而言，有着很神秘的意味。前几年，一个类似的养蜂人，因为一些现实的阻隔，没能及时转场，损失惨重，那个在每一处停留之地，都在录制着自己生活日常的人，最终没能经受住生活的种种重压轻生了。我们曾在他拍摄的那些视频中，感受到了对于未来与生活的向往与希望。每次在路上偶遇一些养蜂人，那个悲剧的养蜂人，总是会闪现出来。此时，我敲开那扇临时的门，不知道会见到怎样的一个养蜂人。友人说，自己熟悉其中一个养蜂人，他把自己的蜂箱拉到了离自己的果园不到五公里的地方，那个养蜂人养殖的是意大利蜂，它们经常来果园里攻击土蜂。他们之间一开始起了冲突，后来却成为朋友。那个养蜂人还很年轻，在养蜂上也投入了很多心血。当那个养蜂人离开去往下一处时，友人只能在内心深处希望养蜂人一切安好。那些蜂箱将跟随着养蜂人不断去往下一处。养蜂人要去往的是有花开的地方。

在这个冬季，养蜂人选择了这个河谷，养蜂人再等等，一些油菜花就会开放，还有一些花就会在苍山的半山腰和河谷附近开放。养蜂人选择在河谷度过这个冬季，在这里，气温不会太低，蜜蜂也可安然度过冬季。当我经过那些蜂箱去往河谷时，一些蜜蜂接连环绕着我，它们发出的声音里感觉不到被惊扰的愤怒。一开始，我来到河谷的目的是看看河流。河流真实的样子，我已经看不到了，河谷中的水流很小，河流已经被沟渠和水管改变了方向，不远处有一个电站。只有金盏河是真实的，金盏河上也有电站，是在金盏村，水流经过电站，往下流了一段，汇入漾濞江。我不知道，在面对着一条被改变流向的河流时，内心的真实感受。我要表现出忧虑之意的话，是否就是对现代文明表达着自己的批判，我无法说清自己在面对着那个河谷时，内心最真实的感受。世界应该是这个样子，河流又不应该是这个样子。我暂时离开了这里。我还要沿着河谷往上走。

3

我们沿着金盏河往上走。河谷中，许多沙石裸露出来，冬日的河流格外瘦小。我们的目的地是金盏河上游的三厂局。路正在修，尘土飞扬。才沿着金盏河往上不远，路便断了，与那些或坐于路边，或站在路边的村民闲聊，知道路一时半会儿不会通。同行的友人中，有人似有畏难退缩之心，他知道要到三厂局还要走很远的路。我不知道，我只知道那是已经多次出现在想象中的世界。时间往回退，空间也往回退，那是两年前，在雪山河边，我们说一定要去金盏村看看。在一些特殊的节日里，那里还举行上刀山下火海的活动。在那个村子里，现在只有为数不多的几个人还会爬刀杆。又是一个在我们看来无比依靠感觉的世界与角落。

我有种冲动，即便路不通，也要走路去。我们把车子停好，走过那段车子无法通过的路段。佳燕在那个村里借了一辆微型车。破旧的微型车，车门时而可以打开，时而又无法打开。路上的灰尘往车子里涌，我们的身上都沾满灰尘，鼻子因干燥刺鼻的灰尘而非常难受。草木的气息，都被呛鼻的灰尘淹没。只有当灰尘浓烈的气息变淡，或者彻底消退，冬日的草木被阳光照晒后释放出来的淡淡气息，才能被我们捕捉到。车子的破旧与颠簸，并没有把内心对三厂局的向往之意冲淡。我们暂时离河流远了。随着很陡的下坡路行将结束，河流的声音开始清晰可辨。我们再次离河流近了。我们真正进入了三厂局。深山中这个村落名，引发了我们的各种猜想。在三厂局，问村人，命名何意？答：不清楚。许多命名在时间的河流面前，已经失去了清晰的一面，许多真相被时间的尘埃与铁屑覆盖。我们看到了一些石头垒砌的墙体，主体部分已经损毁。在我们看来，那便是抵达和揣摩这个地名的一些墙砖。一片损毁的墙体，那里曾建着很大的一座建筑，那定将与那个地名有关。村人很快就打消了我们的猜测。他们朝金盏河指着，河谷中有着众多的沙石，他们继续朝那些散落的建筑指着，墙体都是用石头堆砌起来的。不用言语，就已经暗示了我们是在胡乱猜测。

我们只能看到一个可能的世界，一个依然还需要先生的世界。先生，并不是老师，是傈僳族的祭师。三厂局有着自己的先生，我们可能会与他相遇，也可能不会与他相遇。我们没能遇见他。在金盏河边停留的时候，我们看到了两个人带着用火草和麻织出来的布骑着摩托车，正匆匆赶往某处。对三厂局的傈僳族有了一些了解后，我们知道他们是去参加一个葬礼，先生早已去往那里，我们注定将与先生错开。佳燕在县融媒体中心上班，他已经多次进入眼前的这个村落，他与先生很熟。在很多人看来，即便我们就在三厂局住上一晚，依然只是对世界的表象有着直观的感受而已，许多细节将如那些从眼前的苍山顶倏然而逝的云朵，不会留下特别深刻的印象。

一些深刻的印象还是留了下来。我们眼前的世界，是我在这之前，多少既有些熟悉，又很陌生的世界。很多时候，我们都在感叹世界正变得越来越相似，真实的情形是在苍山深处，世界还有着自己的迥异性。佳燕与我们不同，他在那里与他们同吃同住，还与他们多次一起喝酒。那个村落里，无论男女，都喜欢喝酒。我看到了摆放在织布机旁的土罐，里面装着自己酿制的酒。金盏河的水清洌，大麦的麦穗低靠着那些斜坡。还有许多生活的场景里，有着酒的影子。与他们喝酒，他们才会和你交心。大师傅（爬刀杆省级非遗传承人），堵住了金盏河边唯一可以通往外界的公路。那是另外一个友人常建世，已经多次进入这个村寨，与大师傅的年纪相仿，他们成为至交。他们最终是怎么走出那个村落的，大家都感到好奇。友人顿了顿，说把那个大师傅喝醉了后，他们才顺利出了这个村落。

佳燕花了两年多的时间，不断来到这个村寨里，他拍下了很多照片，也录制了许多他们生活的场景。他与我们之间的区别是，他花在这个村落的时间更长，这个村落的一些东西已经成为他身体和生活的一部分。他在自己的房子里，专门布置了一间房，是关于这个村落的展室，里面有着他在这个村落里生活停留的痕迹，有着这个村落生活日常的影像，还有他从这个村落搜集的诸多东西，主要是火草布和火草衣。其中有专门的照片墙，照片中的人，有些还健在，有些已经离世，照片中的一些事物，同样也有着类似人的命运。他骑着摩托进入村寨，他开着车进入村寨，他还走路进入村寨。当他说起自己不断进入这个村寨的过往时，我也有种冲动，想在苍山中找一个村寨，时不时就进入其中，并记录下它与时间发生的微妙联系。一直说要进入雀山那个彝族村子生活一段时间的想法，到现在依然是空想。佳燕与我不一样，在有了想法后，他真是不断地出现在这个村落，并真正记录下了很多东西。这些被记录下来的东西，在时间的变化面前，变得越发珍贵。他记录的主要目的，就是想把一些可能会消失的东西记录下来，以记录的方式让人们重视它们。佳燕不无感伤地对我们说着，至少希望能减缓它们消失的速度，就多少感到心安了。在谈及两年多时间的跟踪时，他很激动，他说在三厂局，他在那些人眼中看到了盈满眼眶的纯朴与善良。那是被苍山中的河流清洗过的眼睛。

先生的讲述，变成了佳燕的转述。他在这个村落里举行的葬礼上，听到了先生用傈僳族语讲述着。先生用汉语把讲述的内容转述给他听。

世界的起源被讲述，从开天辟地开始讲起，漫长的铺垫后，讲述开始变得无比真实和具体。具体到了死者，从出生、成长、衰老到死亡。先生在以这样的方式，既完成了对一个人一生的追忆，同时也在以这样的方式，给那些跪着的生者一些濡染、启示和警醒。为了一生可以在先生口中被完整地讲述，人们在那个隐秘的河谷中，努力活着。至少不能在自己去世后的葬礼上，被先生无情地讲述。

我们出现在了熊玉兰家。佳燕与熊玉兰很熟悉。熊玉兰会织火草布，还是火草织布的非遗传承人。我们开始听她给我们讲述。你们听我说吧。她并没有以这样的方式开始讲述，反而变得无比羞涩，那是与六十岁的她产生割裂的羞涩。我立马反驳自己，羞涩能与年龄有关吗？这本就是一种悖论。是有人去世了。亲戚朋友在去往死者家中时，要带上一块长长的火草布，还要牵来牛羊。人们把布挂在棺材上面，为了给死者铺路。铺好路，有着路的指引，死者的灵魂在被抬往苍山中安葬时，才不会被路上的孤魂野鬼阻挠。那块布的作用，与以前在苍山中遇见的吹奏过山调、过水调的意义相近。人们穿着火草衣围着棺材转圈，人们拿着竹子敲打地面，击打出来的声音很响，为了让死者知道有那么多人在送自己。葬礼上，最孤独的往往是狗。狗是这个民族的图腾。这曾经是一个靠狩猎和放牧为生的民族。在这里，没有人会吃狗肉。任何一个死者都有着与自己感情很好的狗。佳燕说自己每次拍摄葬礼时，总会遇到一些落寞的狗，它们靠着棺材蹲坐在地，眼睛与身体里注满了感伤。

葬礼已经结束，佳燕拍摄完毕就下山了。另外一场葬礼又将在三厂局的某处开始举办。葬礼总会时不时举行。与葬礼不同的是，这个村落已经有两三年没举行过婚礼了。他特别希望能看到一场婚礼的举行。婚礼背后有着太多的东西。婚礼上也会有一些特殊的仪式举行。熊玉兰跟我们说，一些仪式只有在真正的婚礼上才能看到，空的描述将很难说清。讲述与想象，都将无法抵达。在苍山中，有时我们依靠着想象，有时我们不只是凭依想象。我们深知如此，才会不断实地进入苍山。在苍山的东面，苍山十九峰一眼就能够看得清楚。与苍山的东面不同，在苍山的西面，苍山开始变得绵延不绝，让我们无法一眼就把那些山峰和溪谷分辨清楚。苍山的西面，有着众多村落，金盏村的三厂局就是其中之一。在苍山的东面，村落都聚集在苍山脚下一个宽敞的坝子里。在苍山的西面，世界变得不再那么规则齐整。熊玉兰在这里卖了个关子。讲话的艺术，让我不禁发出了笑声。我们也希望这个村落里会有那么几对新人。一场婚礼对于这个村落的意义很大。一场婚礼背后可能就是一个孩子的出生。一场婚礼还将可能出现那些民间艺术的传承人。火草织布，上刀山下火海，都需要人。一些人已经老去。一些人已经去世。一些人还在继续努力生活着。凌晨四点，熊玉兰就和自己的朋友出发，翻越苍山，抵达苍山东面。

4

她们出发了。她们已经在讲述中顺利回来了。讲述中出现了苍山以外的山。她们不只是在苍山中采撷火草。苍山中有一些火草，但那些火草的量还远远不够。那是一群让我们感到不可思议的人。那是六七月份，佳燕跟着她们，记录下了时间，是凌晨四点。她们只能那么早，翻越苍山的难度，想想就很难。他要拍下整个过程（当我们出现在这个村落时，他已经拍摄得差不多，只差最后的一个内容了）。

他觉得最好的办法，就是跟着她们亲自体验采撷的过程。她们要去采撷火草的叶子。在这之前，我们的想象里，要去采撷的是整棵火草。现实在靠近想象。当出现在这个村落时，想象才与现实相遇，并被现实矫正。从一棵火草到火草叶的转变，这让火草布的缝织更显艰难。那种艰难背后，是我们的一些隐忧。佳燕感觉到了里面暗含着的隐忧，他觉

71

得有必要用影像把它们记录下来，他希望更多人能知道火草布。我竟觉得暂时还没有什么隐忧，火草布依然有着存在的理由，那个村落的人在自己成长的重要时间段，都需要一件火草衣。出生时，需要被火草布做的褓褓包着；婚礼上要穿火草衣；葬礼上更需要火草布。火草布成了人的一生中最重要的符号。

要翻越苍山。她们先是走过木桥，金盏河的声音在凌晨还未散开的曙色中，清晰入耳，河谷中飘荡着的风，会让人不由一颤。河流在凌晨清洗着耳朵。她们曾经面对的河流，与此刻我面对着的河流不同。去年她们翻越苍山采撷火草时，泥石流还未发生，我能想象还未遭受泥石流时候的河流，同样会有一些粗砺的沙石裸露出来。雨季一来，河流一涨，那些干涸的白色又被河流淹没。遭遇泥石流的河谷，惨不忍睹，在冬日更是这样。一些从上游冲下来的木头，依然横在那个河谷中。人们经常过来捡拾那些木头，三厂局的人一年四季都在烧柴，这里的冬日尤为严寒冰冷。我们坐在他们的火塘边，我们在火塘里加入了一些栎木柴。我们都表达出了要翻越眼前的苍山的艰难，熊玉兰笑了，说什么时候带我们爬山，就爬对面的这座山，我们爬的话至少三个多小时，她爬的话两个多小时。当发现进山的路断了时，我是有走路都要进来的冲动的。如果真要走进去，需要一两个小时，我们一定走不动。她们已经习惯了。我也曾在出生地放牧的那些年，适应了走两个多小时的山路去往牧场放牧。时间已经过去了七八年，我已经爬不动了。

熊玉兰，朝对面的山指了指，散落的几家人，自己的女儿是对面那家，自己的儿媳妇又是另外那家，还有自己的小女儿家安在了县城，是个教师，生了对龙凤胎。她跟我们开玩笑说，当年只能嫁给本民族的人，不然她一定已经离开这个村落了。从那条曲折陡峭的路往上，穿过那些茂密的森林，翻到苍山背面的半山腰，火草喜欢长在那些松林之中。她们在山顶看到了冷杉与箭竹，都长得低矮，海拔已经很高，空气已经稀薄，空气依然冰冷，冷风卷裹着她们，还有未化的雪。六七月还是有未融化的雪，只是斑驳稀少，它们就像是灰色的羊身上的斑点。她们已经习惯了。有些路是重叠的，她们不只是去采撷火草时才走，她们去山上看一直放在高山草甸上的牛羊时，也走那些路。她们要把采撷回来的火草叶，先放入水中浸泡，晾干。她们开始不断揉搓，把火草叶背面的绒搓成绒丝。绒丝，我轻轻一扯就断。绒丝与麻丝织在一起成布后，布变得很牢固。我们眼前就放着一件，已经穿了很多年，依然如刚缝制出来一般。那件火草衣，本应用火烧给死者。那是一件现在已经无法缝制出来的火草衣。熊玉兰烧了自己新做的一件火草衣，把这件火草衣留了下来。火草绒丝的含量很高，里面较之显得粗砺和柔软的就是火草绒丝，还有就是麻丝。印象中，我曾见过一些麻田，人们把麻连秆砍下来放入河流中浸泡。熊玉兰她们，要把麻秆放入金盏河中浸泡几天，然后就在河流边把那些丝剥出来，慢慢揉搓成麻线。采撷火草花费的代价越来越大。麻早已被禁止种植。熊玉兰想打听一下，是否可以种植几棵。印象中，似乎也不让人种植。无论代价多大，她们依然要去采撷火草叶，没有火草的绒丝，那就不是火草衣。熊玉兰把杯子和装着土酒的罐子拿了出来。我们知道，只有跟她喝上一杯，她才会真正把我们当成朋友。佳燕多次出现在这个村落，已经和她们尽情畅饮过。我们对视了一下，只能决定待下次再跟她喝酒。佳燕的在场，也注定了我们的交谈并没有因为没喝酒而尴尬。

今年，她们包了一辆车，到另外一座山里采撷火草。她们说的那个地方，已经不属于苍山的范围。老人剪下了火草布的一块，给了刚出生的婴儿，要给婴儿制作一顶帽子，或者制作婴儿用的其他东西。我们眼前才制作出来的火草衣是完整的。那些过往留下的火草衣，已经不是完整的了。如果看到一件经受着时间侵蚀后，依然完好无损的火草衣，我们就会猜测那件火草衣的主人的人生有可能是不完整的。不完整的，我们依然只能是猜测。我们暂时离开了三厂局。破旧的微型车，有扇门又无法打开了，但这并没有影响我们的心情。只是感觉内心很复杂，这是我这段时间面对着河流与民间艺术时常有的心情。

5

近处是还未收割的玉米秆。枯黄，残败。对面是老鹰岩，陡峭的悬崖上长着一些植物，我们能一眼看出的是修长的竹子，悬崖下面有一片笔直的白桦。当我们在那里找车时，一些农人拿着镰刀去往玉米地，还有一些人割着人工种植的草准备喂牛。这里的海拔，应该比我的老家低。在我老家，我们也需要眼前的这种饲料草，与甘蔗相近，只是老家的气候和土壤不适合种植这种饲料草。我们在牧场种植了另外一种饲料草，长得有点低矮，像极了苍山顶的箭竹，为了与刮过山岗的风对抗，都长得低矮。

冬日里，山上最醒目的就是繁密的白桦，叶子落尽，灰白笔直的躯干成了最美的风景。我暂时不去理解老鹰岩的命名，我把所有的注意力都放在了那些白桦树上。近处，还有众多的核桃树，只有一棵树上已经抽出新芽与叶片。季节和气温正慢慢地发生变化，漫长的冬季正临近尾声。老鹰岩的命名，可能源自那个悬崖的造型与老鹰很像。我暂时没能分辨出老鹰的样子，老鹰在我的内心早已没有了实体般的存在，当没有一个真实的参照物时，想象便失去了飞升与抵达的能力。从悬崖反过来想象老鹰，这又是一种方式，这样的方式最终也宣告失败。当提到老鹰岩时，我想到曾经去过的打鹰山。打鹰山的命名似乎就更为具体，那里曾是人们打鹰的地方，有着众多的悬崖绝壁，适合老鹰生存。眼前的世界，同样适合老鹰存在，是有了一只鹰，在金盏河上空逡巡翱翔，我们想象着它的巢穴应该就在老鹰岩，这也让"老鹰岩"这样的命名指向了实处。与三厂局不同，许多人都觉得那里应该有过三个厂子。那里适合建造什么厂子？人们说起了在不远处，曾有过造纸厂。三厂局也适合有家造纸厂，它身处苍山的半山腰，有着许多茂密的山林。三厂局如果曾存在一个厂的话，我们都觉得应该是一个织布厂。当我们把这样的想法跟三厂局的人说起之时，他们都觉得不可信，毕竟在流传中并无这样的说法。

在那个世界里，人们更相信说法。也是对说法坚信不疑之后，才会有一个先生在人出生、结婚和举行葬礼时，从盘古开天辟地开始着自己的吟诵，众多的说法从先生口中如眼前的金盏河般流淌，祖先的诞生，祖先的搬迁史（从另外一个世界搬迁到了这里），织火草布的历史，死后要借助火草布去往苍山深处。说法，时而虚幻，时而真实，时而遥不可及，时而伸手可及，时而抽象，时而具体。佳燕在其中某个人的葬礼上，听着先生吟诵着这些说法，它们有着一种独特的方式和旋律，与人们日常说话不同。在这个遥远的村落里，还有刀杆节，刀杆节那天，会有一些人表演上刀山下火海。我们在熊玉兰家，问起了织火草布的种种，我们还跟她提起了刀杆节。她很自豪，说自己的弟弟就是其中的一个，她弟弟还有着一些徒弟。她说这个月的 27 日，就是他们的刀杆节，已经有三年多没过这个节日了，在那天她弟弟和其他人都将表演爬刀杆和下火海。我们都知道对于他们而言，那不是在表演，里面掺杂了诸如祭祀之类的深意。就在前不久，他们也曾来到县城表演过，那时表演的意味很强烈。当他们回到此地，回到金盏河边的那个场地，爬刀杆和下火海才有其真实的意义。

我们没能见到她的弟弟，只是见到了他的儿子，一个石匠。他们家的牛圈和猪圈都是用很长的石条围起，像栅栏一样，在这之前，我们都不曾见过用石条做的牛圈、猪圈。金盏河的石头，或者是苍山中的石头，被他用铁楔子、撬棍、錾子、手锤、大锤和钢钎做成了眼前的那些石条。他要出去做活，我们没能跟他好好说起作为石匠的感受。石匠与那个铁匠不同，石匠的身份只是他一种业余的身份。铁匠的身份，应该就是近乎完整和唯一的身份。那些会爬刀杆和下火海的人，变得无比神秘。我们没能见到他们中的任何人，这更加深了他们的神秘感。世界的某部分真实就这样被遮蔽起来，这里还有着一些未祛魅的东西。在那个广场上，我们只看到了一口很大的铁锅，里面有火炭烧过的迹象，那时是空的。那口锅暂时也成了具有隐喻性的物品。在与那些民间艺人和工匠相遇时，在对他们的身份进行一些评判之时，一些无意间被我们发现的物，都有了强烈的隐喻意义。

还有要爬的刀杆暂时也被收起放在了别处。在人们的口中，那些刀在爬刀杆前要重新磨得锋利。那些空的部分，将被一些物体填充，那口锅将被炽热的火炭填充。那些用来爬刀杆的架子也将被人抬到广场。一些架子还将在节日那天，被人现场搭建起来。一些东西将变得无比清晰，像锋利的刀，像架子，像人，像赤脚，一些东西又将无法被解释，在旁观者的胆战心惊中，没有人受伤，大家终于舒了一口气。我们暂时离开了三厂局。我们要在刀杆节这天，再次来到这个村落，在金盏河哗哗的流淌声中，感受着已经沉寂了三年的节日再次举行时呈现给我们的喧闹，那时的喧闹将把金盏河流淌的声音覆盖。这都只能是猜测。只有出现在现场，我们才不用借助诸多不可信的臆测来理解世界。那天我们去的那些人，都想在节日这天重新回到这里。拍摄火草布的友人，也肯定会在这天回到这里，他很激动，他要在节日里寻觅火草布的影子。

6

我梦见自己跟一些人去了三厂局。我们都是去过刀杆节的。梦境中的喧闹，远远超乎想象，路上行人络绎不绝，有我们认识的，也有我们不认识的。我们需要坐微型车才能顺利进入三厂局。只是在梦中，直到梦醒，我们依然没有到达三厂局，也没有真正看到节日里的表演。梦醒方知离真正的刀杆节还有一些时日。现实中的路，水泥路和土路接连交叉出现，要从河谷往上，到半山腰，又是下坡，路很窄，两车相遇，在路的宽敞处才能勉强避让。梦境中，我们似乎是租了车，我们却没有任何人坐车，都是在走路，过往行人之间总是相互亲切地交谈。一条五颜六色的瀑布出现，已经冻结，我们很多人纷纷站在瀑布前照相。出现这样的梦境，与苍山中有一些河流在冬日里会成为冰河有关，它们慢慢才会消融。消融的季节到来后，那些河流开始变得大起来。梦境中无比简单，简单得我还能清晰地复述着这个梦。梦境中的一切，与现实毫无瓜葛，梦境在篡改着现实。这样的梦境出现了，也意味着内心对于三厂局的留恋，以及对刀杆节的向往。刀杆节，即使在梦境中依然保持着它的神秘性，梦境突然就断了，以梦断的方式保留着神秘性。梦境中，我们还打着电话询问那些本要来三厂局参加节日的喧闹却还不曾见到身影的人，他们中的一些人说自己已经快到了，一些人说自己因事来不了。我们为那些因事来不成的人感到遗憾，即便是在梦中，三厂局依然有着让我们无法抗拒的诱惑力。现实中，当我们离开三厂局不久，就遇见了一些在路边粉碎着玉米秆的人。他们跟我们热情地打招呼，与梦境中如出一辙。我们给他们烟，他们都认得佳燕，也知道他去那个村落的目的就是记录那个村落的种种。

回到现实中，佳燕跟着那些妇女，翻越苍山，他是其中唯一的男性，大家并没有排斥他。他前天早早就来到了三厂局，他要在这里住一晚。她们采撷火草，并不是就在我们目力所及之地，而是要翻越眼前这座山，还要爬过几座山，才能抵达那些长着火草的半山腰。采撷火草前的这一夜，他较之往常更加激动，这将是从火草布的源头开始认识火草。那些妇女，同样很激动，她们的一种日常生活将被记录。

佳燕拿出了手机，凌晨四点，金盏河的水流在夜间哗哗流淌。他手里拿着的还有摄像机，他要记录下那些妇女在苍山中采撷火草的情形。

他们从一座木桥上走过，那座桥在发生泥石流时，已经被冲走了。他背着沉重的摄影器械，努力快速地跟上她们的脚步。凌晨，一些野兽开始嗥叫，一些鸟类开始苏醒。那些妇女背上吃的东西，有时她们还会在苍山上住一两晚。这一次，她们早就计划要在苍山上至少住一晚的。火草并没有她们想象中那么多。在山上住宿的情形，没能被他记录下来。他记录下了她们忙碌的身影，火草叶上还有着露珠，她们轻轻地把露珠抖掉，把那些如蒲公英一样的火草叶拿在了手中。采撷得手握不住了，就轻轻放入背篓里，一切都是轻盈的、小心翼翼的。当镜头被他有意调慢时，一切越发显得轻盈和小心翼翼。他们在半山找一块空地，小心地烧起柴火，大家把饭盒纷纷拿出来摆放在柴火旁边，等热好了后，大家就在苍山中分享着各自的食物。酒又出现了，那些妇女即便在去采撷火草的过程中，都没有放弃饮酒的习惯。他也跟着她们饮酒。大家变得很放松，刚开始拍摄时的拘谨与无措，早已消失不见。他达到了自己的目的。她们却没能达到自己计划要采撷的量。她们仍须去别处找寻火草。

回到三厂局把火草浸泡起来后，他跟着她们租了一辆微型车，去已经不属于苍山山系的山里继续采集火草。这样的地点变化，对于她们而言，同样也是常事。她们要计划着做多少的火草衣需要采撷多少的火草。一些新生的人需要一件火草衣。一些已近结婚年龄的人需要一件火草衣。一些已经破旧的火草衣需要更换。一些年纪达六十之人也需要一件火草衣。不只是做火草衣需要火草布，还有在其他很多时候，都需要火草布。他出现在这个村落的时间和次数不断增多后，一些普通日常里，火草布是隐身的。那些织布的人，把自己的织布机放置于房间的二楼，她们静静地织着火草布。她们每一个人织布的习惯是不同的。

我们曾要求熊玉兰给我们演示一下，她婉拒了，说那是自己儿媳妇的织布机，那些织出来的布，都有着自己儿媳妇的指纹。我们作为旁观者，并没有看出有什么区别。她们自己一眼就能看出不同。佳燕看着熊玉兰和其他织布的人专注地织着布，她们一开始会受到他拍摄带来的侵扰，慢慢地，她们变得自然了，变得不再注意眼前的他。那是属于那些妇女们生活日常的一部分。她们还有着其他生活。织好的布，被她们用金盏河的水洗涤干净，挂在院子里晒干。他还参加了其中的一两次葬礼。婚礼的话，他还不曾参加过。许多村子里的女人出去打工后，就嫁到了外地，却很少有人嫁到村里。

7

我们再一次来到了三厂局。与之前来时不同，世界开始变得喧闹起来。原来来这个村子时，世界很安静，只有金盏河的水发出哗哗的清澈的声音。这次，我依然在金盏河边花了一些时间，沿着河流走。河流清澈冰凉。金盏河的声音被其他声音盖了过去。他是大师傅。他和自己的几个徒弟，要表演上刀杆和下火海。面对着众多的观众，他们是在表演。面对着金盏村和村里的人，他们不是在表演。他手里拿着摇铃，嘴里用傈僳族的语言念着祭词，有人敲着羊皮鼓，还有一些人抬着祭祀用品，他们走向刀杆，广场上铺着一些松针，广场边围着众多的人。人们先是围着竖起的刀杆，跳着舞蹈，跳完才真正开始爬刀杆了。

众人因世界再次热闹而激动兴奋不已，人们脸上洋溢着的快乐与兴奋，都能感觉得到。五个人，这是数量。他们跪在刀杆下面。每个人在开始爬刀杆前，大师傅会教爬刀杆的人喝一口水，然后又吐出来，这样重复数次后，开始爬刀杆。我们都看到了爬刀杆之人，除了大师傅外，给人的感觉都有点紧张不安。爬刀杆，大家都觉得需要很巧的东西，大家也觉得还有其他。那些无法言说的部分，让世界变得越发神秘。他们每次爬刀杆时在火草编织的口袋里放的东西都不同，一些经常生病的人把自己的帽子和衣物等东西拿给他们，他们帮着爬刀杆，当爬到有两把刀交叉的地方时，他们开始喊着一些话，当爬刀杆成功了，也意味着一些关卡行将过去，里面的寓意丰富。第二个爬刀杆的人，其实我们在很久以前就已经认识。那次，我们有好几个人去往他们家吃饭，去拜访他的母亲熊玉兰，我们把注意力都放在了他的母亲身上，他的母亲给我们讲解着自己织火草布的种种。我们忽略了他的儿子，今天在广场上见到了他，才知道他跟着自己的师傅学习爬刀杆不久，他斜挎着放得鼓鼓的口袋。他爬上刀杆的最顶端，给大家一一抛下东西，先是钱，我抢到了一角钱，抛下来的还有馒头、饵块、糖果等。众人疯抢，众人欢乐，众人震惊。等到大师傅把火塘里烧得通红的犁铧拿出来，在上面喷了一些水，发出哧哧的声音。大师傅像其他人一样，把草鞋脱下来后，开始表演。没有人帮他摇铃，他要用嘴咬着赤红的犁铧，将犁铧抬上刀杆顶端。我们看到了他咬着犁铧，再借助手和那些锋利的刀，不断把犁铧往上抬。犁铧已经跟着他上去了一半。我听到有两个人（后面才知道，那是他的两个女儿）大声朝大师傅喊着什么，语气里暗含的急迫和担忧，我们作为外人，依然能感觉得到。犁铧被他从第二个关卡（两把刀交叉的地方）丢了下来。他是失败的。他又不是失败的。爬刀杆并不是每一次都能成功。我没去注意他的神色，或是失落，或是坦然（毕竟大家都知道里面的危险）。观众并没有感到失落。那些村子里的人，皆是如此。表演结束后与他再次相遇时，我们从他口中知道了为何没能咬着犁铧爬上顶端，犁铧烧得不够赤红，越是赤红的犁铧，口里咬着时感觉到的重量会越轻。当他们接连踩着那些这两天才磨得锋利的刀，爬到顶端，那个过程让人看着惊心动魄。亲眼看见和听别人讲述完全不同。现场感，让感觉变得更加丰富和真实。

大师傅给我们讲解刀杆节的一些东西时，我突然想起了曾见过他。那是几年前，在雪山河边的小城里，他穿着火草衣（除了服饰外，看着他，丝毫感觉不到他与常人有什么区别），当友人开始介绍他会爬刀杆时，他开始变得完全不同，也让我对他生活的世界充满了想象。他的那些刀，都是才重铸不久的刀。当大家提到重铸之时，我们都想到了漾濞江旁边打铁的人，一问果然如此，那些刀都是他打的。他们之间有了联系。上次，我们先是去了打铁铺一会儿，见了那个铁匠，才来到三厂局。这次在大师傅的言语中，我再次想到了铁匠，也再次感慨巧合的魅力。那次，我们进入铁匠铺后，才进山，才遇见了火草布，又才见到了大师傅。铁匠铸造了一些还未开锋的刀，三十六把，有着寓意的刀，预示着各种各样难关的刀。一个祭祀仪式，一个多少有了一点点表演性质的仪式，里面暗含着很多东西。与他提起雪山河，他也想起了那次的见面。在雪山河，在被寥寥数语触及的人生和世界都充满了神秘感。我既是为那些未知的神秘感而来，也是为了另外一种明晰而来。火草布在这个节日里变得更加普遍，火草布随处可见，火草布以众多的数量在暗示着它们在特殊日子里的重要性。随着最后一个爬到顶端的人，把被他带到顶端的公鸡朝众人抛下来，公鸡被人抱走，爬刀杆的仪式结束。众人又开始围着烧得赤红的火塘，人们要赤脚从通红的火炭上踩过，一些人已经跃跃欲试。

直到我们行将离开三厂局时，广场上还聚集着很多这个村的人，他们无论男女，都在喝酒，都在唱歌。这样的情形，我们已经很长时间没能见到了。我们沿着金盏河往上走了一段时间，然后坐车离开了三厂局。这应该只是暂时的告别。一些人还未离开。一些人还在村子里与一些人聊着今天的东西。

当我们再次出现在金盏河和漾濞江汇合处，原来在那个坡地上的养蜂人已经离开了，没有留下任何痕迹，倒伏的草已经重新立了起来。

五

　　河流名，我们以河流命名来定义和确定河流。我们在命名上得到一些启示。我们猜测有些命名的变化和消失，往往发生在梦中。河流不断流淌，不断对世界进行冲刷，词语被冲散，命名被冲散。梦中的一场洪水给了人们一些启示，让人们重新认识河流，并重新命名河流，就像有些时候我们对于同一座山的不同命名。有时我们也会思考，这样源自梦的启示是否真发生了。

　　我们也被那些河流名引向另外的世界，一个模糊的世界，一个可能与不可能的世界。河流名是确定的。不同的民族、不同世界的人，开始用自己的方式定义一条河流。我们只知道河流在地图上显现的命名，当进入民族的叙事与传说时，河流的命名和样子呈现给我们完全讶异的一面。河流名又真是确定的吗？一些河流命名发生在一些人瞬间的幻想之中。虽然我们无法肯定黑惠江就是一条有着梦幻气息的河流。有时候的命名只剩确定地理位置上的意义。有时我们也会忘记河流名。在一些河段行走时，我沉浸于河流之上，河流本身才是最重要的，那时河流名似乎已经变得不那么重要了。但我们在回忆那些重要的时刻时，河流名又开始变得很重要。

　　我会为一些名字感到激动不已。当这些名字出现在我们面前时，它似乎有着强烈的地域性，那些会让它陷入无尽的狭隘深处的地域性，也是很多人想一直避免的狭隘性。当我沿着澜沧江的支流行走时，它们的名字很重要。于我是重要的，于它们流经的那个世界是重要的。一些大河与澜沧江的这些支流相似，它们的名字不断变化着。怒江在流经潞江坝时叫潞江，穿过潞江坝以后，它又回到了原来的名字，再往下名字又发生了一些变化。澜沧江的支流黑惠江穿过炼铁，金盖河一汇入其中，便开始被命名为漾濞江。在汇入澜沧江前，这条支流的大部分河段被命名为"黑惠江"，其余名字仅用于少数流程很短的河段。金龙河（黑惠江的上游）在汇入剑湖之后，这个名字就消失了。我们穿过那片杨树林，出现在剑湖边，看到一个中年妇女正把船靠在湖边，她把背篓背起，里面是从剑湖里采的菱角。她穿过杨树林时，黄色的叶子纷纷坠落在她身上，秋天真正到了。我问她金龙河呢，她指了指不远处，浑黄的河水，一条河流开始变得很宽，一条河流消失在一个湖泊之中。虽然以金龙河命名的河段不是很长，它却杂糅着很多人的记忆，河流的诞生，河流流经一个水泥厂，河流涌入县城的边缘。当我在地图上看着金龙河和其他河流时，地图上标注着的是黑惠江。从炼铁黑色的夜晚和罗坪山上飞过的大鸟，在黑惠江里饮水。那些大鸟是否就是曾在剑湖边饮水的黑色大鸟？它们并没有彻底消失。那是过往时间的碎片：它们在白天就黑压压出现在那里，把剑湖的水饮得越来越像一条河流。人们用火枪来射击那些大鸟，大鸟安然无恙，火药落入剑湖，湖水被染黑。人们用大炮来轰，那些大鸟才从剑湖边离开。它们从此只出现在黑夜，出现在黑惠江边，出现在人们的梦境之中。

　　梦境也是人的一部分，被我们忽视的一部分，是很多时候，我们在现实中无法完成的一部分。但它也应该是我们现实的一部分。我们在鹤庆新华村聊到了梦境，我们能真正回避梦境吗？我们真正能确定梦是不真实的东西吗？我们都觉得不能，睡觉和梦占据了人这一生太多的时间。离新华村几十公里，就是金沙江。猛然意识到几十公里外的金沙江时，我对一条大河又充满了向往。在金沙江江岸上的巨石丛中，有一些啃吃着灌木杂草的羊，它们在巨石上轻盈攀爬，一些羊被石头烫脚和牵绊，会不小心坠入金沙江，经常会见到一些牧羊人在金沙江边寻羊。羊如果坠落在巨石上，留下血腥的气息以及羊的尸骨，那样的情景可能在弥沙河边看到。羊若坠入金沙江，关于羊的气息都被金沙江带走。给我讲述的那个人，出现在了那些巨石堆里，热气蒸腾，汗水沾湿衣服，目光被河流和巨石刺痛。当他给我讲述金沙江时，我意识到自己出现在澜沧江和它的支流边时，也会见到类似陡峭的江岸，只有灌木和杂草，只有巨石才能生长和停留。两条大江，很像。两条大江，又不像。在那些探险家的文字中，我们看到了这两条大江成为传说和故事的源头，他们在这些江流边见到了马帮，见到了淘金者，也见到了牧羊人。金沙江边有着许多寻羊的牧人，这只能发生在梦境中，他们都知道不见的羊已经坠入金沙江。一些人深受梦境之苦，就像深受生活压力之苦一样。从黑惠江边经过的兽类，停下脚步，饮着黑惠江的水，喝着有不同名称却是同一条河流的水。只有那些失眠的人才知道。只有一些人在梦中知道。失眠的人与酣睡的人。河流出现在他们的梦中，以各种各样的形式，我们看到了河流流淌的多种方式。那些飞过苍山和罗坪山的大鸟，会短暂地把黑惠江喝得断流，是有人见到了，不只是那些大鸟，还见到了一些只会在梦境中才会出现的野兽。那是澜沧江和它的支流边在暗夜中的情形。白天，许多大鸟和兽类纷纷藏起了自己的身影，我们看到了一些很小的水鸟沿着江岸或上或下，河流的声音在白日里低沉下来，与夜间的汹涌澎湃完全不同，近乎是两条河流，一条河流属于黑夜，一条河流属于白天。

漾濞江

1

我们出现在了漾濞江边。当金盏河汇入黑惠江，漾濞江的命名正式开始。那是从苍山中流淌出来的第一条汇入漾濞江的河流。我们所在的河段，在漾濞县城。我们从下关来到了这个小城。从城市到城市，与眼前这条河流经的世界有些不同。当这条河更名为漾濞江时，它不只流经了一些小城，还流经了一些乡镇、村落与河谷。地理世界的不同，地理世界中语言的不同，以及人们对于山川的不同认识，让它多次被重新命名。是为了更好地确定一条河流，还是更好地确定一个地理世界？至少它方便了对于某个地理位置的确定。提起漾濞江，我的脑海里，开始浮现出一个大致的世界，从叫漾濞江开始到不再叫漾濞江终结的世界，河流的走向，河流两岸的城市、村落和草木，还有与漾濞江有关的一些人的人生与命运。

我从金龙河开始，不断往下走，看着一条河流奔腾向前。一开始它叫金龙河，它还曾叫桃源河，还叫黑惠江，到了这里，它叫漾濞江。它们是同一条河流，它们又确实已经不是同一条河流了。这里的河流，已经不是我一开始见到的河流了。它的流量已经远远超过金龙河。当我出现在金龙河边时，印象深刻的是狮河木雕村有着一群女木雕艺人，她们拿出雕刻刀、砂纸、锯子、木锉等工具，摆在那些桌子上，刨花和木屑洒落在上面，她们开始心无旁骛地给木雕做减法。工具很重要，感觉也很重要，它们帮助木雕艺人把平面的画变得立体起来。她们要用钢笔（眼前的墨水是浅蓝色）画出图案，贴在木头上，开始雕刻，浅蓝色的线条最终消失无影。她们要创造一种空间感，那些让我们惊叹的层次，那些我们一直相信只有感觉和想象才能抵达的空间（用那些数目众多的工具和高超的技艺，就可以完成不可思议的抵达与探索）。许多镂空的图案是易碎的，一些叶子，一些枝干，精致的细碎，感觉一触就会碎裂。在那些木雕艺术品前，我们都变得小心翼翼，我们内心发出惊叹，我们怕真正发出惊叹的声音，就会震碎那些艺术的枝丫。与我们形成对比的是，那些女民间艺人在雕刻时，表现得轻盈而随意。那是我们见到的和一直以为的不同。我们又一次误解了民间艺术。剑湖边的那些树木，其中低矮一些的树，叶子已经落尽，已经有着浓烈的秋色了。桃源河边，我并没有过多停留。岳父多年前在民政局上班，有一天突然进来一个蓬头垢面的老人，说是要让政府管管他们，他们就生活在桃源河隐入山中的部分。不可思议的是，多年的人口普查竟不知道那里还有一个村子。离桃源河不远处的石宝山上，有着一些石窟，很多雕刻都是残缺的，时光的不断侵蚀只是造成了不多的残缺，更多的残缺是因为人的粗暴与贪婪，局部的美感与残缺的遗憾就在那里凸显。出现在黑惠江边时，印象深刻的是在有废弃盐井的乔后，那里有几座古建筑，除了乔后，从乔后往上的沙溪有一个庙宇，里面有一些精美的壁画。河流先流到沙溪，才往下流到乔后。其中有一次，我们在乔后待了一些时间，才来到沙溪。这也造成了我先提到了乔后。

在黑惠江一些河床很宽的地方，当洪水落下去，人们便在那些泥沙堆积之处开垦农田，种上庄稼，庄稼长势喜人，河流隐在了那些庄稼之后。庄稼收割完毕，河流又开始上涨，把那些河床中的农田淹没，就像不曾有过农田一样。在河床中种植的庄稼长势每年都很好，河流带走了过去的泥沙，又带来了新的泥沙。世界不断被河流改变着。我们只是看到了相似的世界而已。河流流过炼铁，一进入漾濞县境内，它开始叫漾濞江。从沙溪到炼铁，它一直叫黑惠江，未曾被更改过，这也曾一度让我感到不解，这与习惯的对于河流的命名不同。在那一段时间，人们似乎没有气力为一条河流命名，人们习惯了河流名。人们忙于其他事而忽略了一条河流的存在。忘记一条河流的存在，是完全可能发生的。一条河流也会以自己的方式，让我们意识到它的存在。

当它叫漾濞江时，已经有着许多的支流汇入，其中有几条让我沉迷和充满想象的支流。这些让我惊诧与着迷的支流大多发源于苍山中，有些还发源于罗坪山中。当苍山出现，河流开始变得不一样了。当罗坪山出现，河流同样开始变得不一样。发源于这些山中的河流，没有受到污染，它们以清澈的身影出现。有时我们竟还会遇见同样的命名，苍山中有一条河叫雪山河，罗坪山中同样也有一条河叫雪山河。

漾濞江开始变得浑浊、汹涌奔腾、泥沙俱下时，我们正好看到澜沧江的一条支流慢慢上涨。当我们出现在它旁边时，会有莫名的不安感。那是我们出现在自然世界之时总会有的感觉。我们踩在河岸上刚刚因建筑被拆除而堆积的瓦砾砂石上面，走得磕磕绊绊。站在一个被拆除的现场，看着眼前的河流同样呈现出了让人刺目的浑浊。巧合的是，在一个近乎废墟的世界里，看着一条河流。河流也制造了一些废墟。我们四个人，站在河流边，我们之间的不同很明显。面对着一条河流时，我们内心生发的想象与思考，也不一样。在那里谈论这条河流时，我们的关注点都不一样。我们的身影倒映在浑黄的江水中后，我们并不是浑黄的，我们的身影随江水晃动，但那时我们的一些东西又将是相同的，个性被一条河流吞没。我们之间的相同是猛然间意识到了一条河流涨水了。在河流边生活的小宝和吉海珍，有时也因为生活等各种原因，忽略了一条每天都从眼前流淌的河流发生的变化。

我们见到的是不是这条河流一年里流量最大的时候，只有生活在漾濞江旁边的小宝和吉海珍知道。河流的水位还远未达到一年的最高点。看河岸的宽度，还有一些沙石露出水面，还有那个废弃的桥墩隐隐约约被我们捕捉到，就可以知道河流确实还未涨到最高点。才过去了几个月，河流就开始呈现出了另外的模样。我们并不会因为河流发生了这样的变化而感到吃惊，我们都知道这条河流必然要上涨，也必然变得浑浊。我们只是会在一些时间里，忘记了河流的季节性。

几个月前，我们出现在了从苍山中流淌出来的金盏河边。河流清澈可见水中的沙石，一些石头上的图案在水流的作用下，变得清晰，变得曼妙无比，那条河流会流进漾濞江。当时我们所处的漾濞江的河段，电站用管道把漾濞江的水流从河床中引走，河床里的河流死气沉沉，在满河谷中嗡嗡鸣叫的蜜蜂的作用下，河流会让人哀伤和不适。我们在河床中坐了不长的时间就逃离了。与在金盏河边，想长时间静坐冥想不同。那种让人绝望的死气沉沉，还有那些裸露在外的干燥沙石，感觉有种神奇的吞噬能力，它可以把那些清澈有活力的支流轻易吞噬。

金盏河完成了它命名的河段，当它失去了"金盏河"这个名字时，它呈现出了另外的样子。还有苍山西坡另外的那些支流，与金盏河有着相同的命运。磨坊河，作为记者的小宝再次带我出现在磨坊河边。这次与苍山深处见到的磨坊河不同，在灼热的空气影响下，磨坊河低鸣，要靠近河流（像那只出现在磨坊河边饮水的乌鸦那样），才可能真正听到一条河流在流动。与涨起的漾濞江不同，磨坊河不会轻易涨起。磨坊河与金盏河一样，都被漾濞江吞噬。在被吞噬之前，它们都有着自己的个性，我们看到了金盏河和磨坊河边相同或不同的植物。磨坊河边，枝干金黄的龙竹在河岸上繁盛地生长，还有笔直的树，河床中也长着各种植物。植物在挤压着河流，会给人一种错觉，那些植物早晚要把河床挤满，挤满之时，便是一条河流消失之日。金盏河边出现的是另外的植物，是桤木，是白桦，那些植物的存在，也暗示着与海拔有关的东西。雪山河，又是漾濞江另外的一条支流。雪山河、磨坊河、金盏河，还有从石门关流淌出来的河流，这些苍山西坡的河流，它们都拥有初生河流的各种特点，它们是野性的河流，它们是洁净的河流，它们是与漾濞江完全不同的河流。我们多次在这些河流边，谈起世界的神秘，谈起我们对于世界感知方式的日渐单一，以及我们感受力的日渐迟钝无力。在漾濞江把它们吞噬之后，我们已经无法在漾濞江里找寻到它们的任何影子，它们消失得很彻底。

我们在雪山河边，在磨坊河边，还在金盏河边谈论着世界让人充满想象的部分。我们开始谈论着一些民间艺人和他们创造的那些民间艺术。先是出现了火草布，上刀山下火海，然后是铁匠，打歌，然后是刺绣。金盏河边，是人们织火草布和上刀山下火海的地方。漾濞江边是那个世界里最后的铁匠打铁的地方，小宝给我们定制了几把菜刀。铁匠曾感伤地说起，某一天，他就不再打铁了。磨坊河边，人们会在一些快乐或忧伤的日子里打歌，在燃烧的火边，集体打歌，让快乐越发快乐，也在释放那些让人无法承受的忧伤。这次，我们在从石门关流淌出来的水边，继续谈论着我们一直以为只能在想象中才能完成的艺术。河流有着强烈的隐喻意义，当把河流与民间艺术联系在一起时，它的隐喻意义很强烈。

我们在那里谈论的是刺绣，与河流给人的感觉达成了平衡。在漾濞江边，我们同样谈到了刺绣，但谈论的过程变得异常艰难。我们还在磨坊河边谈起了刺绣，我们意识到磨坊河边最适合谈论的还是与磨坊有关的种种。磨坊河边还有真实存在的磨坊，唯一的磨坊，几年以后，已经弃用的磨坊，那是苍山中最后的磨坊。当磨坊只是成为见证物和观赏物时，它衰朽的速度会很快，超乎我们的想象和承受力。金盏河边，我们也不会轻易谈到刺绣，在那里我们只会谈论火草布和爬刀杆的民间艺人。有太多的东西值得谈论。在石门关，我们进入了那个与刺绣有关的铺子。我们开始真正谈论起刺绣来。

里面刺绣的人，并不是出生在石门关，他们来自一个叫鸡街的地方。四个人，都来自鸡街。这是巧合，又不只是巧合。鸡街，离石门关已经很远，一个遥远的世界，需要三个多小时的车程才能到达。在鸡街，同样有着好几条河流。我问吉海珍，那里是不是有一条会让人沉迷的河流，她的回答充满忧伤与无奈，是曾有好几条河流。有一些在吉海珍的讲述中已经是断流的河。许多河流已经断流。当看到漾濞江再次变得浑浊和汹涌时，我想象着那些断流的河，它们是否会再次汹涌？我只能想象。它们中的一些河流会再次汹涌。到了某个季节，它们又将再次断流。

在石门关的那条河流边，小宝他们见到了一条很粗的眼镜王蛇。在鸡街的那些河流边，吉海珍不曾见过一条眼镜王蛇。他们看着眼镜王蛇抬着头穿过公路，隐入河流边的草丛里，高高的芦草摇曳，风的原因，还有眼镜王蛇游走的原因。在鸡街，吉海珍见到了一些蝙蝠，它们在夜间出现，又在夜未尽之时消失。在夜间苏醒的蝙蝠。在夜间才对世界有着清晰感知的蝙蝠。它们开始出现在民间艺人的脑海中，被剪出来，被绣出来。它们在图案上的位置很隐蔽，不仔细观察，它们将不会被人发现，它们在图案上再次成了在夜间自由活着的生命。

我本来要进入鸡街，就是为了拜访那四个刺绣的人中最老的那个人。我早就听说过老人。我早晚会进入鸡街。我也知道真正进入鸡街还需要一些时日，计划也有可能会因为种种原因而搁浅。当吉海珍说需要三小时车程时，我多少有点退缩了，毕竟雨季已经来临。

我再次把注意力放在了年老的民间艺人身上。在这之前，除了那个老人，我没想过会见到其他的民间艺人。我出现在石门关后，才意识到还有其他刺绣的人我也应该见一见。一切充满了让人感叹的意外之喜。我见到了其他的三个人。他们四个人，有时会成为一个人。其中一个与老人年纪相仿，其他的两个人年龄都很小。让人惊叹的是里面有一个是男的，在我们的认知里，一个男人不会从事刺绣这样的艺术，更何况这个男人还那么年轻。面对我们的偏见（我们努力把它隐藏在内心的偏见），他一眼就看出来了，他未等我们开口便谈到了这个话题。如果我们计划去见老人的途中，早就想到会见到一个男性的刺绣艺人，那我们在遇到他时，就不会表现出那样的惊诧了。

2

河流改变着我对世界的看法，河流也矫正着我对世界的印象。漾濞江出现在了我面前。小宝问我这次想去看哪条河流，他提到了柏木铺的那条河流。他说那条河流有着自己的特点。其实，那条河流在这个季节，已经很难看出独属于它的特点了。我们需要拿柏木铺来佐证它的不同与特别。在去往这个村落的过程中，小宝提到了佳燕，佳燕拍摄的一组纪实照片获了一个重要的奖，我一开始以为是关于金盏河边火草布的照片。佳燕不断进入金盏河边的三厂局，花了好几年，拍摄着那个村落与火草布的种种。不是关于火草布，是关于地震的灾难照片，主人已逝，留下的物，食物与三弦琴，物质与艺术，生命消失，都成了空。小宝还提到他鼓起勇气看了佳燕拍下的一些尸体，惨不忍睹，佐证着自然面前人类的脆弱不堪。那是佳燕藏起来的照片，除了小宝外，再没有人见过。谈到佳燕，近乎是从眼前的世界滑出来的闲谈。

柏木铺，一个古老村落，曾经它在博南古道上有着特殊的地理位置，那里现在还有两棵古榕树。我们出现在了两棵古老的榕树下面，榕树长得异常繁茂。对于那两棵古木而言，保护它们最好的方式就是给它们生长的空间，而不是用水泥把它们生长的地方围起来。小宝有次出现在这里时，见到的情形让他吃惊不已。两棵古木，一枯一荣，一棵古木叶子落光，一棵古木早已抽芽。同一种植物，竟然会出现这样的不同，让他更坚定了自然世界的神秘与不可解。它们竟也不是季节性的植物。在一些时间出现，它们又有着强烈的季节性，这曾让小宝一度认为，自己所见到的一枯一荣的景象只是错觉，只可能出现在梦境之内。有照片为证，一切又变得无比现实。他说，一些人轻易就能解释那个情形，他却希望对于世界的理解，有时候也会出现这样一些错觉与有意的不理解。

这两棵古木的存在，还有藤七和龙竹的存在，让河流有了另外的意义。到了那里，我才知道这是磨坊河的下段，是它行将被漾濞江吞噬的河段。小宝曾带着我探访过磨坊河边的磨坊。磨坊定义了这条叫磨坊河的河流。这些古木以另外的方式定义这条河流。那条叫鸡街的河流，已经比眼前的磨坊河还小，我们会无端地把刺绣和河流联系在一起。对鸡街出来的那些进行刺绣的人有了一些了解后，鸡街河和这种民间艺术在时间长河中表现出来的一些特点，有了让人惊叹的互证。

有一些大学生进行假期社会实践，其中有一个活动，是来石门关采访那几个刺绣的民间艺人。吉海珍跟我们说老人一大早就从鸡街出来，已经说好在石门关相遇。我们离开磨坊河，出现在石门关。我们刚遇见老人不久，那些大学生就出现了。他们开始采访老人和其他几个人。我们就在旁边安静地听着。许多我们想问的问题，那些年轻人已经替我们问了。那些大学生离开后，我们四个人在那个空间面对着四个民间艺人。老人是吉海珍的姑妈，因为吉海珍在场，我们的谈话变得无比轻松。

他们每年都要祭花神，一年十二个月，月月有花开。绣品上面最重要的就是花。祭花神和祭戏神有些不同，祭戏神之后，才开始唱戏，许多唱戏的人，往往只是在每年的一些特殊节日里唱，在其他时间里，他们把戏神送回庙宇。人们在任何闲暇的时间里，都会刺绣，人们还曾在昏暗的灯光下进行刺绣。

神龛上香已灭，玻璃里面供奉的是绣品，有着凤凰和花，玻璃上贴有"纸谱""绣谱"和"母谱"的字样。很简单的神龛，却可以被我无尽解读。一个绣娘，必须会剪纸。绣娘面对神龛拜了一下，曾经的纸谱和绣谱纷纷回来，那是绣娘要创造的母体，绣娘创作的作品从那些古老的图谱和绣谱中繁衍而出。他们的作品，以黑色和红色为主，大红的图案，艳丽无比。人们用刺绣照亮了众多的黑夜。

我们以为绣品都是用艳丽的色彩绣的。他们打开了清朝以来留下的一些作品。那些作品，只会出现在博物馆和展馆，这是它们最终的归宿。那些作品，绣工精妙无比，只是色彩很素淡，没有多少绚丽的红色。用实实在在的东西，来矫正着我们的看法。

作为听众的我们，迷失在语言制造的丛林里。许多专业的术语，我都只是一知半解。我们被专业的术语拒绝着。我只能频频点头，表示自己很理解。我只能以那样的方式来掩饰自己的无知。给我们讲述的人，继续给我们介绍。我们无法在那么短的时间里，把一件又一件服饰上展现出来的东西弄明白。龙牙、龙鳞、莲花、兰花，各种隐喻与象征。做工精细。龙牙与龙鳞，他们中的任何人都已经无法做到了。虽然只是四个人，但已经代表了那个世界里刺绣的最高水平。老人能说出针线的走法，能说出的是梅花扣和链子扣，还说到了针眼的小和针线的密。她还提到了滚绣和其他的术语，我再次迷失在术语之中。在那个世界里，术语才是最准确的。

许多技艺，并不会随着时间的推移变得越发精湛。许多技艺，都在慢慢消失。老人不断琢磨着，却依然无能为力。老人只能把那几件珍贵的衣服好好保存起来，在一些时间里，拿出来慢慢欣赏。眼前有着龙牙和龙鳞的那件，曾在上海展示过。老人出现在了上海。老人感叹不已。自己能出现在那个现代化的大都市，是因为一件精美的古老服装。一个现代化的大都市，一种古老的民间艺术。只有技艺高超的他们，才真正知道那件衣服的珍贵。我们看不出来，我们看不出针法的精妙。我们最多只能感觉到服饰上叠加的时间感，还有服饰本身的命运感。服饰成了唯一的存在。服饰逃脱了时间粗暴的一面。眼前的那件服饰，只是逃脱时间粗暴的几件之一。我们只是看到了色彩的变化，从素淡到斑斓的转变，一直延续着对于象征的运用。如果不是那几件古老服饰的存在，我们都以为绣品就应该是最艳丽无比的。

艳丽无比的色彩，会给人以温暖。那些古老服饰的素淡，释放出来的是冰冷感，那是已经没有人继续穿它们后产生的冰冷感。我一摸，果然有着沁人的冰冷感。与把手放入苍山中的那些河流时感觉到的冰冷感相近。服饰上的那些梅花扣之间的比例都无比接近，里面的一些图案也无比对称，把内里翻出来，那些细密的针脚的排列也异常精妙。同样是精致的图案，这与许多一翻内里就暴露出技艺的粗糙不同。那些服饰就只能放入博物馆，或者是放入木箱好好存放起来。眼前的他们，穿着的服饰色彩艳丽。色彩的艳丽并没有给人不适，竟与在凤羽河和弥沙河边见到的那些老人穿着的素色的藏青色白族服饰给人的感觉很相近。这样的感觉竟是这样的不可思议。这些老人并不会因为穿着的不同，给人不可亲近感，他们都无比亲切。老人微笑着谈论自己过往的一切。我们继续谈论着。

3

老人会剪纸，她会剪很多复杂的图案。我没有发出老人竟然还会剪纸这样的感慨。这与见到那个纸扎艺人，获悉他还会唱戏时有的诧异不同。这也与遇见那个制作甲马的艺人，同样也会唱戏不同。如果在那里，发出这样的感慨，他们一定也会像在前面见到的有些民间艺人一样，指出我不懂刺绣。

很多时候，我没有做足准备就贸然进入一个世界，贸然地面对着一个民间艺人。许多民间艺人，会原谅我的无知。也有一些民间艺人，会觉得我的行为不可思议，他们会觉得自己受到了冒犯。他们无法理解我为何对那种民间艺术那么陌生，陌生也就意味着至少暂时不会热爱，或者只是一种盲目的兴趣与热爱。我能理解很多民间艺人，骨子里对自己从事的民间艺术的热爱。他们会在一种民间艺术的没落面前，手足无措，也会继续坚持着。有时是热爱在支撑着他们的艺术生涯。

老人回忆着自己偷偷练习剪纸的事。当纸珍贵稀缺之时，当从事艺术不自由的时候，她拿着剪刀出现在了旷野里，具体一些是出现在了鸡街河边。河边生长的植物有一些长条阔大的叶子，这样的叶子太适合用来练习，它们与现实中的纸张有相近之处，又完全不同。具体是哪种植物？老人说没有固定的树种，看到叶子比较宽大的就拿来剪。一些人在树叶上练习画画，一些人用树叶吹奏出音乐，一些人在一些树叶上写下古老的文字，在傣族村寨，一些人用贝叶来抄写经书。老人说自己在剪纸之余，也学会了吹树叶。清越的声音，与鸡街河流淌的声音混杂在一起。老人说现在无论如何，自己也不会吹树叶了。许多用树叶吹奏出来的调子都是关于年轻人的，但那调子不会随着时间而流逝。

那时的鸡街河与现在的鸡街河是完全不同的两条河，河床也是完全不同的河床。现在的河床经历了一些洪水的冲刷后，变得宽大刺目，河床变得宽大之后，河流却变小了。老人亲眼见证着河流和河床发生着变化。吉海珍说自己也见到了河流发生的变化。植物生长，树叶发绿，花开始绽放。老人观察着那些花朵绽放的过程（这同样是老人的讲述，这样的讲述里充盈着让人沉迷的想象力），一些花短时间之内就完成了绽放的过程，一些花的开放变得无比缓慢，那个缓慢的过程开始与老人拿起剪刀剪树叶的过程完成重叠。老人摘了几片树叶，从花绽放的过程中琢磨出一些剪法，剪出几层（我们眼前的那张剪纸，剪出了不止两层，有了镂空感和立体感）。剪出层次与立体，才是最见功力的。别的那几个人也深深为老人的剪法所折服。

如果老人不提起自己剪树叶的经历，我将不会想到老人用剪树叶的方式度过了刺绣人生最开始和最重要的阶段。对于刺绣有了最初的热情，在自然界中，继续释放那种热情。自然界给了她自由，这是艺术最重要的自由。老人大致的意思是在她生活的时候，现实世界到处充满了阻挠与规训。自然界给了她一些天然的剪法，那是最复杂的剪法。我总会在老人讲述的时候，让自己游离于讲述之人，进入一个想象的世界。我想还原一个儿童（她说自己五岁就开始学习剪纸和刺绣）面对刺绣这门民间艺术时，最初的惊奇与懵懂。老人成了女孩，还原显得很无力。

老人一开始要学刺绣时，被自己的母亲百般阻挠。一个贫穷的时代和家庭，针线和纸张是最金贵的，还有其他一些原因。只有自学，幸好老人当年还有一个会刺绣的奶奶。那些清代和民国时期的服饰，都是她奶奶珍藏起来的。她奶奶知道它们的价值，她想尽办法把它们保存了下来。我们出现的房间，展示着好几套服装，那同样是她奶奶留下来的。当她那么说起时，我们顿时感到很诧异。那是一群人在惊诧。眼前展示的那几套服饰，完全看不出经历了时间的侵蚀，毕竟眼前的老人已经年逾七十，那往回推，她的奶奶珍藏起来的，有可能是她奶奶做的，也有可能是她奶奶之前的人做的。只有他们能清楚地说出那几件服饰是清代和民国的。在时间感被说出来后，我们说能否轻轻触摸一下那些服饰。那些服饰给我们的感觉里，充满了联觉（各种感觉的交互与影响）之后的复杂与混杂。服饰给人的是强烈的时间感，时间让那些素朴的服饰越发素朴。素朴，只能从服饰的色彩而言。那几件服饰做工的精细，早已在说明那不是一般的人才可以穿戴的，也在说明在当时那便是雍容华贵的象征，又怎么能说是素朴呢？

从清代到民国，再到现在，风格在变化，一些东西在失传。老人在提起自己的奶奶时，充满了崇拜，那种崇拜与眼前的我们对她的崇拜很相近。老人说她奶奶对她已经倾囊相授，但其实她奶奶并未全部教给她。当刺绣成为一种艺术时，也意味着从事之人不仅要热爱，还要有天分。一些针法很复杂，一些剪法也很复杂。还有老人的母亲，终于不再阻止她。她母亲也会很多复杂的针法和剪法，只是她母亲过早离世了。这样的过早离世，让一些东西失传。在她母亲和奶奶离世后的多年里，她一直在揣摩和探索，她寻回了一些针法和剪法，而一些很复杂的工艺，注定了失去传承。

老人本来要现场给我们剪一幅图案。老人拿出了剪刀，却找不到纸张。老人只好拿出原来剪好的图案。我们成了观赏者。纸张找到了。我看到了一些彩笔，是不是要在白纸上把图案画下来再剪？我们还未问完，就被打断了。老人拿着白纸直接剪。没有人会用画好的线条和图案来框定自己。剪纸的人，要怎么判定他们技艺的精湛？他们有自己的标准。两幅图案是否对称？这个问题貌似很简单，其实并不简单。他们说不简单，再经他们认真描述之后，我们感觉到了确实不简单。两幅剪纸，做成鞋子时，就要看它们是否对称。老人拿出了一双鞋子，用实物来说明剪纸技艺的高超。眼前的那幅图案，同样是复杂的。我们看到了剪法的细密，图案已经贴在了布料上，贴起之后，才是刺绣。图案：凤凰头，蝙蝠身（福气），凤凰尾，牡丹花（富贵花，每个图案都要有）。这些元素交织在一起，它们早已在老人的脑海里经过了想象和构思。构思之后，老人知道该用怎样的剪法才能把图案剪出来。图案剪出来了。那幅图案是独一无二的。老人在剪那些树叶时，就意识到没有完全相同的树叶，她剪出来的图案也是完全不同的。没有标准的图案。思想会在瞬间发生变化，拿起剪刀的手会因为脑海里的一些创意与构思而激动，激动得有点颤抖。

一幅剪纸，不能用剪刀来补。如果失败，就只能重新剪。在人们口中，老人无数次剪失败的经历被淡化了。老人说画是可以更改的，至少那些铅笔画是可以更改的。一些人需要在纸张上画一画，然后再开始剪。老人折了一下纸，便开始剪纸。那是脑海中的图案，没有批量化的图案。手稍微一抖，图案就开始发生变化，细部也开始变化。图案的差异，那是无意间的差异，那是有意间的差别。剪凤凰花的叶子，剪成长条形，那是练习。色彩，有绿色的，有黄色的，有红色的，生命力的色彩，温暖的色彩，灼人的色彩。用纸张，也是一种练习。用想象力，也是练习。无数次在脑海里完成创作，完成剪法，那是对思维的训练。这样的训练已经持续一生。展现在我们面前的很多图案，是在不久前创作的。我们看到了风格的统一，以及在细微处的变化。我们似乎验证了老人的思维并未僵化，创作力也并未因为时间的累积而退化。

然而，其他方面已经发生了一些退化，刺绣考验眼力、手力，老人的视力已经明显退化，老花镜已经说明一切，老人的手已经无法做到年轻时那样轻盈和稳重了，一双颤抖的手，势必要影响刺绣的效果。老人自己也在感慨，虽然自己算是师傅，但刺绣这门艺术，它呈现出了与许多民间艺术不同的东西。在这之前，我们只认定民间艺人随着时间的叠加，只会让自己的技法不断成熟。老人说自己在五十岁以前，就已经完成了一生中最重要的作品。老人领着我们看她创作的那些作品，许多作品是在多年以前就完成了。老人在坚持着，继续用那种发自内心的热爱，在那里绣着，并把自己知道的针法毫无保留地传授给她的徒弟们。

此刻，她认可的徒弟只有四个。在他们的口中，她的徒弟远远不止四个。在澜沧江的支流边有意行走的过程中，我见到的许多民间艺人没有自己的徒弟。还有一些民间艺人只有几个徒弟，还有人说自己只有一个徒弟，还是自己尚未真正长大成人的孙子。他们每每意识到自己从事的民间艺术可能会失传，就感伤不已。与他们对比，眼前的老人无疑是幸福的，在谈论到自己的一些徒弟时，也溢出自豪的神色。眼前的几个人，他们的作用就摆放在那个空间里，其中最让老人得意的是那个年轻的男子，他二十多岁就已经绣出了让许多人惊叹不已的作品。

4

在那个不大的空间里，有一些是完整的服饰，还有一些是尚未拼起的部分。有时，我们把注意力放在完整上；有时，我们又把注意力放在部分之上。如果他们不一一介绍的话，那些服饰，带来的竟然是时间的混乱感和不明晰感。许多色彩并未退化，各个时间的色彩在那个空间里遥相呼应，有些色彩重叠在一起。在这之前，我们都以为一切已经明晰。

我们只能看见一部分的真实。其中有两件，我们一眼就看出是有一定时间了。我要花一些时间，把注意力放在那些图案上。当我们开始慢慢细视那些图案之时，图案又将把我们引向有关刺绣艺术的另外一个维度。我们会不自觉地让自己的思绪飘到另外一个世界之内，已经远离了作品最初的深意。民间艺术所具有的象征与隐喻，往往很简单，往往借助谐音便能完成对一些意义的表达。当谐音转化为一些生命之时，表达的难度开始出现。鸟、兽、虫、鱼、植物、河流、星辰等开始出现。

我们看到了衣服对襟上停栖在同一棵树上的两只凤凰。它们红色的喙和黑色的眼睛，朝着的方向是一朵盛放的牡丹花。衣服的其他部分，就是浅绿色。在浅绿色的背景映衬下，凤凰和花的色彩凸显出来，精美的图案也凸显出来。这是其中一件古老的服饰。我们把目光放在凤凰和花之上。

另外一幅图案，蝙蝠在孵化。当看到蝙蝠蛋时，我们看到了那幅画里充盈着的变形与幻想色彩，蝙蝠蛋不存在于真实的世界。当蝙蝠蛋出现，当小小的黑色的蝙蝠孵化出来，当图案上开始绣上色彩，世界的一些东西以这样的方式完成了反转，内心不再对蝙蝠感到厌恶和拒斥。艺术在呈现另外一个世界（感觉的世界），艺术也在柔化另外一个世界（从黑暗中挣脱出来）。我们在那件服饰上看到蝙蝠孵化的过程。母乳画，母乳加白瓷泥调和而成，旁边是蝙蝠的孵化过程，再旁边是蝙蝠已经孵化出来的图案。我们把与蝙蝠有关的象征意义暂时抛在一边。在面对那块布上让人惊奇的图案时，把象征意义拿出来后，图案就变得不再那么有深意了。蝙蝠就只是蝙蝠，它们不再是在幽暗空间里奔突的生命，它们也不再只具有黑灰的色彩，它们有了各种色彩，红色的蝙蝠，蓝色的蝙蝠，绿色的蝙蝠，还有橘红的蝙蝠。当看到那些有着各种色彩的蝙蝠时，我想到的是不断在纸张上乱涂乱画的女儿，她让一切都有了色彩，她涂抹的画没有任何秩序可依，一切都是无序的、自由的，一切都只能是想象的。我们在那块布上看到了一个有着无穷的想象力且未曾老去的绣娘。他们还指着其中的一些白点和红点，那是蝙蝠的蛋。如果把这件服饰放在博物馆或者展厅里，人们就会不自觉地把目光放慢，也会把目光放在所有的细节之上。也将会有人提醒大家，除了注意细密变化的针脚外，还有那些图案。那是在一个特殊空间里会发生的。

我们身处的空间，不是博物馆，可以算是一个展厅，但展厅里展示的服饰和物件很多，我们的目光已经很慢，却很难把目光放在其中一些图案上，并慢慢进行美学上的审视。众多服饰和色彩充斥着的空间，很容易让我们变得疲乏，精神开始有些涣散，感受也开始变得迟钝。我们很兴奋，却因为太过兴奋而忽视了太多东西。在这时，就需要有人提醒。于是有人开始提醒我们，要把目光放在那些图案上。我们知道图案上将会出现蝙蝠，轻盈飞翔的蝙蝠。我们一眼就认出了蝙蝠的样子，用线条的组构完成对一只蝙蝠的表达。一只正在孵化的蝙蝠，它依然是轻盈的，那是现实中孵化时不可能拥有的轻盈，那么多生命的诞生，总归不是我们想象的那般轻盈。我们开始反驳自己，那是艺术品，众多的刺绣要呈现给人的就是轻盈的自由感与质感，还要呈现给人的是对于现实生命心理上拒斥感的转变，我们看到了对于蝙蝠的接纳。现实中，我们很难以此刻这般轻松愉悦的心情来面对蝙蝠以及蝙蝠孕育生命的过程。

我们变得无比轻松和愉悦。

我们能轻轻摸一下那些图案吗？这是第几次问的，已经有点记不清楚了。在面对那些作品时，我们总是变得小心翼翼。没问题。蝙蝠的触感，温暖柔软。蝙蝠已经孵化出了好些小蝙蝠。在长条形的布上，孵化的过程有了时间感，我们能想象一个民间艺人在脑海里沉迷于蝙蝠的孵化过程。随着民间艺人把那块布小心翼翼地折叠起来，并放入橱窗之后，它已经失去了展示的意义，我感觉那时候的蝙蝠又回到了幽暗的巢穴中。离开那个展厅，这件刺绣作品，一直在我脑海里挥之不去。我知道之所以挥之不去，是因为绣了许多小蝙蝠。老人同样惊叹不已，在未见到这幅刺绣之前，自己也不曾想过在刺绣作品中可以这样呈现蝙蝠。我能想象这幅图案对于老人的刺激，也能想象老人在剪纸过程中所拥有的想象力和创造力。老人依然在感叹，自己无法剪这样的图案，这也意味着自己无法绣出这样的作品了。我们在那个小小的空间里，感受到了老人的谦虚，也感受到了老人的无奈。

她已经多次有些感伤地说起许多剪纸和针法的失传，至少在鸡街河边的那个世界里是失传了。当她把自己生活的世界不断往外拓展，她到了漾濞县城，她到了苍山下的石门关，她还曾偶尔把自己的脚步移到州城、省城和更大的城市，一些东西真就消失了，那是让人悲伤不已的消失。我们能理解一个民间艺人的无尽忧伤。刺绣技艺的传承，就不应该只是停留在博物馆和展厅，出现在这些空间的东西，只能有着珍藏和审美上的意义，这也意味着只有很少的一部分人会在闲暇之时想到去博物馆或者展厅看看。

有多少人是沉迷于逛博物馆和展厅的？有多少人还拥有敏锐的审美眼光？我们都无法肯定。老人说自己走出展厅，去往学校，去往一些村落，找寻着真正喜欢刺绣的人，也真正想让刺绣与现实生活之间有紧密的联系。在刺绣介入现实生活后，它不再是博物馆式的，而是活态的。

只有这样，刺绣这门技艺才不会失传。博物馆，同样很重要，我们可以看到一些真正古老的图案，也可以唤醒我们对于古老技艺的审美能力。

5

一些技法已经消失，像某些挑花之类的。这近乎是她的原话。许多民间艺术，面临的相同困境就是消失。许多民间艺术，并没有随着时间的推移而越发精进。剪纸中的一些图案会消失。记忆的无能为力，以及随着年老而创造力的退化，这都是老人要面对的问题。是有人突然间失去了创造力，是有人突然忘记了自己从事了一辈子的事业，是有一些民间艺术无法仅仅依靠肌肉的习惯反应来完成的。老人偶尔会陷入失去的焦虑中。如果我们突然之间把艺术遗忘，甚至把自己遗忘，会怎样？她总觉得有一些东西彻底消失，是与人的突然遗忘有关的。

一些专业术语留了下来，仅剩语言的躯壳。语言在记录着一些东西的同时，也在暗示着一些东西的消失。坐于人群中的老人，戴上了眼镜，旁若无人地继续绣着东西，她的徒弟坐于她旁边，专注地看老人穿针走线，眼里满带着笑意。人们想问老人的徒弟一些问题，徒弟都是羞赧不语。她游离于人群之外，我一开始竟以为她听不懂汉语。一个在深山中生活的人，是有可能只会讲自己的民族语言而听不懂汉语的。我在苍山中行走时，遇见了很多这样的人，他们只会讲白语，只会讲彝语，简单的几句汉语依然在为难着他们。老人停下了手中的刺绣，转向自己的徒弟，让她简单说说。她才简单说起自己对于刺绣的热爱，以及工作之余，会跟着老人学习刺绣。她在县城中医院上班，怎么可能不会汉语。只是她在以自己的方式，表达着作为一个绣娘时的专注与寡语。在澜沧江的支流边行走，我早已习惯了民间艺人的沉默寡言，也习惯了他们让人感叹的专注。那些人依然在逼问着，她不再言语。另外两位老人，也不多言。他们继续问着，对象就是作为师傅的老人。你还记得自己的嫁衣是什么样子吗？老人在漫漶的记忆中想描述一件嫁衣。一套新娘服就摆放在我们面前。那只是老人做的嫁衣，不是她穿过的嫁衣。年逾七十的老人，在那些年轻人面前陷入沉思，大家都在想老人会以什么样的方式回到自己的记忆，又将以怎样的方式再次成为少女。老人先是陷入沉默，然后顾左右而言他，最后绕开了关于嫁衣的讲述。老人放弃了对于自身过往的篡改。重复问她的是一个少女。我们能理解那个少女的好奇。那个少女，内心深处是对那套新娘装背后的美好的无尽向往，以及对此诗意化的无尽想象。在饥饿与苦难的年代，美好总是转瞬即逝。人们更多记住了那些困厄的生活，却遗忘了生活中的甜蜜。

给自己做一件嫁衣，内心必然是复杂的，那个过程也必然是美好的。老人的拒绝里面，是否有着对过往婚姻的不满之类的东西？没有不满，他们一直很恩爱。我们依然会猜测，任何光鲜恩爱的婚姻之下，都可能会有一些危机。这样的猜测，很快就被我放弃了。老人已经过了陷入回忆的年龄。手工制作新娘装，要花费的时间很长，还要考验自己的耐心，还要努力抑制内心的激荡。

老人说，现在的她眼睛不好，已经绣不出以前的作品了。视力对于绣娘而言是重要的。目光从清澈到浑浊，眼睛从明亮到近乎失明。我们见到了很多民间艺人，他们目光所发生的变化，并不是需要仔细观察才会发现的微妙的变化，那是一眼就能发现的变化。我们还看到了老人手背上的老茧。那群年轻人离开那个空间后，老人放下了手中正在绣的东西，手背上的那些骨节已经被磨成了另外的样子。与手心里的老茧不同，老人已经无法隐藏它们，作为一个女人，是曾有过想隐藏它们的想法。随着时间让眼角的纹理变得越加细密层叠，她早已不再进行任何掩饰。老人很自然地刺绣。老人不自觉就拿起了布开始刺绣。只是那样的自然，反而让我们忽略了她的手。是其中一个人无意间拉着老人的手后，开始惊呼，大家才把注意力放在了老人的手上。

当那群年轻人涌进来时，老人在他们身上看到了自己少女时的模样，突然感到不好意思，是不是因为这样老人才在那群人采访时开始刺绣？刺绣成为日常的一部分，许多绣娘闲聊之时都会刺绣。这是我见过的，也是吉海珍耳闻目见的。老人并不是在遮掩手背上起满的老茧。老人早已过了那个羞赧的年纪。老人也不懂该如何面对那些采访的人，没有声泪俱下地追忆自己的刺绣生涯，也没有把那些手背上的老茧在大家的眼中放大。一切变得平淡。一切似乎只需要几句话就可概括。许多民间艺人，习惯了语言上的概括与简化，只有作品才是庞杂和繁复的。

还有一个人在旁边帮她们三个补充着，就是那个年轻男子。他穿着彝族的服饰，帽子上有三根红腹锦鸡的羽毛。他从小就跟着老人学习刺绣。他绣出了繁复精美的作品。他成了彝族刺绣的非遗传承人。他与几个女子形成了强烈反差。语言表达上，他条理清楚，滔滔不绝。当一个民间艺人开始以之前我们稍微不习惯的口才讲述着这门民间艺术时，我们并无心理上的拒斥，我们佩服他的口才。讲得真好，这是我们在听他讲述时的感受。另外三个习惯沉默的女艺人，同样对他的口才赞不绝口。他们原来一直习惯的就是用作品说话。我们也知道，没有他的讲述，一些东西将无法从作品上透露给我们。我们见到的作品，也会给我们一些错觉。在刺绣上，我一直以为只有女人会刺绣。这样的认识，持续了很长时间。

直到我不断出现在苍山中，才听说苍山中为数不多的男子也在刺绣，还绣出了让人惊叹的作品，我一直希望有机会能见见会刺绣的男人。许多人都对他从事刺绣感到好奇。许多人都对男子从事刺绣感到好奇。他知道大家好奇，早已习惯了人们对他产生的偏见。他主动说起了自己从事刺绣的过往与现状。他从事刺绣源自童年的审美与热爱。一种角色上的打破，是对世俗偏见的某种反抗。面对他创作出来的刺绣作品，同时与他进行一些交谈后，我们早已在那个空间里放下了偏见。我们对他的误解，同样也在反衬着自己的浅薄。每当说到刺绣，我们不自然地就会想起这是属于女人的艺术。在我们的潜意识里，会觉得只有女人才能创造出这种温暖又绚丽的艺术。在我们的潜意识里，总觉得只有男人才能从事木雕艺术，而现实中，当我出现在金龙河的那个木雕村时，有很多女人也在从事木雕艺术。这些民间艺人就用这样的方式不断矫正着我们的看法与偏见。我们在石门关不再纠结于男人也会从事刺绣艺术。在金龙河，我没有对那些从事木雕艺术的女人产生偏见，只是产生对她们的敬意与钦佩之情。如果从事木雕的女性，我只是见着一个，数量上的少就有可能会带来我对那个唯一从事刺绣的男子一开始时的那种偏见。当数量变多之时，偏见就会悄然消失，这多少还是让人感到不可思议。

漾濞江在不远处。我们谈论着老人，又不只谈论老人；我们讨论着刺绣艺术，又不只讨论刺绣艺术。那时，漾濞江依然是浑浊的，河流的声音消失，汹涌奔腾的样子消失，河岸上的野芭蕉长得繁茂，河流异常平静，只有我们的内心是不平静的，我们都知道内心因何而不平静。我意识到，很快河流的名字又将被人们重新命名。它将再次成为黑惠江。

六

罗坪山下，我遇见了那个失明的人。那时，我们置身在绚烂的花海中，他突然出现了。让人心惊的反差就这样发生在了罗坪山下。当获悉他还是一个养蜂人时，内心的震颤感可想而知。内心同时涌上来的还有不适感。那是我们见到生活残酷的一部分落于他人身上时会有的感受。

你无法拒绝在罗坪山下遇见那样一个命运感如此强烈的人，除非你不出现在那里。他已经在那里生活多年，还要在那里生活很长时间（看他那健硕的身影，并未有很多老人在现实生活中的虚弱与残喘）。突然之间，依然开得绚烂的梅花纷纷坠落，墙壁上蜂箱里的那些蜜蜂浩浩荡荡离开了山谷。这些都是幻境，又好像真在那时发生在了现实之中。在时令的影响下，梅花必然要坠落，蜜蜂也必然要暂时离开，只是坠落与离开都不会发生得让我们那么心惊。有时悄然发生，会让我们忽略它们。只有那些真正辗转于不同地方的养蜂人，一直把目光放在他们养的蜜蜂上。我在沿着澜沧江的支流行走的过程中，偶尔会见到一些养蜂人，他们经常戴着纱帽把面部遮起，在那些蜂箱前忙碌。我们很少交流。我也深知只有交流，一些命运感的东西才会真正显现出来。他们养的那些蜜蜂发出的嗡嗡声，在澜沧江边鸣唱，混入江声。

在罗坪山的这个山谷里，我们竟没有听到蜜蜂发出的轰鸣声。它们在那一刻似乎变得静默，似乎不再扑扇翅膀。如果那天，那个盲人只是蹲坐于不远处的蜂箱前，静静地坐着，我就不会意识到那是一个盲人。当意识到他是一个盲人时，我只想赶紧离开那个山谷。那时河流变得很小。河流被我忽略了。一些时候，我们会忽略河流。当我从那里离开，出现在弥苴河边时，那个盲人的形象反而变得越发强烈，也让我再次强烈意识到了河流的存在。二者之间所产生的联系，无法道清。又将是很牵强的联系，而在现实中，有些联系、有些联想的发生是非常态的。

想到那个盲人，河流出现了，落在地上行将腐烂的花又纷纷回到了梅树上，那些空落落的戏台上又聚满了人，那些我一直感觉很古板、僵硬、冰冷的脸谱又鲜活起来。河流开始让我欣喜若狂。真正意义上是这次无意间的行走，是计划之外的行走，让我再次涌起了对河流的感觉。友人北雁说他们要去罗坪山下的松鹤村看看他的朋友，就顺带把我叫上了。同行的除了北雁一家，还有另外一个友人赵代阳一家，只有我是一个人，当然这并未说明什么，一切都没出现问题。对河流的过度迷恋，曾经有一段时间，反而让我有意淡忘河流，总觉得河流已经在我的文字中占据了很重要的位置，我担心自己只是在重复对于河流的莫名情感。我们是不是很多时候，只是不断在重复着对某一主题的抒写？

这一次的行走，改变了我固有的想法。不同的河流开始出现。真没有让自己想到的竟是罗坪山下的那条完全可以被忽略的小河，再次唤醒了内心深处流淌着的那些河流。我开始出现在凤羽河的源头，也开始出现在凤羽河边的古镇与村落，并再次与民间艺术有了联系。无意间遇到的民间艺人，无意间遇到的民间艺术。民间艺术像河流一样让我欣喜若狂。这样的情绪流露，也让我对民间艺术的认识变得很狭隘。我只是在赞美它们。我们已经遗忘了对于山川的颂歌，我们已经不屑于表达出像河流母亲这样的情感。我想以个人的方式面对河流与民间艺术。这注定了狭隘，也注定了对于有些艺术形式认识的不清醒。有些艺术，在时间长河中呈现出了千篇一律的模样，就像很多地方戏曲里所呈现出来的审美与善恶观，线条单一，有些呆板，有些腐朽。当它们的一些东西变得很稀薄时，我就开始不去管它们的这些部分。我有意在回避它们的某些部分，甚至就是在回避很多人高声赞颂着的东西，他们赞颂着那些民间艺术所释放出来的腐朽价值观，他们还赞颂着其他，我与他们不是同一路人。我为了让自己表现得不那么浅薄，我赞颂那些模糊的没有定论的东西，我赞颂那些审美的东西。

　　我开始以一个惊叹者的身份出现。我开始惊叹残存的记忆与斑驳的身影。一个古玩店内，与店铺外面的喧哗达成了平衡，里面众多古旧的东西以有序的方式摆放在一起，已经经过了归类，界限又并不分明。众多的面具挂在墙上，目光如一，色彩千篇一律，就像是一个人的众多分身。众多的木雕窗子挂在墙上，还未上色，或者就是保持木头原来的色调。还有众多其他的塑像，有些相似，很多不同。还有各种古老的真假不明的钱币。真假不明的世界。诗人大解拿出了眼镜，很快就从那个世界里抽身。在他看来，世界上并没有他想要的任何东西。里面还有一些脸谱，那无疑就是我们在很多地方戏曲里见到的那些脸谱。它们出现在这里，静静地等待着一个研究地方戏曲的文化学者，或者等待着一个民间艺人。一些精致的东西退化为粗糙的灰烬，让人慨叹不已。

凤羽河

1

当出现在三爷泉时，我们看到了最终要流入凤羽河的水。水从背靠着的枯山中淌出来。枯山的感觉，那是冬日，我们看见的山就像只是由石头堆积而成。石头山上，一些低矮的灌木杂草，不多的古木。枯山，即便是其他季节出现在那里，我们依然会有这样的感觉。在这座山上，似乎只有石头一直在生长。遍布的沙石，注定了只有一些低矮的灌木和杂草才能生长。一些藤类植物攀上沙石，攀上一些古木，又重新垂落下来。生命在攀爬与垂落。

远远望着这座山，我们不会想到会有很大的一股清泉从中流淌出来。与山给人的枯索荒凉不同的是从山里流淌出来的水，我们能听到它们在地底下流淌的声音，我们能看到它们快速地在河床里流淌的样子。水流的清澈、不竭与充盈感，异常强烈。水流涌现出来的地方，有一些古木，与枯山给人的感觉完全不同。枯山，是远观。古木，是近看。那些古木在山脚的三爷泉边生长。远远望着时，它们隐藏了起来。河流隐藏起来，万物的生长也隐藏起来。我们置身于那些古木中。似乎只需要不多的古木，就可以繁衍出一条丰盈的河流。没有古木，就会引发一场又一场超乎我们想象的极具破坏力的洪水。我们看到了沘江的一些支流，在雨季洪水暴发，吞没了很多东西。许多事物在一场洪水面前，变得脆弱不堪。回到凤羽河上。其实是山在繁衍着一条河流。枯山中的暗河从我们面前流淌了出来。在苍山中，我见到了很多条暗河。它们在高山草甸上流淌着，突然堕入一个卷起漩涡的洞里，然后去向不明。三爷泉喷涌而出的地方，可能就是其中一条暗河的出口。

我们还出现在了清源洞，那也是凤羽河的源头之一。那里也可能是某条暗河的出口。我无法肯定，也无法对世界作出清晰的判断。我们远远就看到从山谷中飘出的袅袅青烟。那些青烟暗示着山谷中有人。当我们出现在清源洞时，我们看到了很多人聚集在那里。眼前的那些妇女穿着的都是藏青色的白族服饰。在凤羽古镇，我们见到了一个专门缝制白族服饰的人，她只是缝制这种藏青色的服饰。与这种服饰对应的是年龄。年轻的人只有在节日时才会穿上民族盛装，儿童同样如此。年轻人和儿童穿着的白族服饰艳丽无比，与眼前这群人的穿着形成鲜明对比。只有年纪大了，四十多岁的人，或者是年纪更大些的老年人，这种白族服饰才开始成为她们日常的一部分。以凤羽古镇为中心往外拓展，范围变成罗坪山下，凤羽河边，苍山下，雪邦山中，我们看到了藏青色的民族服饰一直存在着。我与那个缝制服饰的人聊了一会儿。我们谈论的就是她缝制服饰的单调，当到了一定年龄后，服饰只有大小之说，服饰也褪去了华丽的一面，以朴素示人。老年人也会穿华丽的服饰，那是我在凤羽古镇中多次行走后发现的。只是数量的少，会让我们忽略它们。我们对世界的判断和认识，不断通过行走得到矫正。

再次回到那个在很长时间里，只有流水哗哗的世界。当人们出现时，山谷变得喧闹起来。如果人没有出现，世界就只剩下河流安静地流淌，还有鸟鸣，还有植物被风吹动的轻柔声响。他们要在那里举行祭祀仪式。我们问那天是不是当地一个重要的节日。一问才知，那天并不是特别的日子。人们在前几天举行求雨仪式，干旱了很长时间的天终于下了一场雨。人们因为求雨成功便到了那里。我们只是为了过来看看凤羽河的源头。我们与那些过来还愿的人一样朴素。我们感叹着山谷里汩汩流淌出来的水，清澈见底。我们在很多村落里，见到了很多人在一些特殊的日子出现在庙宇中，举行祭祀活动，有些祭祀活动是为了人，有些是为了牲畜与庄稼，还有一些祭祀活动是为了旷野与河流，为了那些看不见的神灵与亡魂。那些祭祀活动发生的时间都相对固定。固定之外，也有一些随意与变化。世界被那些意想不到的东西丰富着。

当我们来到这里时，我们遇见的是属于凤羽河边的人们的信仰系统。如果我忽视里面的民间信仰色彩，我就无法理解那些人，也无法理解他们对于自然世界的敬畏与感恩。我们没有参与他们，我们一直游离于他们之外。他们还邀请我们加入他们，吃完饭再走。我们在香雾缭绕中，与他们匆匆告别。我们见到了山谷里突然涌出来的水，成为一个小潭，一开始清澈平静，似乎是静止的。往山谷外走着，那些宁静的水开始流动起来，成为一条河流，朝山谷外流淌。声音开始哗哗地响着。眼前的河流和三爷泉的水，成了凤羽河最重要的部分。凤羽河的另外一些支流，从罗坪山上流淌下来。

我断断续续地出现在凤羽坝子，前后持续的时间近六年，与妻子的相识相爱，让我出现在凤羽的身份有了微妙的变化。女儿也跟随妻子出现在凤羽，并在这里学会了走路。两岁多的女儿跟着妻子真正离开了凤羽，她们暂时还未回来，一个古镇的一些东西在缓慢地变化着，一些东西还未变化。因为她们与这个世界之间的联系，让我在进入罗坪山下的这个世界时，混杂了一些复杂的情感。我找到了那些熟悉的东西，诸如凤羽河一直在流淌。当我有意出现在很多河流边时，我发现了一些河流是会干涸的。而无论是什么季节出现，凤羽河给人的感觉都是不会枯竭的。我们也看到了一些变化，那条重新经人疏浚修建的河道，改变了河流天然的东西，我们既看到了一条纯粹天然的河流，也看到了人力不断作用后变化的河流。河流穿过一些村落。河流在远离一些村落。

当我在古镇的深处行走时，河流会暂时隐身。很多时候，河流都离我们的日常生活很远，远到我们会暂时忽略它们。河流也将无法被我们忽略，当时间来到夏天，我早已不在凤羽河边，许多河流开始发洪水，草木、村庄和人性被河流冲得溃败不已。河流是残酷的。当我们出现在凤羽河的源头，出现在与凤羽河有关的世界时，河流残酷的一面暂时被隐藏起来。在自然的残酷面前，我们很柔弱。凤羽河的形象，一直贮存在我的记忆与想象中，它随时随地都在以自己的方式流淌。当我还未出现在这个古镇时，我先看见了凤羽河的流淌，那时它流经县城，被城市的气息缠绕。我们沿着河流行走了一段，然后告别河流，去往古镇。

罗坪山下的凤羽古镇，我已经来过多次。传说是最美丽的。凤凰起飞，有个起凤村。当凤凰从凤羽坝子飞过之时，发现世界的美丽迷人，凤凰抖落了一根羽毛，所以就叫凤羽。传说也在命名一个地方，也在定义一个世界。我们迷恋传说，我们不会轻易去怀疑传说，我们把传说当成了世界的一种可能。有一段时间，因为爱人的关系，我经常出现在这个古镇。我遇见了与传说不一样的很多东西。这是一个有着很多古老建筑的古镇。那个带着我们进入古镇深处的人，大半生都在梳理着古镇的历史与文化。他说每一个进入古镇的人，都各取所需。一些人把目光放在了建筑之上，里面有着各种建筑风格的呈现与交融；一些人把目光放在了古镇之内的家风之上；一些人把目光放在了古镇之内古往今来出现的文人身上；一些人把目光放在徐霞客游凤羽之上。

因妻子和女儿的缘故，对古镇的那种特殊情感，一直在影响着我。妻子所在的学校在古镇的边缘，往上就是罗坪山，会看到一些马在旷野中悠闲自在地啃着草，在冬日会看到罗坪山上斑驳的雪迹，在初夏能看到罗坪山上萦绕的雾气，由雾气引出来的是对于罗坪山的主峰鸟吊山的一些想象与讲述。众鸟迁徙出现在鸟吊山，当雾气弥漫，或是在浓厚的夜色中，它们失去了用星辰的罗盘指引迁徙方向的能力，一些捕鸟人点燃火把，众鸟似乎捕捉到了光的方向，扑向火的情形惨烈异常。关于鸟吊山，还有百鸟朝凤的传说。我们又再次让自己沉陷于传说与口述史中。

我们进入了一些民间艺人的口述。那些年老的民间艺人，他们很多人已经停下了自己从事了一辈子的手艺，他们已经无力再去从事那些需要体力支撑的手艺了，其中一些人有徒弟，一些人没有。有徒弟，也意味着自己的手艺得到了传承，他们会经常恍惚看到另外一个或多个自己。没有徒弟，意味着自己的手艺将在落寞与感伤中退场，里面的黯然神伤，我们在口述史中，也能感受得到。老人的名字，我问了至少两次，我是想记住眼前的老人，一提到他的名字，我就能想起他。当走出他的店铺，名字滚落在了古镇中的那些石板上。同行的友人问起我与老人交谈的过程，我说相谈甚欢，老人停下了手中正在把林则徐的画复制到木板上的活，真正进入了一个老人的口述史中。老人会在一些时间里，微弱地反驳着我的一些认识。

我问了老人，这样一块门神，或者正在做的林则徐像，需要多长时间完成。老人一开始说六七天，然后立即补充着，要完成一个模板的制作，根本无法用确定的时间来衡量。我开始意识到有些民间艺人创作的艺术，根本无法用确定的时间与标尺来衡量。老人说在制作模板时，从一开始把图纸印在木板上的过程，就必须有耐心，自己曾经的那些徒弟，很多都已经失去了耐心，一失去耐心，也意味着从事这门手艺注定失败。他的一些徒弟，现在去了广东深圳、上海等地打工，他们只在一些时间节点才会回来。当老人说起这些时，我又一次感觉到了一些复杂而感伤的东西。老人说得很淡然。老人说，兴趣与耐心才是让一个人真正从事一门在时代的发展面前已经遭受无尽挤压的手艺的理由。

老人一个人在家，他的孩子们都在外面，近八十岁的老人，行动已经颤颤巍巍，那是给人的感觉。他拿出了钥匙，打开另外一扇门，要让我看看他的碑刻，碑刻又是他日常生活的一部分。他还修补鞋子，配钥匙。他无所不能，这与一开始见到他时给人的感觉有着强烈的反差。

我们在晚饭后继续进入古镇之内，一种在幽暗漆黑中产生的对于建筑和文化的感觉，一些建筑因为独特的风格在黑色的夜里释放出灼人的光。同行的文化研究者发出了啧啧称奇的感叹。漆黑的魅影，会让我们把目光聚焦在更细小的东西之上，具体的一幅图案，一个砖块，一个门楣，我们真无法捕捉对古镇的整体感觉。在漆黑的夜里行走之时，我真想再次去往老人那杂乱无章的店铺里，敲开老人的门，继续和老人聊聊他的一生。老人做各种拓印的模板。模板做好，要给模板上香油，防虫的同时，模板开始变得光滑，开始有了质感。老人做的那些甲马，用来祭祀。老人做的那些英雄人物，用来展示和收藏。老人还会唱板凳戏，已经唱了五十多年，不化妆，不穿戏服，与其他在舞台上表演的吹吹腔不同，它又确实是吹吹腔的一种，一种已经被简化的戏曲表演形式。在他的讲述中，我能想象那是与在弥沙河见到的那些人唱的滇戏完全不同的剧种。在那个杂乱的铺子里，我本想让老人唱几句，看着他颤颤巍巍的样子，以及模糊的语言被他不断吞入身体，我开始怀疑眼前的老人已经无法表演板凳戏了。当他提起他们唱戏的几个人，还经常聚在一起给一些人家唱戏时，我并未有想看的冲动，我怕自己会面对着几个躯体衰老过程的颓丧，以及无法保持最后尊严的感伤。在苍山下，我也曾见到一些看似已经衰老和颓败的老人，一开口唱大本曲时，声音依然清越，中气十足，根本不会想到那已经是一个暮年中的民间艺人。胡琴和锣、鼓，他们只用这三种乐器，有时，乐器不被弹奏，他们清唱。他们只剩四个人了。没有人再加入他们。没有中年人，更没有年轻人。他并不悲观，他说还有很多人需要他们唱戏。

2

在罗坪山上，我们看到了救命房，闲置着，用石头堆砌而成，房顶是用很长很宽的石板搭在一起的。这是与之前见到的那些救命房完全不一样的建筑。坚硬的墙体，过往的行人和马帮，出现在这座建筑之内，火塘烧起，把房子里前人放下的米与肉拿出来，人们围着火塘进入讲述史中。在苍山和雪邦山中，我也曾见过救命房，只是建筑的材质不一样，眼前是全部用石头建造的房子。我们量着房屋的高度和宽度，我们在那里定位海拔和经纬，然后才在感叹中离开救命房。

罗坪山的救命房，已经成为遗址似的存在。那些石头在讲述着一些东西。我们评说着救命房建在那里的理由。石房子前有两个蜂箱，房顶上还有一个蜂箱，都是空的蜂箱，蜜蜂不知在什么样的情形下离开了蜂箱。蜜蜂也随时会回来。我会把蜂箱与废弃不用的石房子联系在一起，它们在某种意义上很相似，蜂箱就像是为了与废弃不用的石头房子达成平衡。我们提到了水源。救命房旁边，从罗坪山流淌而出的溪流缓缓流淌着，那就是最重要的水源。那条溪流将往罗坪山下的凤羽坝子流去，汇入凤羽河。在还未流入凤羽河前，它将与罗坪山的其他一些溪流交汇，往下会流经彩凤桥，用五色的石板建造的桥，石板会映入水中，水流便有了至少五种色彩，色彩随着水流摇曳，色彩交汇繁衍。

老人制作的模板，开始被老人上色，开始有了一种色彩，两种色彩，三种色彩，然后是多种色彩。老人熟悉彩凤桥。在老人那个杂乱的空间里，色彩是无序的，其他东西的摆放同样是无序的。老人的记性还很好，他会记住哪些东西被自己放了某处。一个穿着藏青色白族服装的女人出现，她想要一个符咒，她已经有一段时间心神不宁。安神和招魂的咒语，被他写在黄颜色的绵纸上，他在那个空间里，轻易就找到了，并递给了那个老妇人。他还跟我说起其他东西，他只是顺手就把那些东西拿了出来。那些我看到的无序，只是旁观者的无序，老人的内心深处早已有着自己制造的一些秩序。近八十岁的老人，记忆依然那般清晰，让人惊诧。

老人再次强调自己会唱板凳戏。老人说话的声音虚弱无力，我无法想象他出现在因为欢乐或忧伤而聚集的喧闹中唱戏。并不是他自己说的，我能想到，很多人在那种喧闹中，已经忽略了他们。他们的存在只是形式而已。人们需要那些形式。他们现在有四个人，原来有七个人，人数在减少。减少了三个。只是简单的熟悉的"3"，里面有着因身体原因无法继续参与的人，还有人因为生活所迫外出，还有人已经过世。这个数字"4"，已经被他们保留了很长时间，持续了好几年。我一直在老人略微迟缓的表达中为老人担忧，成为一个表演板凳戏的人，需要的是对于乐器的熟稔，需要的是四个人之间的默契配合。这一切都还不是问题。问题总会出现的，他们没有徒弟。我还担心他们的年龄。年龄对于老人而言，是致命的，四个人将经历着世界中独特而感伤的减法。老人拿起了挂在墙上的乐器，我以为他会拉上一段，即便只是短短的一段都会改变我的一些态度与认识。老人并未主动弹奏凤羽这个世界的音乐。老人只是让我看看，然后继续拖着缓慢的步子把二胡重新放回墙上。如果老人真弹奏起自己的乐器，还唱着或讲着让世界更加热闹、让欢乐的人更加热闹的唱词，我将会通过想象制造一个场景。他们去参加一个葬礼，悲伤的情绪把那个世界笼罩，他们开始表演，喜、怒、哀、乐都被他们表演着，他们开始即兴表演着，从哀伤到超脱，许多人跟着他们开始快乐起来，人们从深沉的悲伤中走了出来。不知道人们是否意识到正在表演的是几位老人，老人的一切慢了下来，包括他们唱的语速，他们即便全情投入也已经很吃力地在拉二胡、敲锣打鼓和吹奏唢呐。人们一直需要他们。只是他们早晚有一天会唱不动，时间终有一天会把他们相继吞没。没有他们几个人的世界，不知道是否有人会想念他们，是否也会为自己认识他们而感到庆幸。我再次确定了一下，是否还真一直在唱着。老人肯定地回答了我。老人还制作了一把二胡，挂在那个同样凌乱的墙体上，是别人定制的，就是不知是年轻人还是老年人定的。年龄不一样，会暗示很多东西。老人并未跟我说是什么人定制了那把二胡。

我跟老人说起了罗坪山下的另外一个村子。从罗坪山上流下的一条溪流从那个村子里穿过，最终也汇入凤羽河，又是凤羽河的一支。在那个叫松鹤的村子里，一些人还在特殊的日子里唱戏。松鹤村有专门制作戏服的人，有专门的化妆师，还有专门教唱戏的人。他们基本不化妆，而且往往要在表演中即兴发挥。他们的每一次外出表演，都有可能是绝唱。毕竟里面没有任何年轻人。在松鹤村，就没有这样的担忧。不只是唱戏的人中有很多年轻人，还有许多年轻的唢呐手。

未进入松鹤，就已经知道这里有着远近闻名的唢呐手，不是具体的某个唢呐大师，而是一个群体。日光猛烈，我在县城广场的舞台上，看到了混杂在年老的唢呐手中的年轻人，他们有男有女，里面有个小女孩年龄比我女儿大一点，在舞台上两腮帮鼓鼓地吹着唢呐。看到脸色发红的她，我差点抑制不住自己的眼泪。他们都有着自己的传承人。老人在谈到传承时的闪烁其词，让人印象深刻。许多民间艺人面临的尴尬便是传承人的问题。我在松鹤与凤羽之间找到了一些联系，联系变得有些牵强。老人熟悉松鹤村。当我一提到松鹤村时，老人就立马说到了他们唱的板凳戏与松鹤村的不同，至少是人数上就不同。人数的多与少，就是民间艺术现状的互证。

3

一些在口述史中记载的东西。它们并没有如凤凰的羽毛一样落在凤羽坝子里，它们一直以虚无缥缈的形式在空中飘舞。我们出现在罗坪山上，我们的目的既明确又模糊。我们是去看救命房，救命房出现在了我们面前，还有一些未曾想到的东西也出现了。马醉木，它真实地长在了罗坪山中。马醉木，马吃了会昏睡。我不曾见过一匹昏睡的马。许多马在翻越罗坪山的时候，会在垭口昏睡。疲惫的马群出现在了罗坪山中。石头建筑的救命房里，许多人围着火塘开始讲述一些东西。那些马在房子周围随意啃食着青草，还有马醉木的叶子。翻越罗坪山很累，不只是人累。吃了马醉木叶子的马群，开始在救命房前的空地上酣睡，当罗坪山上出现亮光之时，它们才纷纷醒来。

在罗坪山上，我们还看到了某种动物的头骨，是牛，一开始我们都觉得就是牛。细细观察之后，发现那不是牛的头骨，而是马的头骨。一切东西开始联系在了一起。我们是过来看一条保存较为完整的古道。同行的几位友人，都是文化研究者，他们对古道的沉迷已经表现在了他们的行动上，他们在一些路段上不断往返多次，在一些路段上把目光沉入地底。他们说自己对古道的沉迷，就像我在合江时的表现一样。与他们有些不同的只是我沉迷于河流而已。

当出现在合江时，我朝着河流奔跑，丝毫不顾及他们，几分钟就来到了河流边。那是从未感觉到的轻盈，就像已经在河流中清洗过了自己的肉身与灵魂，一切都变得轻盈。在河谷中，风声与流水声夹杂在一起，还有我的心跳声。有些声音来自黑惠江，有些声音来自弥沙河。我想在两条河流交汇处，坐上很长时间，就是看着水流淌，还想看看两条河流在一开始汇合时，是不是会相互排斥。两条河流的颜色是有了微妙的区别，颜色交汇在一起，最终融在了一起。在一些繁茂的杨柳树前，河流给人以一条大河的错觉，一条大河的雏形。雨季，洪水涨起，河流把那些宽阔的河床充满。河流继续往下，流到炼铁境内，河床变得越发开阔，一些人在那些河床的淤泥上种上一些庄稼。雨季来临之前，人们又把庄稼收起，静等着河流涨起，再给那些来年的田地带来一些肥沃的淤泥。不同的河流携带着不同的气息。合江往下，到乔后，到炼铁，河流真正成为一条河流。我恋恋不舍地离开了合江。

我们出现在黑惠江边的乔后，从背后那座山流下来的河流叫玉清河。玉清河比凤羽河更早流入黑惠江。在乔后那个小镇，我们看到了一些古建筑。那些上百年的古老建筑，往往做工精细，即便是那些我们需要仔细观察才能触及的角落，做工和彩绘都无比精致，多年前的那些往往已经隐入时间幽暗处的工匠，具有当下很多工匠无法拥有的精神。我们在黑惠江边看到了当下依然还有真正的工匠。我们出现在了那些有着木雕的村落，一些木雕艺人依然在安静地雕刻着木制品，里面有些木雕艺术品，要雕镂几层，有时在无比细小的材质上雕刻出栩栩如生的东西。现在的一些民间艺人用行动反驳着我们的认识。当经历这样的认识，我们只能把话题引向比率和相对之上。

我沿着黑惠江行走，很多时候，我只能沿着河边的那些公路，开着车，然后在某些村落停下来。我在乔后停了下来。在乔后停留的原因，是那里有古老的盐矿，还有一条街道上的人们曾经家家制盐，把卤水引到家中或背到家中进行熬煮，这些只是出现在人们口中。当我们出现在那里时，空气里还有着一些盐粒的气息，我们需要深吸一口气才能捕捉到空气中的盐味。吹过那个河谷的风中，只有那些古老建筑最敏感地嗅到了盐粒的气息，并对盐粒作出反应。那些可能在阳光的折射下会显现出来的如晶体般的盐粒在空气中四散飘着，沾染着那些古老的建筑，一些建筑上的图案纷纷掉落，一些土质，我们轻轻一碰就掉落在地。文字与画变得模糊。过往煮卤盐的现实都存在于人们的口中。带我们在这个村落里行走的人，对那些过往的文化与历史很熟悉，我们出现在了那座古老的建筑里。建筑大部分都保持着原貌，我们在那些门窗、石壁、房檐上停留的时间很长。

我差点就错过合江。合江只是一个地名。我已经计划了好几年，要沿着弥沙河，沿着黑惠江往下走。看河流。同行的友人提醒我是不是已经到了合江，他在车窗里貌似看到了两条河流的交汇。河流不断被电站截流，一些地方河流近乎无，只剩下干涸的河床，有些地方河水又从电站里流淌而出，又把河床填满。只是从乔后往上走短短的一段，就看见了好几个电站。电站在不断地改变着河流的形态，让河流失去河流的样子，又重新赋予它河流的样子。在合江的时候，真正感觉到了河流在不断交汇后，河流才真正有了河流的样子。我喋喋不休地跟同行的友人说着合江，说着从合江往上的两条河流的源头，它们流经的村落。

河流继续往前流淌。它在我的梦境里开始涨水。在梦境中，我看到了清澈的河流里携带着浑黄的泥沙，我意识到河流要涨了。我从河岸边的沙石上夺路而逃。河流真在梦境中涨了起来。现实中，黑惠江和澜沧江的一些支流，它们往往只是流经一两个村庄，它们涨水了，它们不曾浑浊过。那匹马的头骨，在我拿在手里端详之时，就已经注定了它会在梦境中出现。马的头骨已经变得很脆，只有它的牙齿还坚硬无比，我们把其中两颗牙齿拔了出来，想要带走。想了想之后，又把牙齿安回去了。一个失去牙齿的头骨，在黑夜中啃食马醉木的叶子时，也会无力而哀伤。我们不能剥夺一匹马的头骨，剥夺它在罗坪山上啃食马醉木叶子的权利。我们把马的头骨放在了那条古道上。友人异常激动，马的头骨就像是在回应一条古道。人们用那些青石板和文字记载并确定一条古道，在罗坪山上，我们通过众多马的头骨确定一条古道。有一刻，我进入植物繁茂得把古道隐藏的段落，拨开那些草木枝丫的那一刻，我看到了众多马的头骨。我慌乱地从那里逃了出来，他们都没有看到。

在去救命房的路上，我们看到了一些人丢在草木中用来捕鸟的网，那是一些偷偷捕鸟的人留下来的。在鸟吊山上，每年候鸟迁徙的季节，很多人过来捕鸟。那个场景惨烈而壮观。到候鸟迁徙的季节，很少有车子会从罗坪山上开过，灯光一开，各种鸟从四面朝车子撞击过来，有向死而生之感。禁止捕鸟以来，偷偷捕鸟的人已经很少。当我们看到那些用来偷偷捕鸟的工具时，还是感慨万千。同行的人说人们曾捕获各种各样的怪鸟，色彩绚丽，身体硕大，人们把那些怪鸟放生，它们在夜间从刀锋般的罗坪山最高峰飞过。它们从炼铁上空黑压压地飞过。它们飞过奔涌向前的黑惠江。这些情景都发生在了黑夜。只有很少的人，看到了它们在黑夜中飞翔。还有一些人，在梦中看到了它们的身影。

4

一些用土砖砌起来的蜂箱，盖着瓦片。我们在尘埃飞扬的公路上走着，尘埃堆积起了一定的厚度。有一会儿我把注意力放在了山谷中的那条河流上。问友人那条河流的名字，众人哑然，又是一条无名的河流。河流背后的山，是有名的，叫罗坪山。只知道这条小河同样会流入凤羽河，也只知道这同样也是发源于罗坪山的河流。对罗坪山，一直充满着想象。山上风力发电的那些如机翼的螺旋桨，静止不动。诗人跟我们说起他有一次数着山顶的风力发电机，一、二、三、四到十一，再数，数字没变，只是其中有一个静止不动，就像是一个亡灵在那里静静地看着世界，也在静静地审视着自己。山顶还有一些积雪，积雪融化后，融化的雪水将汇入那条河流。河流边有一些梅花、木瓜和古木。重点是梅花，漫山遍野的梅花。

有个朋友，家庭遭遇变故，放弃公职（原来是一名教师），回来做梅子生意，自己家有上百亩的梅林。我们一群人置身于雪白的梅花林里。他带我们进入这个山谷，除了我们，还有其他人，一个年老的盲人，拄着拐杖，出现在交叉路口。那个朋友提醒我们，那是一个已经失明多年的人，我们开始发现了他眼中的不同。盲人，在多年的跌倒和摸索后，出现在我们面前时，已经让我们产生那是一个正常的老人的错觉。我暂时把目光从河流上移开，众多虬曲的梅树正绽放出或白或粉的花，花期近一个月，我们正是在花开得绚烂之日出现，大家都在为漫山遍野的梅花带来的冲击震颤不已。

我们还把目光放在了那些蜂箱上，有些蜂箱被嵌入墙体。低矮的房屋会有养蜂人居住，房门四周都是蜂箱，用牛屎封起来，牛屎已经干透，留一小孔，蜜蜂通过那个小孔进入蜂箱，蜜蜂在忙碌，在小孔那里停留的时间不长。养蜂人去往何处？当遇见那个盲人时，朋友跟我们说，那就是其中一个养蜂人。一个看不见世界真实的养蜂者，一个只能感觉世界的人。我们暂时与他不同，我们是在用眼睛捕捉世界的真实。在世界的真实面前，一个盲人的出现，让世界变得不再真实。世界也因为一个盲人的存在，让人诧异不已。在我们看来，对于那个盲人而言，养蜂几乎是不可能完成的。众多的蜂箱，里面基本上都有蜜蜂。低矮的房子前面，是一棵古老的梅树，树根的一半已经朽坏，另一半还活着，生命力总是以这样的方式存在着。盲人出现，在浮尘之上步履轻盈，他要回到低矮的房子里，自己做饭吃，里面有自己还健在的哥哥送来的粮食与蔬菜。他应该记住了那个世界的所有细节。我想起了罗坪山中的一些释梦者，他们曾跟我说起，一些盲人通过做梦来完成对于世界的记忆与想象。眼前的盲人应该就是借助着梦境来完成对于世界的记忆，也通过梦境来捕捉世界发生的一些变化。眼前的世界已经发生了天翻地覆的变化，那些变化会给他带来更大的挑战。

当他的哥哥出现在讲述中时，一切的不真实又开始变得真实。在那样的真实面前，我们不忍继续直视眼前的养蜂人。他自己的父母在陪了他几年后，在艰难的相伴中抑郁离世。他为熟悉那些路所付出的代价超出了我们的想象。朋友他们是亲眼见到了他在那些路上行走时的磕绊，有时因跌倒弄得一身伤。我们都想快速远离人生残忍的那一部分。眼前梅花正盛，我们的内心因为自然的原因备感愉悦，当盲人出现时，对比开始变得无比强烈。河流还在缓慢地流淌着，流水声很低，几乎可以忽略。我想象着盲人的生活，要经历多少时日的磨砺，才能让他非正常的日子变得貌似正常。在那个山谷中，当我们离开时，就只剩下他一个人。他不只是一个人，还有那些蜜蜂，还有那些梅树。

朋友跟我们说起了自己年少之时，也曾在这个山谷生活过好几年，他跟着自己的爷爷奶奶在梅花谷守梅花，记忆的讲述中有着一匹把自己当成目标的孤狼。父母也很担心，他一不小心真有可能被狼叼走。回忆中的时间，恍如隔世，其实他没有比我大几岁。狼消失，密林消失，罗坪山上植物的种类在减少，在我们身处的那个小范围里，植物简化为梅花。我想打开那座低矮的房子，却无法做到，上面有一把锁。只有盲人才能把那座房子打开。我也很好奇，蜂箱作为墙壁的低矮屋子，盲人是否已经习惯了那样的生活，一种让自己低矮下去的生活。那是我们不敢真正面对其内心世界的养蜂人。

这是记忆深处印象很深的一个养蜂人。印象深刻的还有那个因为各种阻挠，无法按时带着自己的蜜蜂迁徙而自杀离世的养蜂人，一个是基本把自己的一生固定在罗坪山中的养蜂人。一个是需要不断带着那些蜂箱奔走在大地上寻找花的养蜂人。他们的一生都充满了悲剧色彩。他们也曾在残酷的生活中采撷过诗意的甜浆。天气渐趋炎热，我们从梅花谷中出来，回到松鹤村，来看梅花的人多了起来，我们混入那些喧闹的人群。有一刻，我竟有种错觉，那个盲人也混入了人群中。这个在大地上生活着的特殊的养蜂人，是我们离开那个世界之后，既想了解一下他的近况又不敢了解的人。面对这两个养蜂人，我们都变得无比脆弱。

这只是无意间遇见的一个养蜂人。如果那天我们在梅花谷与这个人错开了，我对于梅花谷的感觉又将是另外一种，可能会抵达另外一种被表象所覆盖后，呈现出来的诗意化的那部分。一些人在不断抒写着诗意，而我们只会有些忧伤地感慨哪还有那么多的诗意，更多只是一些被我们篡改和异化的诗意而已。松鹤村的人在四十四岁那年的春节，要在古戏台上唱戏。作为盲人的他，是否在他四十四岁时，也被搀扶到了戏台上，为了渡劫，为了让命运的残酷能被减弱一些？我没有问他们。有一种可能，他自从生活在梅花谷深处后，就不再回到村里，他早已忘记了回村子里的路。

5

我们出现在了那个古老的戏台前面，戏台已经多次翻修过。那是一个依然有人在上面唱戏的戏台。与别处有一些专门的唱戏人不同，在这里，众人都有机会在戏台上唱戏，一生中至少有一次要出现在戏台上。每到过春节的七天，戏台上穿戏服的就是村子里四十四岁的人。还有比他们大一轮或小一轮的人也会帮他们，会穿上戏服唱戏。有人会专门负责教他们唱戏。没有人会怠慢这件事情。每当轮到自己，离过年还有四五十天时，一些在外面打工的人就会纷纷回到村庄，学习唱戏。我们在别处替人们担心的传承人的日渐稀少，在这里似乎并不是一个问题。在这里所有人都是唱戏的人。在这之前，我见到了太多的古戏台，也见到了很多唱戏的人，却不曾遇到过眼前的情形。当罗建清跟我们说起那个古戏台，以及人们在特殊的日子里，都会成为唱戏的人时，我们都有些惊诧，这完全与我们对一个古戏台的想象不同。这又是超出我们常识之外的东西。

人的一生中，至少要唱三次戏。除了这三次之外，也意味着更多时间里都将是观众。登上古戏台后，人的一生才会变得完整。我对教人唱戏的人感到很好奇。我也想现场感受一下，只是一直没有机会。他们不是专业的，但是在那个村落里，又有一些很专业的人，也有着很专业的环节和分工。教人唱戏之人是专业的，制作戏服的人是专业的，化妆的人是专业的，吹唢呐的人是专业的。

我们想看唱戏的人。罗建清说自己就是。当他提醒我们时，我们的脑海里开始有了一些身影，他们中的一些人在戏台上，只是比画一些简单的动作。他们中的很多人只是把登上戏台唱戏，当成是人生众多关卡之一。不是登上戏台是关卡，是只有登上戏台唱完戏，人生中才不会发生那些艰难之事。大家都知道即便多少次登上戏台，人生中依然有着太多的艰难困苦。只是在人们精心准备那场戏时，又感觉似乎真因为登台唱戏后，人的一生便顺利通达了。

我们想看看戏服，罗建清便带着我们穿过错综复杂的巷子，他说只有一个老人家里有。近八十岁的老人正在用缝纫机织着衣服，一件还未有任何特点的服装。我们的目的很明确，就是为了来看眼前的这个老人。一切都貌似很普通。我们沿着穿村而过的河流，走了很长一段路，离开小河，才到老人家。老人的家在村子边上，老人制作那些戏服。老人说自己的父亲才厉害，父亲之后便是自己。那他之后呢，就是自己的儿子。戏服被放在几个大箱子里。当老人把手指向那些木箱子时，我想起了自己曾在一个热带地方看到的一些木箱子，都是用来装戏服的。只是我在那个热带地方的小村落里，看到的木箱子陈旧，眼前的木箱子用黄颜色染过，还很新。那么几大箱，都是戏服，这同样让人诧异。与村庄、老人相比较，戏服永远是华丽的。一个很特殊的裁缝。老人还负责画脸谱。老人自己穿的服饰，简单。老人也曾多次穿过自己的父亲和自己制作的戏服，还给自己画过脸谱。现在是儿子给人画脸谱和帮人穿戏服。

我们的到来与喧闹无关。没有人唱戏，也没有人吹唢呐。这个村落里，还有很多会吹唢呐的人。许多人家在办婚事和葬礼时，都会来这个村子请两个唢呐手。有个唢呐手出现在了我们面前，他是一个年轻人，他提醒我们，我们看不到民间艺人的样子，他正在河流边捡拾垃圾，要到明晚，他才会在河流边搭建起来的舞台上，开始自己最擅长的表演。还有一些年轻的唢呐手。我看到了那些挂于墙上的唢呐，我听到了那些年轻的唢呐声，顿时把我镇住了，也修正了我的一些想法。在这之前，我以为随着许多唢呐手把唢呐收起，随着许多人离世，就将出现一个让人心痛的画面，婚礼和葬礼上不再有唢呐手的身影。眼前看到的景象使我不用担心他们的身影会消失。我们开了两三个小时的车，到了这个村落。我们一开始是为了那些正开得如火如荼的梅花来的，许多人的身影消失在满山的梅花中。我们只是在那些梅花中出现了不长的时间，就离开了喧闹的世界。我们去找那些会教人唱戏的老人，老人不在。我们去拜访唢呐手，唢呐手也不在家。那天，世界变得很喧闹，很多人出现在那里看梅花，唢呐手要在一些人到来时吹响欢快的迎客调。我们知道唢呐手会唱的不只是迎客调，还有略微忧伤的送亲调，还有亡灵被抬上罗坪山时要吹给鬼神的过山调、过水调。

老人把赤色的木箱打开，只是打开了其中一个，还有几个大箱子堆积在一起，那些戏服整齐地摆放在一起。如果把所有的箱子都打开，我们将会因为那么多的戏服感到震惊不已，不是单一的服饰，也不只是简单的几个脸谱。我曾在别处见到了很少的服饰，由唱戏的老人自己保管。在那个村落里看到的情形与这里看到的完全不同，我看到了一个老人颤颤巍巍又无比小心翼翼地把戏服拿出来，戏服干净却已经破旧，上面有着各种缝补过的痕迹。眼前的老人，专门负责把破旧的戏服找出来，烧掉，重新制作戏服。

严格意义上，他的身份就是裁缝和画脸师，他让自己的对象失去年龄与性别，一些男人穿起了女性的服饰，一些女人穿起了男性的服饰，他们的脸谱也随着戏服变化，还有一些小孩的妆容是老人的模样。他戴起了其中一个头饰，他在给我们展示如何佩戴那些头饰。每个头饰都是红黄白蓝几色交杂，在这之前他一定也曾自己戴在头上过，他一定还穿上了被他拿在手中给我们展示的服饰。他说这是女装，他继续拿出其中一件，说这是男装。他没具体跟我们说的话，面对五彩斑斓的戏服，我们将很难快速分清哪些属于男的，哪些又会充满女性的柔情，它们只是色彩华丽。他说我们可以把戏服穿在身上试试，他说都很干净，也不破旧。直到我们离开，老人都没有把头饰从头上拿下来，我总觉得这是他戴着那个头饰时间最长的一次。他羡慕那些唱戏的人，他们也羡慕那些教人唱戏的老人。

近八十岁的老人，我们不敢相信眼前的老人真的近八十岁了。老人的媳妇给我们搬了凳子，给我们拿了一些瓜子，她的年龄，我们同样不能轻易猜出来，她也近八十岁了。我们只能感叹，在那个村落里，时间对于两位老人而言，并不是那么残酷。两位老人，还有那个村落里的人，他们拥有至少两个维度的时间与空间，与唱戏联系在一起的时间与空间，还有平时的生活日常。我们刚刚离开空落落的戏台，想去看那些把戏台填充完整的老人。同行的友人纠正着我，不只是老人，唱戏的人不只是老人，到唱戏那几天四十四岁的人才是戏台上的主角，小一旬或大一旬的人也会出现在戏台上，却只是配角。在这个村落里，并不是只有那些在唱戏表演方面有才能的人，才会出现在舞台。

在澜沧江的一些支流边，有个村落里一直唱戏的就是那几个老人，其中还有老人已经离世，随着离世，再找不到人来补充。慢慢地，戏台就真只是戏台，一些戏服被放入箱子后就被人遗忘。我们面对戏台时，只是在谈论戏台本身，而忘记了去谈论唱戏的人。随着时间的更替，所有人都有机会站在戏台上，去感受戏剧化的时间与空间。唱戏成了一种特殊的仪式，是为了安心的仪式，我总觉得不只是为了安心。多少会感到遗憾，戏台暂时是空落落的。我真希望那个戏台变得喧闹时，我会出现在那里，成为一个观众。

6

凤羽河汇入眼前的这条弥苴河。我远远就看到了那些沿着河堤生长的古木。我出现在了河堤上，我是为了那些古木和河流而来，已经有很长时间，没有像这样沿着一条河流慢慢行走了。河堤上都是几百年的古木，以黄连木和滇合欢为主，三千多株。现在是枯水季节（到了涨水季节，我再次来到了这里，浑黄的河流，把河床充满，水位也爬升了好几个台阶，只有那些古木还未发生什么特殊的变化），河水的流量小，河床却很宽，河流缓缓流淌着。有两条河堤，一个是原始的土路，一个铺满了青石板，我们沿着土路往河流的上游走去。沿着河流行走，河流就在我们周围，它们流淌的声音轻柔地击打着我们的内心。同行的友人说，那条河流在雨季将与我们看见的完全不同，河流以惊人的速度朝前奔涌，他们在很小的年纪时，会在枯水季节出现在河边，挖掘河床中的沙子，疏浚河道。许多人都在做着这样的事情。那些古木都是人种植上去的。我们在这条河流上捕捉到的是持续几百年的治河史。厚厚的河堤旁就是村落与良田。如果平行看的话，河流在村庄上面流淌，我们能想象在这之前的许多年里，人们面对河灾水患时，内心的绝望与现实中的无措。人们开始填土抬高河堤，在河堤上种植树木。古木也是为了固土阻挡洪水。古木，在此刻的意义，成了供我们去观赏的自然之物。在这么多年治理后，眼前的这条河流不再让人感到惧怕。我们谈论着一条河流的过往。我们看到的是一条河流的现在，冬日的河流，河床很宽，一些沙子露出来。一些松鼠在那些高大的树木上雀跃，一些鸟扑腾着翅膀从一棵古木飞到另一棵古木上，已经有很长时间没在这样静谧安静的自然中行走了。

这段时间，内心深处对河流充满了渴望。是为了呼应内心对河流的渴望，我才真正出现在了眼前的这条河流边。关于河流和古桥的记载，被刻在还幸存的一座古桥边。一些穿着民族服饰的老人，在桥边祭桥，也是在祭河。她们沉浸于自己的世界里，祭祀的仪式直到我们离开古桥时，还未完成。我仔细看着那个古老的仪式，仪式蕴含的意义一直在延续着。如果在古桥边多停留一会儿，我们可能还会看到一些喊魂的人。曾经在洪水季节，因种种原因，经常会有轻生的人。当知道发生过妇女背着才出生不久的孩子跳入河中被吞噬的事情时，我们的内心沉重无比。它成了一条负载着人类苦难的河流。当我们来到离这条河流不远的几个村落，我们见到了这些村落建在一个湖泊湿地上，湖泊曾经被人们不断填着。我们看到了人与湖泊之间不断拉锯的历史。一些村落已经搬离，一些村落还未搬迁，我们见到了很多的建筑墙体倾斜开裂，人们不断进行着的就是修补那些裂痕。古老的造船人，已经离世了。湖泊里的水流淌出来，与不远处的河流汇合，继续往前，汇入另外一个高原湖泊——洱海。那个高原湖泊的水，从西洱河流出。西洱河与黑惠江汇合，并最终汇入那条叫澜沧江的大河。

七

　　人类对土地、河流的认识与拥有是有限的，无限的只有我们对它们的感觉。我们既能看见它们，又能轻轻地触摸它们，感受着它们与心跳之间的奇妙联系，以及它们对心灵的影响。我们无法真正定义河流，那些不断在时间长河中发生的命名变化说明着一些东西。我的判断是模糊的，我的感觉也是模糊的。河流就像是在呼应我内心的感受，河流从我面前流过时，也变得有些模糊。

　　我们需要借助科学才能真正确定一个世界，很多时候，科学依然还是无力的。他们在谈论有关灵魂的话题。他们相信灵魂的存在。其中一个人讲着一个故事：有个人坐动车，他的灵魂在各个车厢里溜达，站点到了，他随着人群急匆匆下车了，他的灵魂没能及时下车，失魂落魄的他写了一个告示要寻找一团忧郁灰暗的空气，那便是他丢失的魂。这是一个虚构的故事。我跟他们说起了在云南的那些河流边，随时发生着的喊魂仪式。我还跟他们说起在那些河流边的庙宇里，也会发生一些招魂的仪式，人们最终找到的是一种类似蜘蛛的虫子。我们在认识河流，我们在与河流之间发生联系，我们其实也是为了重新认识自己。

　　我对银江河是陌生的，即便我已经很多次出现在这条河流边的城市里。我并不是刻意为了一条河流而出现在这里。我是为了其他，为了那条博南古道。古道上留下了太多人匆匆的身影，官员、探险家、马帮，转瞬已是过眼云烟，只是他们的一些东西留了下来。他们的精神，他们在博南古道上的转身与驻足的身影，都会让我们产生无尽的浪漫想象。我们变得像时间一样，也在不经意间把很多东西过滤了。我有意出现在银江河边，是为了一个民间艺人，最终我遇见了两个民间艺人。听友人段成仁说，雨季的银江河与我有意去见时的样子完全不同，银江河把那些宽大的河床充满，那些在河床里悠然啃食着青草的牛见不到了，让人感到不可思议的却是那些狐尾藻从河底漂了上来，它们依然无法遮掩河流的浑黄。

来到银江河边，我们往往是为了做一些准备，我们要去往澜沧江边。我们要经过江顶寺。"觉路遥，关笮峙。"时间蚕食了几个文字，据研究地方文化的专家张继强考证，可能是"觉路遥远，雄关笮峙"。坐于山顶，山下便是澜沧江。面对古迹，我们开始遥想那些古老的生命出现在这里时，内心奔涌着的各种思绪。一些东西随着时间消失了，我们花了很长时间，依然手足无措。我们很多时候都是在想象一个世界，我们看到了很多人都在想象一个世界。路是弹石路，澜沧江两岸的陡坡，让路依然艰险。那时，银江河还未真正汇入澜沧江。刚汇入其中不久的是那条倒流河。它叫什么？我再次确定了一下，它就叫倒流河。

银江河

1

银江河，澜沧江的一条支流，低缓地在河床中间流淌，这是它在初春流经小城时的一种形态。银江河，它还有其他名字。河流随着时间与空间的变化，被不断重新命名。人们对河流的不断命名中，暗藏着各种对于世界的认识与理解，还有着对于不断重新命名的痴迷。对于无名事物的命名，是为了确定它，是为了把它从世界混沌的泥浆中拖出来。当友人段成仁说去银江河边走走时，我们都知道指的就是县城边的那条河流。我们匆匆来到河流边，暂时未能进入它过往的那一面。当下的现场感无比强烈。不远处是现代化的建筑和一些正在建的房子，近处是沿着河道围着的蓝色铁皮围墙，这些都是当下。在我们出现的这一河段，没有古桥，没有古建筑，古老的建筑就是不远处骷髅山上的庙宇，当我们把自己置身河道中央时，那座建筑的色调和影子也消失在山的背面。眼前的事物，唤起的都是强烈的现实感。

当银江河继续往下流淌，差不多要到水泄时，那里有座古桥，时间感开始以直观的形式出现。当我第一次出现在那座古桥上时，是在漆黑的夜色里，不远处有一些幽暗的灯火，都无法把古桥照亮，我们直接用言说和感觉判断那是一座古桥。我们只能想象一座古桥的样子。一年多后，我去往博南山深处的狮子窝，途中有意来到了古桥之上。这与出现在澜沧江边，见到一些古桥，见到一些遗址，见到一些被淹没的崖壁时，无法走出历史的阴影不同。面对那些被澜沧江水吞没的摩崖石刻，我们每一次都会哀叹神伤，它们在水中以另外一种方式存在着，在一些季节里一些文字会露出来。在这个枯水季节，一些文字必将露出来，只有那些在澜沧江上打鱼的人才知道它们露出时的样子。在这之前，它们还未被江水吞没之时，许多人出现在它们下面，仰着头面对那些文字。当我出现在那里时，那些文字已经落入水中，被水浸湿，坚硬的文字是否会变得柔软下来？那些镌刻在石崖上的文字，往往都与人生与命运中的脆弱与茫然相对，它们有时呈现的是坚毅与不屈的精神。

这样会让人内心为之一振的历史感，暂时隐藏起来。我们离澜沧江还有一段距离。我们要去往澜沧江的话，有点类似银江河朝澜沧江的方向流去，并最终汇入澜沧江。我们成了一条河流。我们的目的都是汇入澜沧江。我想暂时忘记澜沧江，澜沧江却反而以更强烈的身影出现在我面前。澜沧江无法被我忽略。当出现在银江河的另外一段时，一些现代的建筑指向的是历史。现代化的建筑上面的内容与文字，都在暗示与现代不同的东西。

我们穿过城市。河流从城市边缘经过。我们骑着电动车往河流的方向奔去。我就想去看看这条河。已经有一段时间，我开始有意地找寻这条河流。对这条河，我印象深刻的是上次来到河边时，河流浑浊，不是季节带来的浑浊，是河流的上游有一些人正在施工，河流以呈现给我们的颜色来暗示一些东西。在石门那座小城里，沚江缓缓流淌而过，每一次出现在那里，河流都是浑浊的，那同样是与季节无关的河段。时间已经是初春，天气正渐渐回暖，迎春花在河道上的杂草丛里开放。银江河的河道很宽。已经是经过几代人的疏浚改变的河道，如果是在雨水季节，河流上涨，河道变得很直，河流将笔直地往前流。在枯水季节（我在枯水季节出现在了澜沧江的好几条支流边，这些河流被我捕捉的样子，即是河流现实的状态，我也在找寻着它们与那些河流边的民间艺术之间隐秘的联系，很多时候的联系都有点牵强），河道中长满狐尾藻，它们漂浮在河流之上，它们让河流变得曲曲弯弯，我们又看到了一条过往的河流，那时它还叫银龙江，或者是叫其他名字。狐尾藻是河道里最绿的植物，它们如浮萍般挤在一起，它们改变着河流的影子。满河道都是这种植物，我们在一座铁桥上远远望着狐尾藻流出了县城，进入城郊地带，穿过乡村，进入真正的山野。有些河流被河床中的沙石塑造着，我们看到了被巨大的石头堆满的河床，河流隐入其中。如果我们把修建的河道忽略，我们把围着河流的铁皮围墙忽略，一个是过往已经完成的施工，一个是暂时停止的施工现场，河流又有了河流的影子。

当我们出现在东山河（银江河的支流）边时，东山河给人的感觉有些颓丧，一条已经失去野性的河流，一条暮年的河流。河道的宽只是为了涨水季节。我们进入河流的中心，在银江河的河道中央走着。河流的一边是县城，一个正在建设中的小城。河流的另一边是骷髅山。骷髅山上有座庙宇，据传骷髅山上曾有条巨蟒，过往行人皆被吞入腹中，人骨被它吐在山上，山上堆满骷髅，山便被命名为骷髅山。我们沉浸于民间传说之中，却忽略了民间传说的漏洞百出。我们原谅了传说中的不实部分，只是觉得一座山被命名为骷髅山的特别。骷髅山，已经被更名为富贵山，一种深有意味的更名。骷髅山具有的那种神秘感，在更名后一些东西已经被侵蚀。骷髅山上有了一些变化，有了建筑，一些人出现在建筑中，银江河一览无余，天晴太阳暴晒之时，银江河面波光粼粼。河道中，不只出现我们，还出现了牛，是四头牛，放牛的人蹲坐在草地上，不管牛，目光注视着河流。我们出现在牛前面时，牛受到了一些惊吓，放牛的人还是不管自己受到惊吓的牛，似乎沉浸在自己与河流的世界里，一些思绪被河流带走。我们出现在河流边，都有自己的思绪。友人段成仁想到的是重回到记忆中的河流边，他的河流是黑水河。

2

沿河建的公园，暂时又停了下来，工业化的气息，在河道中央并不浓烈。河流拨弄狐尾藻和其他植物发出的声音轻柔。河流低鸣着往前流去。这样安静的感觉一直伴随着我，我们进入了那个老人的家中。老人的家就在东山河边。我原来曾误以为东山河就是银江河。老人的院子，种满了各种植物。老人的听力已经退化，他说需要大声才能听得见。我们大声地在那个院子里闲聊着。当进入其中一间房子时，我们竟有一种错觉，我们进入的是老人自己的一个平行世界。老人是书法家，友人说他就是他们县书法写得最好的人，各种体都精通。他还是一个画家（这个我倒是没感到太大的意外，毕竟做泥塑或面塑，在很长时间里，需要借助自己画的一些图纸，才能更好地完成艺术品），他的画色彩华丽。

在银江河边看到了另外一个老人，他主要从事泥塑，有时会去庙宇里塑像。我跟他说自己在不久前曾见过一个民间艺人，也是做泥塑的，那个人凑近我说你是不是不怎么了解泥塑。我如实跟眼前的老人说起了这件事，只是为了让老人能原谅我浅薄的一面。与泥塑有关的民间艺人，他们脑海中的色彩都是华丽的。在那个工作室里，我们看到了一些还未成形的塑像，唯一成形的是鲁迅像，这多少还是让我感到吃惊。那是完全不同的塑像，一个半身像，他问我塑造得像不像，我说像。鲁迅以那样的方式存在于那个空间，于民间艺人而言，别有一番意义。这必然要与鲁迅像背后的精神联系在一起，也与艺术的严肃性联系在了一起。我们在那个并未放太多塑像的泥塑工作室里，只看到了一个鲁迅像和一个塑在根雕上的老虎像。它们都还不是完整的，是未完成的塑像。与庙宇里的那些塑像不同，我们见到的都是完成的。他最近还去一些庙宇塑像吗？得到的回答与我在白石江边遇见的民间艺人说的一样。他们遇到了同样的现实与困境。他们更多时候是去重修，把一些裂缝补上，把一些残损的修补完整。我们能想象那种对一个完整塑像的渴望。他甚至开玩笑地说已经不敢肯定自己能塑造一个完整的像了。那些练习的东西，也一直未能完成。与已经老了有关，还与其他一些原因有关。问其具体原因，老人笑而不语。

一个很粗糙的鲁迅像。老人叫我过来摸一下，感受一下那小尊泥塑的粗糙。是土的原因。还没有经过细部的处理。他说自己竟然慢慢失去了过去在泥塑之时，所拥有的那种耐心。在失去耐心的过程中，我们都能感受到一些无奈的东西在起着作用。在那个未开灯的工作室里，在场或不在场的民间艺术的色调是暗色的。对于一个民间艺人而言，耐心是花了近乎一辈子才养成的。有时年老会让人注意力无法集中，疾病也是这样，还有孩童也无法长时间集中注意力，我女儿只有在玩游戏时注意力才能集中。老人渐渐有了儿童的特点。我遇见他的时候，他们有一些人聚集在另外一个小城画家的工作室里，大家在那里画画或写字，他们希望会有一些小孩参与进来，但只有几个小孩。也许多年后，参加的那几个小孩猛然回想，才会意识到那些人的重要，那些人在他们的心灵深处种下了审美的种子，即便多年后他们不会成为画家或者是书法家，但培养了他们对美的感受。我们将回想这样唤醒审美、唤醒对艺术的严肃的时刻。

我跟好友进入他的工作室，是意外，没有出现在那里之前，我们从未想过会遇见一个泥塑艺人。几个泥塑艺人，出现在不同的时空，却集中出现在了我的世界中。不是"他"出现，是"他们"出现，对每一个人的人生与命运所知甚少。我们将以自己的方式，面对一群民间艺人和一种民间艺术。花了很长时间，我们获取的关于他们的人生依然很简略，概况式的人生，被时间省略的人生。有好几个民间艺人，我们与他们的见面就那么寥寥几次。还有一些人，当想着再去拜访他们之时，他们已经离开人世，让我们徒留遗憾与唏嘘。眼前的这个老人，我只记住了他姓"字"，只知道他是泥塑的省级非遗传承人，他的人生被简化了。

他的泥塑生涯，似乎已经结束了。他说现在的自己，身份就是一个小城画家。还有着很强烈的泥塑艺人的那些痕迹，应该留在了银江河对面的那个村子里。银江河隔开了两个世界，一个城市，一个乡村，城市中有着众多的工地，在消除那些田野，还有其他。友人回忆着我们骑车经过的那些施工现场，在他们童年记忆中都是农田。当民间艺人出现在一个更多是在进行着消除的世界里时，他也在不经意间把自己的一些东西消除。我们出现的地方，是有人免费提供给他们的，工作室就是以"泥塑"命名的。

他铺子旁边还有一个店铺，店铺的老板也是一个民间艺人——舞狮艺人。店铺里的东西与舞狮没有任何的联系，里面卖的是室内装饰画。如果不是他跟我们说起，他将是一个隐藏起来的民间艺人，以另外的身份把自己原来的身份隐藏起来。这时他与泥塑艺人无比相似。舞狮的民间艺人和泥塑艺人，他们的一些东西不同，年龄不同，舞狮的人还年轻，四十岁出头，那是舞狮的黄金年龄；泥塑艺人，已经过了七十岁，对于泥塑而言，这样的年纪已经有点大了。他需要徒弟来协助自己。他说自己没有真正意义上的徒弟。在塑像的过程中，需要体力。他现在的年纪，更多只能去彩绘。彩绘需要好的视力，这个他还拥有。我见到的那几个泥塑艺人，他们的视力都很好。丰饶的色彩，滋养着眼睛。

舞狮的人住的地方，同样要经过银江河。不知道这些民间艺人在面对银江河四季变化的样子时，内心是否会把它与自己的人生与命运联系起来？我在银江河河床里行走时，我有。自己另外的那重身份，已经成为过去的记忆。自己玩的是泥巴，曾经自己的生活也是靠泥塑，他还未明说之前，看着工作室里的那些稀少且未完成的泥塑时，我便明白了一切。与在苍山下见到的那两个民间艺人不同，他们在那个熙攘的镇上，有着自己的工作室，里面有好些他们两口子创作的艺术作品。与眼前为数不多的几尊塑像的粗糙不同，他们两口子创作了很多完整的作品，他们的作品和技术展示在我们面前。眼前的民间艺人，他的技术暂时被隐藏起来，从那些已经干掉的草稿上，我们还未能捕获所谓技术高超的信息。我不会去怀疑一个民间艺人的真实水平，我看到了太多的民间艺人，他们名副其实，他们要成为省级或者国家级非遗传承人时的条件，都是靠作品在说话，与其他一些行业里一些浪得虚名的人不一样。

眼前的泥塑艺人，如果不是那块牌子，还有好友对他的介绍，他的身份将彻底被时代的洪流淹没。当来到小城中的这个在毛坯房里的工作室时，许多东西都已经隐藏起来。一个艺人在放弃自己所从事的民间艺术时，暗含了太多的忧伤与无奈。先是在生活中，已经不那么需要泥塑了，现在很严格，塑像很严格，规定只是修复。他们只能修复自己创作的作品。

我遇见了五个泥塑艺人。除了那对年轻一些的夫妻外，别的都是老人，年纪最大的已经八十八岁了。要看一个泥塑成型的过程，只能出现在苍山下的那个工作室里。苍山下的民间艺人，同样也有着难言的东西，他们同样忧伤且无奈。眼前姓字的老人，已经不再从事泥塑了。自己的一些东西，随着年龄渐长，再无法达到平衡，平行的世界不再平行。

3

雕塑。雕是减法，塑是加法。用竹片，用铁片，用刻刀，甚至直接就是用手。手成了刻刀的一种。在泥塑工作室时，那个老人就用手指轻轻抚触了一下鲁迅像，那是示范，鲁迅像已经基本成型，泥土已经凝固。

我们出现在了另外一个民间艺人家里，与前面见到的那个老人不同，民间艺人没有示范。他只能讲述，眼前没有任何泥巴，也看不到那是泥塑的现场，痕迹被清理得干干净净。他平时就住在这里。他还有一个院子，在那个院子里，他感到很拘束。在眼前的这个院子里，他开始慢慢放松下来，他经常做泥塑，泥塑于他早已成了一个兴趣的延续，已经没有人找他做任何一件东西了。他的房间里摆着一些成品，它们无比精致，它们都被小心翼翼地放在柜子里，每一个物件都有着自己的可旋转的摆台，还有一个用过期的酱酒刷过的柜子，柜子的门是玻璃的，用铁扣子扣起来。这足以说明他对它们的珍视。他花了很长时间，如果是现在去做的话，他能肯定的是自己已经无法完成它们了。那些艺术品已经成为展品，也是他曾经是一个民间美术师的证明。用来作为证明的还有一纸省文化和旅游厅的命名状。他把那张纸拿给了我们，我们相互交换了那张纸。他们是第一批，人不是很多。再把范围继续缩小，永平县里就只有他一个。我们都提到了那种唯一，里面并无任何恭维之意。我们都理解那种对于一页纸的珍视态度。

平时就他一个人，还有一个保姆负责照顾他。他的妻子已经离世二十多年了。很多人劝他再婚，他都以幽默的态度把痛失爱妻的痛苦说得很轻。这与其他很多民间艺人给我的印象有了一些区别。我开始触及他的一部分命运。我们又只能猜测，他在最艰难的时候，还是借助了自己的艺术度过了最煎熬的时间。这只能是猜测，我们看到了很多民间艺人就是以投入艺术的方式，熬过了时间，也慢慢从痛苦的深渊中走了出来。艺术那种把人从深渊中拉出来的力量，在一些人身上凸显着。

我们提到了十二生肖，我们眼前还摆放着一套，这套是泥塑，与面塑不同。以前，他都是制作面塑的十二生肖。十二生肖，会出现在葬礼上。死者的属相上面挂着一根红丝带。大家能够从一个面塑上获取很多信息。里面还有一个环节，人们要去抢那些生肖，如果能抢到自己的属相，运气就最好，即便抢不到自己的属相，抢到了其他属相，也说明运气好。人们欢乐地抢着十二生肖，欢乐的气氛冲淡了已经困扰死者亲属很长时间的悲伤。当知道了面塑有着这样的作用时，我们才真正明白了面塑存在的重要意义。我们出现在了某个葬礼上，人们在那些铺着松毛的地上争抢着面塑。当我们一开始看到众人的欢笑与戏谑时，总觉得是不是有些不妥。在老人跟我们解释后，我们不再觉得那样的行为有什么不妥。我们的猜测，无疑是粗暴的。

妻子离世之后的很长一段时间，应该是他人生最灰暗的时候，那也是他对艺术无比绝望的时候。艺术已经不再是美的东西，也不再让人沉醉其间。老人是怎么走出那段时间的，我很好奇，又不敢轻易去把伤疤揭开。当我们谈论到他的妻子时，天气就像是要烘托气氛一般，突然变冷了。他的人生和从事的泥塑很相似，泥塑显露在人们面前，自己的人生却趋于隐秘。很多人在看到他的泥塑时，看到了可能会成为永恒的艺术。他反驳了我们，他的泥塑时间一长总是会裂，现在有一些新的泥土，专门用来泥塑，用这种泥土做的泥塑不会轻易坏掉。老人尝试着用过，却因不怎么顺手而放弃，他还是习惯原来那种天然的泥土，那些泥土从童年开始就被他把玩着，他能感觉到自己对于这种有着童年记忆的泥土的情感。裂缝出现，修补裂缝。老人面塑的一生，基本伴随着人的去世，只有不多的时候，是去展示给别人。在一场葬礼上，把蒸熟的米饭舂成面团状，在还很烫的时候，就开始捏，只是捏成型即可，惟妙惟肖感消失，匆忙状，大致的一个形状，那种民间艺术与葬礼的紧密联系，让它有了匆忙的感觉。人生如逆旅，匆忙而感伤。

老人的面塑，渐渐变得不那么为众人需要，市场上早已经出现替代品。我们看到了泥塑的十二生肖，还有一些蔬菜、水果。在面对那些蔬菜、水果时，我们一开始还以为是真的，老人开玩笑说只有地瓜是真的。二十多年后，老人谈论自己的妻子时，已然是另一种态度，里面已经有着对于生命的坦然感。布扎是缺席的，与泥塑不同，泥塑在那个房间里可以看到很多。说到布扎，只能依靠老人的讲述。我一开始以为他会的布扎是为一些死者用的扎马、扎鹿、扎钱树，但他说自己扎的是舞狮用的狮子头，与逝者和葬礼无关。如果老人扎的是与逝者和葬礼有关的东西，对老人的认识又将是另外一种。我们既希望他是，又希望他不是。是的话，给我们的感受将更加复杂和奇妙。当我们吃饭时，见到了那个舞狮的年轻人，他说自己的狮子头破损了，想找老人帮忙修一下。老人曾改良了狮子头，从重到轻。他做了好几个，只是说已经被时间碾碎，残躯都不留，只余空谈。友人和他说起，花桥还有一些狮子头。当我出现在博南山下的花桥时，是为了去看元梅，元梅长得很繁盛。

经过花桥，翻越博南山。更多时间在森林里行走。世俗的生活与眼光，被暂时抛到森林背后，我们暂时不会心悸，我们暂时不会焦虑和不安。在博南山，世界变得安静，森林会让我成为另外一个我，或者是会唤醒另外一个自己。感觉开始变得敏锐，我们开始感觉着世界（再次想起了在雪山河边说起的"我们失去了动物的那种最敏锐的动物性，即对世界的神秘感觉。世界的神秘性，只能通过感觉，除了感觉之外，有些事情无法解释"）。我无法肯定在博南山中，所有的感觉真被打开了。唯一能肯定的是，我可以席地坐于石头与树叶之上，石头光滑，树叶柔软，空气潮湿，静静地感受着源自自然的舒适气息。感受着植物的丰富与庞杂，一些植物，水晶兰、栲树、棠梨、披蓑衣树、野姜、金桂、古茶树、元梅、唐梅等，还有一些松树混杂于阔叶林中。众多植物的存在，以及它们生长的方式和形态，总是让人诧异和激动。（我已经多久没进入森林了？）有时，我们是可以用树来反证人的存在的。升庵祠成为遗址，我们在遗址面前谈论着一个古人的人生与命运。落寞的断墙上生长着各种各样的植物，一些树木长得粗壮繁盛，与建筑被建造的时间相比，与诗人相比，即便遗址上新生长的植物可能已经上百年，但依然很短。植物与人，似乎在我的思想里，第一次完成了对调。在这之前，往往都是把人放置在植物面前进行比照，此次是把植物（还不止一种植物）放置在一个人面前，数量的多面对着唯一。灵魂依附于那些植物，那些本是无生命气息的墙体，此刻，一切有了生命的鲜活，一切有了生命色彩的深，在这个季节，是深绿，是深黄。墙体上生长的植物上还生长着一些寄生植物，寄生植物上可能还寄生着其他植物。植物以植物生长的方式把那些建筑的痕迹慢慢掩埋。

博南山中的博南古道，同样被厚厚的树叶和腐生植物覆盖，一些路段很清晰地呈现在我们面前，我们走在上面感受着时间的质感从那些光滑的石头上滚落。我们谈论着在过往的很多朝代里，有些路修到了哪里，意味着国家的统治就到了哪里，也意味着一些文化渗透到了哪里。

回到花桥的博物馆里（那时，我们正在进行着翻越博南山的准备），看到了一个摄影展，一个永久展出的摄影展。有个摄影家沿着南方丝绸之路，拍摄了一条活着的南方丝绸之路，他的行走充满了难度，一些特殊的地点，或完整或残存的物，生活在当下的人。在博物馆，我们还看到了那些曾经穿越博南山的身影，他们的足迹被覆盖。那些外国的考察者，那些诗人，那些古代的官员，还有众多平常的人，他们已经成为过往（他们又无法成为过去）。我们又在一些诗文中，在一些人的讲述中，在想象中，看到了清晰的可能的身影，澜沧江上被江水淹没的霁虹桥和摩崖石刻。一个在澜沧江上打鱼的人，在澜沧江上撒下渔网。他从澜沧江爬上来，跟我们说摩崖石刻随着江水的下落，又重现了一部分，他拍下了一些模糊的照片。花桥博物馆里，缺了民间艺人制作的用来舞狮的狮子头，还缺了老人的代表作十二生肖。

4

十二生肖，还有其他一些泥塑作品，被老人小心翼翼地摆放着。它们成为展示的东西，这成了它们的命运。它们的命运被时间拉到了另外一个境地。在这之前，它们不是展品，它们往往被用于葬礼。人们在葬礼上找寻着它们的影子，并谈论它们。当葬礼结束，它们的价值就已完成。老人将在另外一个葬礼上，重新开始创作。

在老人看来，那时很少有人会去谈论它们的艺术价值，而现在当它们不再被用于葬礼时，人们谈论更多的是它们艺术的一面。老人的内心里，是有了一些波澜，有了一些五味杂陈的东西。那是很多民间艺术在当下的命运。老人已经没有多少心力完成它们了。那些泥塑成了唯一的东西，在这之前，老人创作了许多东西，它们都消失了。当他的面塑还未用泥土做时，它们在葬礼上被人抢走，还被人吃掉，它们的消失被解读为另外的深意。他创作的狮子头、灯笼等东西残损后，被人丢弃。除了眼前的那些不多的艺术品外，再没有其他了。老人作为民间美术大师（那是经过命名的，老人无愧于这个称号），只留下了眼前这些为数不多的艺术品。如果这一切都消失的话，老人的称号就会成为空的东西。老人知道这些为数不多的东西的重要性，我们也知道它们的重要性。当它们成为展品时，既是老人的，又不只是老人的。每一次拿出去展示，都要冒着残损的危险。它们是易碎的，艺术上的易碎感。

当老人提到展示时，我似乎有了一点点印象。在一个文化节喧闹的大街上，有一些民间艺术的展室，我不敢确定很早以前就已经见到了老人和他的这些作品。没有似曾相识感。我就像是第一次面对它们，面对它们的惟妙惟肖，又有着艺术上的有意创新与变化，这都让我感到吃惊和钦佩。一个真正的民间艺术家，他并不狭隘。一些民间艺人，专注与不急不缓，以及狭隘与固执，都让人感动。

其中一个友人，在多年前就曾采访过他，他们成为了好朋友。老人跟友人说话时的语气很亲切。友人比起我们是幸运的，他在采访老人时，布扎不是缺席的，面塑也不是缺席的。那时的老人七十八岁，他制作着一个灯笼，他还制作着龙灯表演的道具——大头和尚，他还在给面塑上色。当我们出现在他家时，他已经八十三岁了，只是五年的间隔，时间对于一个民间艺人的影响却很大。友人跟我们回忆着采访他时的情景，耳朵还未像此刻这样背，精力也比现在好。现在的老人，耳朵很背，高血压，除了画画和书法，别的都已经不做。

我们此次来主要是为了那些他早已不做的纸扎、面塑、剪纸、木石雕刻等。友人所能感受到的现场感，我们都已经感受不到，我们只能通过想象与讲述。银江河在雨季时涨起来的样子，我们也只能想象，我们现在看到的是银江河枯水季节的瘦弱。我们真正把银江河与他的艺术生涯联系在了一起。他们无比相似，他们又确实不同。老人的艺术生命与河流的季节性不同，他的艺术生命会终止，终止之后就停留在了某个时刻的样子，他停留在了人们的讲述里，他停留在了那些艺术品的背后。他的影子投在了那些很小的塑像上，我们找寻着他的影子，想象着他创作时的样子。此刻，我们总会担心老人在讲述中变得太过激动。保姆说今天的血压还没有测，一测，果然很高。老人并不担心，他觉得在谈论自己的艺术生命时，又有多少人能做到心如止水。

他的一生，先是在多年前成为美工，然后是教师，再到后面因校点撤销失去工作，然后就是回到那个城郊。这是关于他的一个概况式的人生。一个简况，里面却暗含了太多东西。命运感很强烈，被时代的变化和发展裹挟着往前，不断经历着失去，不只是失去了工作，还过早地失去了妻子，还失去了其他的东西。众多失去带来的唏嘘，我们并没有聚在一起谈论它们，我们还未从他的艺术品和他在艺术上的造诣中回过神来。我是一个人面对着老人的人生与命运，我所处的房间外面，是一个嘈杂的施工现场，机器轰鸣，一些人敲击着东西发出梆梆的声音，声音刺耳，扰人心智，老人的命运感变得更加强烈。一些人只是经历某一种失去，就已经很难从中走出来，他却在好几种沉重的打击与失去面前，反而是一副乐观、幽默、向上的姿态。只有真正与他接触，才真正会被他昂扬向上的一面影响和感染。我们在一些时候成了悲观主义者，老人在一些时候可能也如此。用太多的可能，就有扭曲老人生命态度的可能。当他失去工作回来的那段时间，我们在回忆这段时间，老人在回忆，我们以自己的方式置于那个时间段中，老人此刻在谈论那段时间，变得超然。我们却不同，我们切身想象着从中走出来的艰难，以艺术的方式从中走出来。那时很多人、很多村落需要他的艺术，舞狮、灯会需要他制作的道具，他的作品成为喧闹的一部分，这样的喧闹会消解个体的孤独。很多时候，群体的喧闹又无法消解个体的孤独。但是他可以，他创作的艺术作品，成了他的工作成果，也是那些艺术品维持着他的生活。我们暂时跟着他，回到那段他自己艺术创作数量最多，技艺也在不断精进的时间段。

5

从老人那里出来，我问友人东山河的位置。那时，我再次失去了方向感。我习惯了用河流来确定方向。银江河的位置，我基本能确定银江河一直伴随着我进入老人的院子，河流来到那个院子后，流动了很长时间，河道天然的曲折，在院子里留下痕迹，然后伴随着我离开院子。当我离开县城，河流也一直存在着。银江河的形态，异常清晰。银江河，在我的记忆里还留下了其他的形态，浑浊的样子，涨水时把河道差不多淹没的样子，浩浩汤汤感，我们完全无法把它们与眼前的河流联系在一起。这与我们有时很难把一些民间艺人与他们创作的艺术相互联系一样。河流的历史，我们也很模糊，我们看到的都是此刻的河流。我甚至很难说出银江河继续往下流，最终汇入澜沧江的途中，要经过的那些地名，我们暂时无法说出银江河在流动过程中经历的名字上的变化。

我从银江河出发，经过水泄，在那里我不再沿着河流往下走，我们去往另外一个地方。银江河从一个叫鱼坝平坦的地方汇入澜沧江。我暂时还没有去过鱼坝平坦，这地名只是道听途说。我们暂时错过了这个地名。我们去的地方，有一些苗族村庄，在绵绵细雨中，进入其中一户人家里。在火塘边，我们烘烤着潮湿的衣物，同时听那个刚刚放羊回来的老人吹奏着芦笙。芦笙在一些祭祀活动里被吹响。芦笙里也夹杂着一些雨水的湿气。我们只是简单地问了下，就匆匆离开了，我们都知道要再次出现在那个世界的可能性很小。一些东西，就这样成为不可知的部分。那个村落，已经离河流很远，离澜沧江更远。我们也是去拜访那些民间艺人（其实只是顺路进去看了一眼而已，我们去看那些村落的变化）。如果我们真是去拜访那些民间艺人的话，一些东西就不会这么贫乏，也就不会这么模糊。一切真是模糊的。模糊的记忆，模糊的人，模糊的乐器，让一切变得模糊的雨。一些声音会慢慢消失，这是我们能肯定的。

现实中出现了另外一个吹奏芦笙的人，是年轻人，他还说有着属于自己的乐器。我们看到的也是此刻的民间艺人。一切是在场的，一切我们又无法肯定是在场的。我们在那些民间艺人身上，找寻到了太多自己不曾有的品质。为了去看河流而看河流，也是为了要把河流与民间艺人强行联系起来。我们都无法说清楚老人与河流之间的联系，也无法肯定老人对于河流的情感。我们在他的艺术品中找寻着，没发现任何蛛丝马迹，河流在艺术品中的缺席，也无法就此判定老人对于河流的无感，毕竟我们只是看到老人一生中为数不多的几件作品，还有一些未装裱的画和书法，随意卷在一起。其中有好些书法和画，是有人订了，只是还没有被拿走。那些未打开的作品中，可能就有河流的影子。

我们沿着那些田地走着，一些玉米苗正破土而出，空气里还弥漫着刺鼻的粪草气味，我们熟悉那些气味，我们也不排斥那些气味。来到东山河边，河流的小，我们早已经有思想准备，河床里长满杂草，还长着紫茎泽兰（它们的身影随处可见）。东山河，离老人的院子不远。在与老人闲聊时，我们没有人有意谈起过任何关于河流的话题。我们只谈艺术，勉强地说，我们是在谈论艺术的河流。无论是银江河，还是作为它的支流的东山河，在枯水季节的样子，总会让我们有一些感慨，我们甚至会无端感伤。已经至少有一个冬季，我出现在了很多条河流边，它们在枯水季节呈现给我们的是相似的瘦小和没有生气。涨起的洪水有可以吞没一切的气势。我们想象的世界与眼前的世界之间，就是两个极端，如果把四季河流的样子联系在一起看的话，突兀感会变淡很多。我们在东山河，只是看到不多的几个人，一个妇女出现在田里，与我们简单闲聊着，她和村子里的人遇到了一件很荒诞的事情：有个退休的女人，把自己的狗拴在东山河边的那个路口，惊扰行人。我们还看到了一个身子因为生活的挤压而变形的人，出现在刚刚长出庄稼的地里。除了他们以外，世界给人的感觉是多彩而宁静的。

当我们再次出现在那个泥塑工作室门口时，姓字的老人，已经把门关起，正要过河，回银江河对岸的家里。我们只简短地和他聊了几句。他不是原计划要拜访的人，只是当看到他的工作室紧闭之时，也意识到他的一些东西于我而言，暂时紧闭起来，也无法肯定在这之后就一定有机会再次和他相见。只记得他说自己有传承人，他指着那个根雕和老虎泥塑结合在一起的艺术品，不无骄傲地说那是他的孙子做的，一个基本已经完成的作品。那是那个空间里唯一完整的泥塑品，其他的泥塑是不完整的，也意味着老人一直还在创作。离开老人的工作室，我们见到了另外一个民间艺人——杨荣品。杨荣品呈现给我的是不同的状态，他给我们展现了一些完整的作品，但他已经不再继续创作了，已经无力继续创作了。我们都坦然接受那样的无奈，也替老人叹息，他暂时没有传承人。

当我们离开，于他们而言，还是会有一些人继续出现在他们的日常生活中，与他们谈论艺术和生活。与友人相比，我们出现在他们生活中的时间很短，短到转瞬即逝，短到不知不觉就落日将尽。友人给他拍了好些肖像照片，也给他拍下了很多他工作时的照片。当我们面对他时，他只是在讲述着过往自己工作时的情形，这与亲眼见到他工作时的情形还是不同。老人已经无力去工作了。在去拜访很多民间艺人时，我遇见了很多人，他们已经不再从事那种民间艺术了。在白石江边，我见到的那个泥塑艺人，刚刚完成了艺术人生中最后的一次彩绘。每次内心的感受都很复杂。我见证了一个又一个民间艺人艺术生涯的结束。

6

我们的目的地是黑水河边的狮子窝。当进入这个世界时，依然是博南山中，我把注意力放在了那些命名之上。在这里，命名变得无比细微。细微到世界因丰富的命名而变得无比丰富和庞杂。世界并没有那么丰富，树木有了层次感，华山松聚集，然后是桤木林、核桃林，再到黑水河边，是芦苇。海拔也开始不断降低。当我们出现在黑水河谷时，并没有像在这之前出现在一些河谷时那样闷热，反而有点阴冷。

黑水河与银江河的区别，很明显，在今日，我只是在不同的时间出现在了两条河边。银江河流经县城后，开始流经一些村庄，还流经一些正在施工的现场。雨季还未到，只是下了几滴雨。银江河本应是洁净清澈的，而眼前是浑浊的银江河，太像雨季的河流了。在这之前，我听说过双鹤桥，一座古老的铁索桥，我曾在想象中出现在那座桥上。当我真正出现在那座桥上时，与想象的世界完全无关，想象抵达了另外一座桥，一座可能存在于其他地方的古桥，或者只是在想象中才会出现的古桥。与想象有了一些重叠，是古桥上铺的木头已经被时间侵蚀，腐朽的木头，有着无数虫洞的木头，又到了人们要替换那些木板的时间。与想象重叠的是除了我们外，已经没有人经过古桥。修桥的人，正在其中一个桥墩上朝我们望着，眼中没有警惕的神色，只是看看我们。我们简单聊到了古桥的修复，古桥将被修复，只是过古桥后，已经没有什么村落了，只有一条正在修的高速公路，古桥成了一个古老的缓慢的时间象征物，时间的两种形态。在正被修复一新的古桥上，一些古老的彩绘图案被刷去了过往清晰的色彩与线条，很模糊。我们已经无法肯定仅存不多的几个图案，是过往的某个民间艺人画下的，还是当下某些人的随意之作。

银江河另外一个河段旁的民间艺人，已经有一段时间没见到他了，他的现状暂时不知道。我问友人，他也好长时间没见他了。当我沿着银江河，继续想打捞一些民间艺术时，最终却有些失望了。眼前的修复现场，我们都觉得是必要的，但一些细处的处理，我们又觉得多少有些粗暴了。其实我们都没有资格去评判一个正在进行着的修复现场。

我甚至希望，自己拜访的那个民间艺人，会重新拿起画笔，在桥墩上画下一些彩绘。老人已经在银江河边多次跟我们说过，自己已经有心无力了，自己早已经"收工"了。那种收工背后的无奈，只有老人自己清楚。在时间面前，他服老了。老人还有记录着自己过往辉煌的东西，那些不多的面塑作品，就是不用明说的对于自己艺术生涯的概括。用数字的少，概括着一个完整的人生。

老人说自己曾出现在这座古桥上。老人从古桥上退回到县城边的那个院子里。木板在雨淋风蚀日晒后，即便经过了特殊的处理，依然集体在腐朽。堆积着的木板，已经换了一些的木板。修桥的人出现，就一个人，站在正在修复的古桥上与我们告别。油桐树开花了，白色的花朵簇拥着开放。季节已经在发生变化，再也不是冬季了。黑水河没有流经城市，也没有经过村庄，最近的村落要在四五百米之外，这与银江河完全不同。我们朝黑水河源头方向望着，黑水河朝我们涌来。

在黑水河边，我们成了捡拾石头的人。当我们把河流中的一些石头拿出来，摆放在一起时，它们在阳光下色彩斑斓。这是一条有着色彩的河流，流淌着的河水是有色彩的。黑水河里有光唇裂腹鱼，它们依附在那些五彩的石头上，它们也有了丰富的色彩。我们沿着黑水河行走时，我想在河流中找寻到它们的身影，没有任何影子，它们只是存在于友人段成仁的口中。眼前是段成仁的黑水河，里面贮存着他的童年和记忆。他跟着自己的父亲经过黑水河，他们要去澜沧江边，当江水落下，人们在那些淤泥中种下一些庄稼。当他第一次跟我说起这条河流时，我就忘不了这个命名。黑水河并不是黑色的河流，也不是单一的河流。人们在提到黑水河时，都提到了彩色的石头。河流改变了河床，河流也改变了那些石头，许多石头质地柔软，河流轻易就改变了它们的形状，我们也可以轻易就改变它们的形状，我们无法改变的是它们的色彩。来到这里之前，我还未曾见过这么多色彩的石头，它们无序地排列在一起。它们被我们有序地排列在一起。我们只是看到了河流的一种形态。友人段成仁说起了去年他们出现时，河边的芦苇还没有这么多，河床也没有现在这么宽。

狮子窝，段成仁的老家。狮子窝，我们觉得这样的命名很神奇。我们在去狮子窝前，经过一个叫老鹰坡的地方。黑水河边，还有一个叫决坝田的地方，那里几乎没有什么外人进去。在那个世界里，还有风吹梁子、勒岩羊处、大河沟、石房子、香笋林这样的命名。在狮子窝，人们要在祭祀杀鸡时，准备一碗淘好的米，将鸡血滴入米中，根据图案来占卜，他们还将把鸡翅下的绒毛蘸血贴在石头上，这也是祭祀仪式的一种。友人的母亲，在因一些世俗的事情无法入睡时，要喝一杯高度酒才能入睡。段成仁在狮子窝还跟我谈起了众多的古树，在不远处的大河沟，有许多古茶树。

我以为银江河与黑水河汇合后，才一起汇入澜沧江。那是想象。现实中，它们之间没有任何交接，它们面对的群山和村落完全不同。黑水河先流入澜沧江，银江河接着拐了一个弯，才缓缓汇入澜沧江。银江河在那一刻，真像极了自己见到的许多民间艺人。

八

到了雨季，我再次出现在象图河边。其实，我不用有意去强调。只是很多时候，我们往往会忽略一条河流。河流被忽略之时，我们把注意力放在了哪里？说不清楚，我们那时恍惚了，至少我是恍惚了。当我有意识地开始沿着河流行走时，是有意把注意力放在了河流之上，对河流我开始倾注某种特殊的情感。我一开始只想把注意力放在冬天的河流上，就想看看冬天河流的样子。当把沿着河流行走的步伐放慢，当把沿着河流行走的次数增多，我看到了河流在不同季节的样貌。

雨季，会让我格外留意象图河的存在。雨季，象图河水位开始上涨。当澜沧江的这条支流开始上涨时，我们能想象澜沧江的其他支流都在上涨，有一段时间，澜沧江的流量将令人咋舌。当雨季过去，象图河开始隐入山谷之中，也开始从我们的现实生活中暂时退去。到了雨季，特别是今年的雨季，我们已经无法忽视它了。雨长时间下着，就像是梦魇一般，不分昼夜地下着，有几天甚至在人们的梦中也不曾停歇过。在一场把记忆弄得潮湿的雨面前，人们不敢做梦，人们活得胆战心惊，人们慢慢失去了做梦的能力。我们想在人们的记忆里追溯这样一场雨，记忆是无力的，也是无法用距离来度量的。讲述中没有这么大的一场雨，也没有连着下了十五天的这样一场雨。这样的一场雨曾经在那些魔幻的热带雨林里下着，把大地所有干的地方都弄湿，河流开始涌上河堤，开始涌入房间，很多东西都浸泡在水里，梦也被浸泡在水里。

象图河真涌上了河堤。一些桥真被河流冲垮了，还剩下一座低矮的桥，那唯一的桥在连接着外界。如果那座小桥被冲走，那个世界就将暂时封闭起来，像曾经的一场大雪对世界的覆盖与封闭。我们习惯了一场又一场大雪封山，却不适应一场洪水的阻隔。象图河与其他很多河流一样，也展示着它的破坏性，把曾经空落的河床填满，把河床继续拓宽，把建在河谷中的乡村农贸市场淹没，把一些人家养着的牲畜冲走，河流边的那所小学里的学生在雨中的湿滑泥地上被转移。我开车从已经涌上公路的河水经过，内心会莫名恐惧。

中元节，雨并未停歇。中元节过后，雨依然下着。那个民间艺人要扎一些纸马之类的东西，要在中元节烧给刚刚逝去的亡魂。民间艺人端起了酒杯，又放下了酒杯；民间艺人拿出烟抽着，又让燃烧的烟蒂长时间夹在指尖。民间艺人陷入了沉默。已经扎了一匹纸马。民间艺人扎了那么多的生命与物件后，是否想过要扎一条船，把扎的那些东西燃烧后的灰烬放入船中，让船载着它们沿奔涌的象图河往下，抵达沘江，然后是澜沧江？当河流猛然涨起来，涨到让我们无法想象之时，那个民间艺人开始意识到一定要扎一条船。

来自原始丛林中的巨大原木，才可以做一条真正的船。沿着澜沧江往下，在那些繁茂的丛林中，我们能见到一些现实中的造船人，伐倒一些古木，开始造船，造成的船开始在澜沧江上漂着。澜沧江边的一些人伐倒树木，还为了做一些棺木，一些棺木漂浮在澜沧江上。眼前的民间艺人，在丛林中砍伐一些竹子，那是做成船骨的材料，别的东西用那些绵纸就可以完成。当那些船只剩下残破的船骨时，阳光还有月光照在了它们上面，释放出让人一惊的光芒。民间艺人扎的一些东西，只有通过澜沧江和它的支流才能真正抵达另外一个世界。河流成为一条界线。

民间艺人确实是出现在了澜沧江边，他一开始加入了砍甘蔗的人群，他们砍甘蔗时要乘船渡河。他成了众多渡河人中最普通的人。与那些偷渡者，与那些亡命之徒，与那些在大地上行走的僧侣和诗人，都不同。唯一相同的是，他们每个人都有着关于生活与灵魂的秘密，有些是隐秘且难以启齿的痛楚。当他真正成为造船者的那一刻，他觉得自己不再普通。他开始认识那些渡船人，然后他又开始认识那些造船人。他开始学习造船。他跟人们说，象图河某一天也会涨起来，涨得至少需要一条船。人们原谅了他的浮夸与臆测。民间艺人还在澜沧江边，学会了如何制造一条用来专门搭载亡魂的纸船。

当我在雨季再次遇到民间艺人时，他说自己正在扎一条船，他要让自己扎的那些纸马都赶上这条船，那些纸马将在澜沧江上纷纷复活，将在澜沧江上驰骋奔腾。这条船将在澜沧江上一直漂浮着，它搭载放归于澜沧江边的那些峡谷中的纸马，还有那些流落荒野的灵魂。

象图河

1

逆着弥沙河往上，到白石江。白石江开始离开我的视线，隐入村落与河谷。我不再沿着白石江走。我翻越雪邦山，出现在象图河边。雪邦山两面的河流，流向不同，最终都汇入澜沧江，都是澜沧江重要的支流。我在象图河边生活了很多年，一些东西依然藏在表象之下。这是我最近才意识到的。原来，我以为，许多事物早已显露于面前。有一段时间，我有意出现在很多条河流边，却忽略了象图河。我朝象图河望了一眼，然后携带着目光朝另外一条河流移步。我出现在了澜沧江的许多支流边，不只是为了看河流，还为了拜访那些民间艺人。我以为象图河边已经没有真正的民间艺人了。事实是，许多民间艺人在日常生活中以另外的身份存在着，他们成了被我误读的对象。

总以为这个世界无论是文化还是植被，都已经变得苍白和荒芜。世界从村落开始往外扩展，扩展到象图河，继续扩展，扩展到以雪邦山为范围的世界。我在的位置，已经是在雪邦山中。我见过木材开放那几年，雪邦山中出现了众多砍伐木材的人，当禁止伐木之时，还有人去偷砍一些古木，直到最近几年，偷偷砍伐古木的情形才少了下来。众多的红豆杉曾在雪邦山中大片大片地生长着，现在已经很难找到有一定树龄的红豆杉了。我所在的位置有很多树墩，它们腐朽而冷漠。一些鹰偶尔停在上面，一些乌鸦偶尔停在上面，让人觉得轻盈的鹰和乌鸦轻轻停靠一下，都会把那些树墩压垮。我轻轻一推，其中一个树墩果真倒了下去，它的内部已经朽烂。众多的树墩，聚集在一起，会给人内心很大的震动。树墩聚集的那小片大地，近乎是死去的大地，腐朽的树墩下面，没有任何杂草与低矮的树木。也许，要等所有的树墩朽烂，死亡的大地才会复活。我跟很多人说起这个交通不便的世界，说起了那些树墩，语气里充满了不负责任的鄙夷。

这次，翻越雪邦山时，内心很复杂。我这次回来是要与二舅告别，生与死的告别。我们已经看到死亡的影子。二舅患上癌症已经一年多，病情恶化，身体暴瘦，已经无法吞咽食物了，只能靠止痛药，靠舔舐着水慢慢熬着最后的时日。大家都知道二舅无法再熬多长时间了，二舅自己也在计算着还能活在世上的时间。从他的话语里，他已经接受了死亡的过早来临。在这样的情形下，很容易让人睹物生情。雪邦山和象图河，在这样复杂情绪的侵扰下，呈现出了另外的样子。它们不再只是山与河流。雪邦山上的那些草甸还未变绿。象图河，依然是很瘦小的样子。我们也看不清死亡的影子，媳妇家这边的二舅刚刚动了心肌梗死手术，看着恢复得很好，康复只是时间问题，最终两个二舅在两三天之内相继去世。最终，我翻越雪邦山，跟两个舅舅告别。两个舅舅一个六十六岁，一个五十六岁。

这几年，象图河慢慢发生了变化。从流量上开始的变化，小得已经让人猝不及防，同样也让人倍感忧伤。除了雨水季节，河流会涨起来外，瘦小已经是河流的常态。在很久以前，象图河一年四季流量都很大。我们会从一条河流上，会从河床与河流构成的图画上，看到众多河流的命运与宿命。我读二年级时，要去象图卫生院看望长期因病住院的表姐，第一次见到了象图河，那是我见到的第一条大河，洪水季节，浑浊，木头在里面翻腾，没有人敢尝试卷起裤脚渡河。此刻，我卷起裤脚，轻易就可以过河。象图河上，没有古桥。象图河往下流淌，汇入沘江后，就会有好些古桥。古桥的形式多样，有风雨桥，有拱桥，有藤桥，有铁索桥，有钢桥。其中一座钢桥，是英国人在很多年前建的。前几年，英国人寻找这座桥的下落，他们是想告诉人们那座桥已经过了它的使用年限，已成危桥。这样一座看似没有多少特点的桥，却被人们记录在册，且没有被遗忘。许多人在面对这样的现实时，都觉得不可思议。从此，那座钢桥被封了起来，不再使用。我们在那座钢桥边停留时，感慨不已。沿着河流往下走，就能见到这些古桥。河流的文明史，需要那些古桥来见证。我也曾为那些古桥而着迷不已。象图河上的桥，都是一些钢筋水泥桥，还有一些木桥，这些桥没有多少特点，它们比起那些木质甚至是藤蔓修的桥更易坏。

　　眼前的河流，把河流固定在象图境内这一段，那是地理世界对于河流的命名，也是地理世界对河流的塑造过程。慢慢地，事物开始发生倒置，是河流在改变着地理世界，河床开始变得宽阔，众多沙石开始裸露在外，满河谷的核桃树也无法把河床惨白的一面覆盖，沙石给人的感觉是干燥的，是在太阳暴晒之下滚烫无比的，连水鸟都不敢在那些沙石上稍作停留。象图河缓慢地流淌着，如果不去介意它流量的变化，我们依然可以在河流边度过惬意安宁的时光。

　　当我再次认真审视这条河流时，它不仅仅是一条河流，它与在这之前我见到的那些河流一样，已经与某些民间艺术联系在了一起。惯性的思维，必然要让我把它们在短时间内经常联系在一起。具有老人特质的河流，我们是看到了一个气喘吁吁、老态龙钟的老人，我们无法在这条河流上看到一个年轻的身影。具有老人特点的河流与民间艺术。见到的那些民间艺术背后的艺人，往往是老人。是有一些年轻的民间艺人，只是我选择去拜访的人中，老年人很多。有一段时间，我甚至会产生错觉，只有老人在延续着那些民间艺术。

　　经过象图河，往上，朝乡政府所在地走去，会看到一面古老的照壁，上面的图画斑驳陆离，已经无法看清上面的任何一幅画。画已经掉落，成为碎泥。照壁上长着一棵低矮的树，模样几十年如初见之时，并无什么变化。它一直在生长着，这是我的感觉。一些人的视角中，那已经是一棵死亡的树木。枯木在古老的照壁上生长，形成强烈的隐喻意味。除了那唯一低矮的树木外，照壁顶端还长着一些仙人掌，仙人掌总是给人生命力旺盛的感觉。曾经见到有人坐在仙人掌丛中，虽是背影，依然因为这种植物的存在，让那个人显得坚毅而隐忍。这些植物，让照壁的时间感很强烈。那是旷野中的照壁，与庭院中的照壁不同。那面照壁与对面的山崖之间有着某些民间意义上的联系与相互制约。那样的意义早已远去，当我出现在那里时，照壁就是一面照壁，是一个功能已然消失的物。它成了一个地理坐标。我再次确定了一下，照壁上面生长的植物，我已经无法分辨出是什么植物，我问了许多人，大家都模棱两可，各执一词。那就是一种植物，它成了一切植物的代称，它长得像任何植物，又不像任何植物。我们看到了一切植物的至少一种生长姿态。我们确定了一下，上面低矮的树，没有任何要枯死的迹象，它只是以无比缓慢的速度生长着。一种放慢的生长速度，与雪邦山顶生长的杉树呈现给人们的生长速度很相似。用土夯起来的照壁，只是那些艺术的东西在脱落。艺术在旷野中被天然消解。建造照壁的人，并没有留下任何信息。还有一种可能，照壁上曾经关于民间艺人的信息，都已经脱落，重新归为泥土。照壁旁没有任何文字记录，当放弃文字，当文字消失，我们对世界的认识充满偏见。照壁，从一开始，给人的印象就是斑驳残缺的模样，几年过去，依然是原来的样子，似乎风侵雨蚀到一定程度后，时间和外部的力都无法再对它产生更多的影响了。我们会产生错觉，照壁将会一直存在于那里。印象中，照壁上曾画有一条河流，可能就是象图河，也有可能是澜沧江。斑驳的墙体上，已经没有河流的影子。

2

象图河的发源地，在雪邦山中。当我第一次来到雪邦山时，那是冬日。在雪邦山的褶皱间，一些溪流开始出现。一些溪流在阳光的照射下，闪烁着剔透的光芒。一些溪流需要我们俯下身子，贴着那些溪谷中的石头聆听，它们在石头下面流淌着，听那些汩汩的水声便可断定溪流大小。如果是其他季节，堆积的石头之下流淌的河流，会溢出地面，把那些石头淹没。如果不是去往离雪邦山很近的老君山，我将会忽略那些在沙石下流淌着的河流。我开始注意到雪邦山中同样有着这样的河流。雪邦山和老君山很近，它们的一些东西很相似。植被和山形相近，上面生活着相近的牧人，他们放牧的那些牛羊也相近，有时我们会恍惚以为进入的是同一个世界。

我猛然意识到那些石头河的尽头就是河流的源头，那便是一条河流初生的模样。越往上越发现，河流的源头在雪邦山中铺散开来，它们成了沼泽的一部分。慢慢地水开始渗出来，慢慢地它们开始汇聚在一起，慢慢地它们成了一条溪流。我在那里激动不已。我坐在雪邦山中，久久凝视着一条初生的河流，在阳光的照射下，释放出洁净、阴冷、柔弱的光。我需要花很长的时间，在那里与一条初生的河流对视。有黑熊出现在那些河谷，我们远远就看到它们，它们有时也像我们那样俯下身子听流水声，它们不只是在听，它们也在寻觅水源。我们往往只是远远见到那些黑熊，当我们出现在那些地方找寻一条河的源头时，它们消失了。在冬日，雪邦山中的那些溪流并未断流，只是很小，有些河床却很宽，已经遭受了洪水泛滥的影响。这与在苍山深处看到的那些溪流一样，都会在一些季节里涨水，水流浑浊，甚而会发生泥石流。

许多河流，我们已经无法看到它们原初的样子，看到它们原初样子的是那些牧人。他们在雪邦山上不断迁移，迁移的范围不是很广，在冬日他们会把羊群赶到半山腰，那里很少会出现积雪难融的情形，夏日牧场不断往雪邦山顶迁移。要举行祭祀活动，让存在于雪邦山上的众多神灵护佑羊群和牧人。河流最原始的状态，存在于那些人的记忆中。我遇见了一些牧人，当我把这样的想法跟他们说起时，他们说还有猎人会见到，还有砍伐树木的人会见到，那是还未禁止砍伐和捕猎的时候。在雪邦山中，我曾见到很多山谷里只剩下行将腐朽的木墩，密密麻麻。在雪邦山中，在黑夜中，还会有黑熊和牛群躺在一起，互不侵扰，这样的情形让人觉得不可思议。这样的情形，亦真亦幻，许多人都说是亲眼所见。我相信了这些说法。雪邦山，是一个无比依靠说法的世界。

　　如果你不相信一些说法的话，我们无法真正进入那个世界。曾经那是一块到处充满传说和各种说法的土地，我们没有人会去怀疑它们。我最深信的是雪邦山中的那些溪流，牛羊马和许多野兽虫鸟共饮，有时它们会相互打量一下后，继续饮水，或离开。当我出现在那个叫东方红的村落下面的桥头时，看到了一些水鸟沿着河流往上或往下，往下就是一个电站，那个电站继续往下不远处，又是一个电站。都是小型的电站，这些电站对于象图河的影响，并没有电站对黑惠江的影响那么大。从沙溪沿着黑惠江往下，我们看到了河流的形态在许多河段时的瘦小，我们也看到了河水突然把河床涌满。河流的变化，不只是对河床产生了我们所能看得到的影响。河床被改变着，河流的真实面貌也在改变着。与河流有关的生命，也被改变着。

　　去寻访一条河流的源头时，内心总是有强烈的对自然世界的畏惧感。我能在雪邦山的那些深谷中，听到融雪的声音，还能听到一条新生的河流潺潺流淌的声响。我出现在雪邦山，我们经过大山红、满山红，这些村落隐藏在雪邦山深处。还有一个叫江头的村落，变得更为神秘，它隐藏得更深。直到现在我还没有看清整个村落的模样，我只是偶尔看到几户散落的人家，以及建在公路边的村公所。我们出现在那些河谷中，我们看到了真实的河流。许多植物把那些河流覆盖，有时，只能看到笔直的白桦树。当海拔高到一定程度后，植物开始变得单一。杜鹃林，杉树林，是在雪邦山上让人印象最深刻的植物，还有那些低伏生长的植物，它们中的一些，即便在冬日，我们依然能认出它们的影子，那是报春花的影子，那是龙胆花的影子。

五月出现在雪邦山，种类繁多的杜鹃开始开放。在很长时间里，只有那些在雪邦山放牧的人看到了漫山遍野开放着杜鹃花的绚烂景象。当杜鹃花和雪邦山上的其他花纷纷开放之时，雪邦山上的河流流量开始慢慢变大，我们能在呼呼地吹过雪邦山上的风里捕捉到它们的声音。那些牧人的听觉无比敏锐，那是我们羡慕的敏锐，他们还能在风中捕捉牛羊马的气息。许多牛马常年在山上，只有在大雪飞扬的季节里才会回到海拔相对低一些的地方。我也曾在雪邦山中放牧，七八天才回家一次。那时，山上还没有电，在暮色降临之时，洗漱一下便开始沉睡。每天与我为伴的就是羊群，还有那些常年都生活在山上的牛和马。很多时候，还有父亲的陪伴，他的衰老年弱并不影响在雪邦山中给我的安全感。父亲在火塘边给我讲述着世界神秘的那部分。在火塘边，最适合谈论的是想象的世界，风呼呼地吹着，想象的力量不断顶着木门，不让它被冷风撞开。现在雪邦山上到处看到的是风力发电机缓慢转动着，已经不是那些牧人熟悉的雪邦山了，一些公路开始出现在雪邦山顶，我们翻越雪邦山，不是走路，是开车。许多人出现在雪邦山上，为了去看杜鹃花，为了去看雪。当众人出现在雪邦山中，一些原初的东西开始被改变，我们一眼就看到了世界的变化。

有个人开着车要翻越雪邦山，我开始进入雪邦山被讲述的那部分。在黑夜中的茫茫雪野，他迷路了，他那时唯一能做的就是把身上不多的钱往车窗外丢去，并与雪邦山上的亡灵们说着什么，在经历了多次返回原点带来的绝望和焦虑之后，他再次找到了路。他说如果那晚，他不去跟那些亡灵对话的话，他根本不可能安全地翻越雪邦山。他跟我说起这件事情时，我们正参加同一个葬礼。当我一个人开着车翻越雪邦山时，车辆很少，人影也稀少，放牧的人把摩托车停在草甸上，人隐藏在看不到的地方。在途中，我总会想到那个给我讲述故事的人，我竟会莫名地加快速度，想赶紧从那个世界中抽身。我看到黑色的绵羊在草甸上悠闲地啃吃着草。这样的情景，又会莫名地让我减速。

在翻越雪邦山时，内心和行动都是矛盾的。杜鹃花还未开，雪早已在别的季节消融。据说刚刚过去的四月，雪邦山上降下了一场雪，雪下了三天三夜。那些雪早已消融，融入草甸，让一些草破土而出，远远望着，雪邦山上的那些草甸开始有了忽隐忽现的绿意。许多在雪邦山上放养的牛马，正静静等待着那些草的生长。一个多月过去，天大旱，雪邦山中的一些溪流已经断流，我们通过象图河的流量就能想象得到。那是与冬季的河流给人完全不同的感觉，我曾以为如果河流在冬季不会断流，河流就不会断流。我的这些想法是错的。我对于象图河的认识，也往往是错误的。对于象图河边的那些村落，同样如此。我误解了一个世界。

这个世界在很长时间（三十多年的时间），在内心形成了固有的认识。这么多年时间，我以为对于象图河的认识已经相对准确，人们在说起与象图河有关的村落时，我都有话说。村落名，村落所在位置，村落里的一些人。这些东西都只是碎片，就像我在寻访的这些河流，都只是澜沧江的一些支流而已。象图河的源头，也是澜沧江的源头。

3

我关注着一场葬礼的细节。我逆着象图河回到了雪邦山下，河流隐入山谷之中。沿着那些河流行走，由河流反思我们自身，我们的思想，我们的精神，还有我们的普通日常。我们暂时不去顾及河流的样子，也暂时忽略河流与人类的关系。我在这个村落里待了几天之后，开始意识到，一个村落的真实，需要一场葬礼。在葬礼上，一些东西才会真正显现出来。只是在这之前，我还未真正意义上参加过在象图河边的这些村落举行的任何一场葬礼。我参加过一场婚礼，在快乐的氛围中，同样忽略了很多东西。一场葬礼则不同，大家沉浸于悲伤之中。悲伤很容易让人变得更为敏感，也让人对很多东西的印象更深刻。记忆用心痛来加深刻度，悲伤可以用一些东西来度量。

出现在我们面前的是一个纸扎艺人。他家四代都是做纸扎的，他是第四代。当他这样强调之时，隐隐说明着他的后代可能也会继续从事纸扎。一问，才知道他的孩子常年在外打工。我们没有说起，当他和自己的搭档离开人世，或者是其中一个人离开，是不是也意味着这门民间艺术的不完整和日渐消亡？许多民间艺术的消失，就是伴随着民间艺人的离世而消失的。还有一些民间艺术的消失，是随着民间艺人的衰老而发生的。民间艺人开始衰老，民间艺人已经无力创作。我没有表达出自己的忧虑。我在他身上还感觉不到这样的忧虑。他的搭档，与他的性格有一点点不同，沉默寡言，时不时端起酒杯意味深长地饮一口，那个行为里，反而隐隐透着一些忧虑。我们无法阻止一些民间艺术的消亡，也无力减缓它们消亡的速度。

只有在葬礼上，他们才是纸扎艺人。那是身份在特殊场合中的外露，他已经无须隐藏。在其他的时间里，他们会把自己的身份隐藏起来吗？不只是他，象图河边的那些村落不经意间，也把自己的某些真实隐藏起来。举行葬礼的那几天，他都会出现。在一场婚礼上，他以另外的身份出现，他以另外的方式变得忙碌起来。他出现在葬礼上，用绵纸扎了一些东西。他把绵纸拿出来，用刀把青竹子破开，用竹片扎出大致的形状，那是扎的骨，贴上去的绵纸才是它的形。我离开灵堂，来到他们旁边，他们有两个人，只是有些时候，我往往觉得他们是同一个人。这只是错觉。我不能离开灵堂太久。我抑制着内心想对他们深入了解的冲动，那时我最应该表现出来的是悲伤的样子。当大家都沉浸于悲伤中时，我又怎么能去跟他们进行关于纸扎艺术的长谈。我也不能影响他们的进度，他们需要在规定的日子里，把所有要扎的东西扎出来。看日子的人出现，纸扎艺人关注着最终选定的日子，他们终于松了一口气，不用在夜间昏黄的灯光下继续扎那些东西，他们在那几天的白天扎，就可以轻松完成。他们也早已习惯在夜间扎那些东西。

那些纸马、纸伞、纸门、纸的十二生肖，都是用竹子和绵纸做的。它们在被烧灭之时，伴随着缕缕黑烟的消散，它们抵达了那些村落认识世界的另外一个维度。它们成了通灵的物，在烧灭的那一刻，反而拥有了虚无又广阔的生命与力量。它们被放在棺木前面，放置好几天，看着那些纸扎的东西，会有一些不适感。与我熟悉的世界不同，我的老家与这里只隔了两座山，走路三个多小时的路程，还有两条河流将流入象图河。我在出生地看到了另外一个纸扎艺人。他扎了两把纸伞。他还曾扎过一棵纸钱树，那是高寿之人过世之时才会扎的，那个过世的人年过百岁。他们之间无法进行对比，民间艺术之间无法比较，民间艺人在不同的世界中要创作的艺术不同。我们看到了数量和种类的不同。数量和种类的繁多和稀少，这里面同样有着各自不同的对于死亡的认识。他们应该有相近的地方，他们都扎了纸伞。我出生地的那个老人，扎的东西很少，这并不是因为他无法扎其他的东西。当然他可能在多年不练习后，确实也已经无法扎出其他的东西了。他们不曾想过自己是在创作一种艺术。至少我出生地的那个老人不会有这样的想法，他只会想到在那里扎两把纸伞的重要性。眼前的这个人不同，他说自己已经是州级非物质文化传承人，每年还有几百块钱的补助。虽然只是不多的钱，但已经与那个未获得任何补助和称号的人之间有了距离和差别。眼前的这个人，在谈到这些时，话语里，多少还是有自豪的意味。

未获得称号的那个人，并未因此而失望过。他们在不同的语境下进行着纸扎艺术，他们在很长时间里并未把自己当成一个民间艺人。眼前的老人，开始有了自己是在创作一门艺术的意识。他的民间艺人身份已经被唤醒。他跟着送丧的众人，出现在了下葬逝者的地方。他看着自己创作的艺术品，被众人抬着，走了很长很长的路。

那些纸伞、纸马后面是抬棺木的人群，里面有老人也有年轻人，这与曾经在苍山中见到的都是一些上了年纪的人在抬棺木不同。这里面就有着逝者的老友，只睡了两个小时，便起来跟逝者聊天，聊过往，聊命运，聊人生，聊着聊着恸哭不已。他说自己一定要抬抬自己的老友。逝者的体重有二百多斤，加之棺木，重量可想而知，人们不断互换着，都是上坡路。人们在公路上抬着棺木，如果是在以前，人们在那些小路上抬着棺木，艰难前行。逝者的兄长也跟着送丧的众人走了很长一段路，他突然停了下来，让人们继续往前，看着长长的送葬队伍，自己含泪往回走。在那样的情境下，这样的送葬，让人动情不已，也会让人想到他该怎样才能忍受自己兄弟的过早病逝。那是另外一个逝者的兄长，双腿残疾，拄着拐杖在天还未亮之时，混入送丧的队伍。当我无意间看到走路缓慢而磕绊的老人时，眼泪忍不住簌簌往下掉。前后两天，我参加了两次葬礼，都是我的舅舅，都是兄弟中最小的那个先离开了人世。一个突发心肌梗死，一个癌症。疾病蔓延的乡村，忧伤遍布的乡村。那个双腿残疾的老人，是我的大舅，不久前，也因病离世。当我回去参加他的葬礼时，葬礼很相似，参加葬礼的人基本相同。当大舅七点多被抬往墓地时，我总忘不掉他拄着拐杖含着泪水送自己的兄弟一程时的形象。

我从这些忧伤中暂时抽身。我要把目光放在葬礼中的那些纸扎老人身上。他们都跟着送丧的队伍来到墓地，他们主持着丧葬仪式的一些环节。他们跟送葬的人说把其中一把纸伞放入墓中焚烧，要让那个冰冷的墓穴变得温热一些，让亡灵与尸体都能感受到另外一个维度的温热。他们指挥着众人把其他纸扎的东西在别处焚烧，在一棵树下，或者在墓地旁的土堆上。其中有位死者因为去世时周围没有人，算是意外死亡，就暂时不能葬到祖上的墓地里。我们也在这个行为里看到了充斥着的狭隘与偏激，人们争议着，至少要过三年才能把尸骨迁到墓地。面对着各种非议，逝者的后人只能接受。人们在一片玉米地里挖了一个暂时摆放棺木的地方。那几日，天大旱，刚长出来不久的玉米苗被灼热的阳光晒得耷拉着颓丧的身子，我们踩踏着那些玉米苗。那些纸扎的东西焚烧之时，一些玉米苗瞬间被烧死。我把注意力放在两位老人身上，他们并未因自己创作的艺术作品被焚烧而有什么反应，他们早已知道自己的作品最终的归宿与命运。他们并未表现出任何我所希望的心绪上的波澜。他们中的一个，主持完葬礼后跟着众人回家。另外一个，只是负责扎那些东西，便不再参与葬礼的任何一个环节。

每一次扎那些东西，对他们而言，便是一次又一次的练习。平时，他们把那些绵纸好好藏起。没有人会在平日里扎下一些东西备起。绵纸做的东西，都具有易朽性，火一点就着，水一触就会烂掉。他们不曾把每一次葬礼上扎东西都当成是练习。每一次，他们都变得严肃而庄重。他们认真地做着。我观察着他们，他们不曾做出一些失败的作品。那只是我在观察他们的那段时间里。失败的作品，一定曾扎出来过，只是很少有人会把注意力放在它们的精美与否上。它们只是代指的东西，人们更多只是看重它们的象征意义。

扎的纸马会让人想到甲马。不同的民间艺术，在一些时候的作用相近。要走很远的路，需要一匹马，一匹华丽的马。我在很多葬礼上见到了相似的马。当它们像甲马纸一样被焚烧，化为灰烬之时，它们开始发挥作用。甲马，起着通灵的作用。纸马，可以自由穿行于另外那个神秘的世界。当我有意问其中一位老人纸马的用意是什么时，老人说不就是逝者要骑嘛。这样的回答，很明显并未让我满意。我希望这样的行为背后会有一些很复杂的蕴意，而事实有可能真是如此简单。

4

当纸扎老人和我谈起他创作的民间艺术时，我知道自己能理解他，也理解他在纸扎上倾注的热情和表达的精神。我们开始对话，我们把那些蜘蛛网下的各色绵纸拿了出来，是他拿了出来。他摩挲着它们，轻轻地把那些蛛丝和灰尘擦掉，那个行为本身就已经是人与艺术之间的交会过程。老人讲述着自己从事纸扎的一生。这与从小受到家人的熏陶，对这门艺术很感兴趣不同，毕竟这是一门很特殊的民间艺术。这与老人学会唱戏不同。老人学会唱戏的过程，有着那种从小就深受熏陶，加之自己对唱戏的热爱。纸扎，与死亡和葬礼有关，因此这门民间艺术的传承往往是家族式的。眼前的民间艺人，他已经是第四代了。另外那个民间艺人，我知道他的父亲同样也是一个纸扎艺人，同样也主持了众多逝者的葬礼。我们能想象学习这门民间艺术的过程中，年轻的他内心的抗拒之意，当不再年轻，成了一个老人之时，那个学习的苦涩过程竟也没有了往日的苦涩。老人现在也面临着一个问题，该如何让自己的后人掌握这门艺术？自己的后人同样也曾抗拒过，但老人早已相信他们的命运和自己是一样的，纸扎艺术对于他们而言，近乎就是一种宿命。我似乎理解了老人，我似乎理解了这门民间艺术，我又似乎对此一无所知。

葬礼上，几个纸扎艺人和扎的那些东西都已经在暗示和说明，在那个世界里，人们无法忍受朴素地活着，更无法忍受朴素地死去。这也可能只是悖论和我的胡乱臆测。众多纸扎背后，就是为了让葬礼显得更有排场。大家像讨论婚礼上的嫁妆一样，讨论着那些纸扎的数量和种类。嫁妆和纸扎的东西之间，只是某种意义上的相似。当那些纸扎的东西，在坟地里化为灰烬，华丽与烦冗都快速消散。人们也从无尽的悲伤中，暂时平静下来，世界也回归朴素。

一些人开始讨论葬礼的简化。我们中的好些人，同样经历了昨日的那个葬礼。不同的葬礼，呈现给人的是完全不同的样子，一个被无限简化，一个又依然无比繁冗。纸扎艺人也在我们之中，他也在讨论葬礼是否该简化了。纸扎艺人在那一刻并未去想自己从事的民间艺术，会在简化中消亡。我看不出纸扎艺人可能会因为自己的手艺失传而忧伤。只有真正消失之时，才有可能会在短时间里感伤和无奈。他不是象图河边最后的纸扎艺人。当我跟友人财仁聊起那个唯一的纸扎艺人时，友人还说起了另外一个八十多岁的老人。他曾见过老人，也曾见过老人扎的精致华丽的东西。友人还说起了另外一个纸扎艺人，年纪已经不轻了。

年轻的纸扎艺人，在象图河边很少见。我和友人说起，友人也觉得确实很难见到年轻的纸扎艺人。我们也说不清楚，如果一个年轻的纸扎艺人出现在我们面前，我们的内心会产生怎样的震动。毕竟纸扎艺人在与葬礼联系得很紧密后，这样的身份也会影响我们对世界的判断与认识。在澜沧江的那些支流边，每次见到一些年轻的民间艺人时，内心都会莫名高兴和激动。我曾在弥沙河边见到了年轻的布扎艺人，她前面展示的是她制作的十二生肖。同样也是弥沙河边，我见到了一个制作黑陶的民间艺人。我还在金龙河边见到了一些年轻的木雕艺人，我还在雪山河边见到了年轻的刺绣艺人，当看到年轻的他们时，我变得不再那么悲观。这与只是不断见到年老体衰的民间艺人，给人的感觉完全不同。

那些民间艺人是否都是神秘主义者，这是我好奇的，毕竟他们从事的艺术指向的是世界的另一个维度。在一场葬礼上，一切的不可信，似乎又都变得可信起来。许多人又开始成为神秘主义者，都在安葬好死者之后的那一晚，等着亡灵回家，像一丝冰凉的风拂过身子，亡灵已经回来过，还有那条悲伤的狗，在中堂前发出了既兴奋又悲伤的声音，还有第二天早上摆放在中堂前的烟斗，都在暗示亡灵已经回来过。当我们谈论这些时，民间艺人也加入了谈论的人群。

5

我无意间问起了有关那个戏台的种种。我最想了解的是唱戏的人。戏台的命运与唱戏的民间艺人，紧紧联系在一起。戏台的落寞与孤寂，往往是民间艺人赋予的。唱戏的人缺席的戏台，就是孤寂的舞台。我出现在那个戏台前时，戏台给我的感觉便是如此。我以为那个戏台上已经没有人唱戏了。许多传言指向了很多会唱戏的老人已经离开人世的事实。一个村落的戏班子，无比依靠那些老人。纸扎艺人委婉地打断了我。他就是唱戏的人之一，民间的戏班子是他组织的。唱戏的日子，离我因为一场葬礼在这个村落待的那几天还很远。在春节，人们沉浸于过节的快乐之中。我在离那个古老戏台几座山的村落里，同样沉浸于快乐的过节氛围，没去想那个古老戏台上依然有一群人唱着戏。

　　当我出现在那个古戏台时，太阳灼烧着我。我躲在了戏台之下的过道里，那是一条路。众人在一个戏台下往来。经过之时，我们都无法忽略那是戏台的事实。戏台之下，是阴凉之地。戏台之上，空落。只有在特殊的日子里，戏台上才会变得喧闹起来，人们才会在戏台前看戏。关于唱戏和业余的戏班子，都是他以讲述的方式呈现给我的。我本想让他唱几句，他似乎也看出了我内心的想法。他朝摆在中堂的棺木看了一眼，同时也把手中剪裁的绵纸在铁丝上快速地缠绕着，他以这样的方式暗示我在那时唱几句是很不妥当的。我也深知如此，只能继续听他讲述，也回忆着前不久出现在另外一些村落时，那些戏班子给我留下的印象。他们之间有着很多相似的地方，他们唱的戏曲可能不一样，他们穿的戏服可能不一样，一样的是民间戏曲和民间艺人面临的困境。我们看到了那些无奈对于民间艺人的灼烧，许多人外出打工，许多人从小便有意远离戏曲。眼前的老人没提到这些。老人说自己可以算是那个戏班子的头，他评价自己的唱腔时，用到了字正腔圆之类的字眼，于他和这个村落中的其他人而言，字正腔圆很难做到。这是一个白族村落，汉语在生活日常中往往是缺席的，这是一种没有被人们经常运用的语言。一门语言的缺席，长时间的缺席，它只是以很短暂又特殊的方式出现。

　　又是巧合的相遇，我在澜沧江的许多个村落里行走时，遇到的民间艺人唱戏的居多，有唱民间吹吹腔的，有唱滇戏的，他们的唱词不同。平日里藏身的语言，在特殊而重要的日子里，变得太重要了。出现在眼前的只有他，我没有多问。是我无意间提到古戏台时，他说自己也是其中唱戏的人。在那些参加葬礼的人群中，还有他们戏班子的人，这是我们都能想到的，也是一问便知的。我们都不问。现场一片喧闹，大家的注意力早就不在戏曲之上，只有我一个人对那些人感兴趣。此刻，最适合的是与人们谈论那些纸扎，那些纸扎出现在了该出现的地方。如果把它们放在别处，我们都无法想象将怎样面对它们。唱戏的人，暂时成了他一个人。

我们试着想象，他一个人在戏台上表演，底下没有任何观众。他在唱给自己听，也在练习。唱戏的人可以练习，吹奏伴乐的人也可以练习。唯独作为纸扎艺人时的他，无法进行任何练习。他从小就跟着父亲和爷爷奔走于象图河边的那些村落，参加一个又一个葬礼。在葬礼上，他用了几十年的时间才真正成为纸扎艺人。在葬礼上开始练习？年幼的心灵开始意识到，从事纸扎就必然终生都要与悲伤为伍，就要努力适应人们因无尽的悲伤而号啕大哭的场面。他明显感觉到了自己的颤抖。要把那种因无法做到无视别人忧伤的颤抖慢慢平复下来，需要太多的葬礼。纸扎艺人见到了很多种死亡的方式，自然死亡、患病死亡、意外身亡，甚而是轻生者。众多死亡后面的肉身与灵魂，一个因癌症死亡的人，六十多岁，最后几天只能借助止痛药来缓解那种噬人的疼痛，肉身上已经基本没有肉了，他在苦熬着。众人在苦熬着。纸扎艺人看到他行将就木，就来到他家与他聊起了很多过往。过往有痛苦，也有欢乐，他们讲述的过程变得不再因为死亡的临近而忧伤。老人撑起身子感受着过往，也思考着死亡临近之时对于死亡的理解。他跟老人说，那些需要做的纸扎都不会少。老人离开人世，他和自己的伴就来到了那里。还有因心血管疾病离世的，他们中的一些人会给人错觉——他们慢慢在恢复，突然之间，他们便离开了人世；还有年纪不是很大，也是因为疾病的原因离世的，他们离开得很突然。

纸扎的老人有两个，一个人负责扎那些葬礼上的东西，一个人负责在那些物上面画上眼睛，画上嘴，画上鼻孔，画上眉毛，画上图案，写上文字。没有这个人的画笔，那些扎出来的物身份模糊。一个是在确定边界与维度，那些用绵纸做的东西都与亡灵有关。这也决定了我在拜访一些民间艺人时，他们创作的艺术无法恒久地存在。我们无法肯定艺术的恒久性问题。他唯一的办法只能是像白石江边的泥塑艺人那样，把自己的作品拍摄下来。泥塑艺人的作品，会给人长久存在的错觉，没有遭到人的破坏，那些作品就会存在很长时间，只有风吹雨蚀慢慢破坏着那些泥塑。对于眼前的老人，他的作品只能存在几天。我本来想帮他把其中的几种纸扎用手机拍摄记录下来。在面对着那些纸扎，同时想到纸扎背后的一些东西，便不再动念，我把原来拍摄的几张关于纸扎的照片悄悄删除了。他依然在认真地做着。一个是在确定身份。只有用毛笔在那些纸扎的物上标注，我们才能看出是人，是十二生肖还是其他。

一切都是用来焚烧的，一切都是摆放在棺木前和抬着去往墓地的路上，人们才会看到的东西。许多人只是看数量和种类，他们已经太过熟悉那个民间艺人，在他们看来，民间艺人每一次的创作并未与上一次有任何不同，不同的只是数量。当我出现时，我告诉自己，一定不能像众人那样看数量和种类。我面对的是民间艺人和他们所创作的民间艺术。它们就是一种民间艺术，只是它们的特殊性，让我们在面对它们时，很难做到纯粹地欣赏和品味。把目光放在上面时，莫名就会产生心理上的隔阂，我们要把那层厚厚的纸拨开，才能让自己真正地面对一种民间艺术。我们从一场葬礼中抽身，那种民间艺术具象化的形态又很难被我们捕捉，它们早已被焚烧。我们不可能见到民间艺人扎一匹纸马摆放起来，只为了供人欣赏。绵纸已经注定了这种艺术的用途和最终的去处。

在一场葬礼中，无论我怎么告诉自己，我都无法真正做到超脱于葬礼来面对那门艺术。当我从象图河边离开时，我只能在记忆中寻找它们的影子，并尽力描述它们。它们已经很模糊，无法被我描述。

戏班子，是一个群体。当他们出现在我们面前时，虽然有着各种各样的人，我们却只认识他。他也没有指给我们其他唱戏的人。他是个人。多与少，慢慢变少，直至无，这将是让人无比悲伤的过程。对于一些人而言，他们未必会因此而感伤。在别处，那是在弥沙河边，我见到了一群人，他们在练习，他们开始化妆，他们开始在那个古老的戏台上唱戏，戏台前坐满了观众，人们评价着那些人的表演。在这里，他主要依靠讲述。如果不是因为一场葬礼，关于他是一个纸扎艺人，同样只能借助各种讲述。沿着那些河流出现在那些村落时，我相信了众多的讲述，那些似真似幻的讲述。一些讲述的是世界神秘的部分，一些讲述的是现实与神秘的交互。

6

许多碎纸屑，五彩斑斓。风一吹，色彩就飞离地面。我拿着扫把扫一下那些碎纸屑。老人阻止了我，在人下葬之前，这里的风俗是不能扫，只能用火钳捡。用火钳根本无法捡干净。我们姑且只能习惯那些碎片经风一吹，又在风中凌乱。许多人已经习惯那样的场景。我真是第一次面对这样的情景，竟多少感到有些不习惯。当我离开之时，竟没有见到那个民间艺人的身影，本来我想跟他告别，并与他约定时间回来和他聊聊纸扎艺术。我真想了解一下这门我貌似熟悉，又根本不熟悉的民间艺术。老人的不在场，似乎也在隐隐暗示着什么。他已经完成了自己的任务。老人可能也意识到，葬礼结束那一刻，自己又将以另外的身份生活，一个农民的身份，或者是其他的身份。

我沿着象图河往下。那些风中的五彩纸屑，有些飘落到象图河的某条支流里。随着地理空间的不断变化，象图河开始更名。更名为马渡登河，更名为大龙河，然后汇入沘江。河流一直陪伴着我。在那个行程里，没有人跟我说话，就我一个人，我听着河流撞击河谷的声息，我看着河流清澈透蓝的样子。如果可以，那时我真有种冲动，在河流中清洗一下那几天身上沾染着的尘埃与污垢。真是一种希冀。我一直沿着河流往下，河流只是很短的时间会离开我的视线。到云龙县城，沘江的水一直是浑黄的，河流继续往下朝着澜沧江流着。

九

　　来到沘江和它的那些支流边时，我的目的很明确，对地理位置和与它有关的民间艺术都很清楚，而在其他河流边，一些民间艺术的出现往往充满了巧合意味，往往是无意的一种延伸。那些让我感到陌生的民间艺术，让我激动。吹吹腔艺术，我既熟悉又不熟悉，对它的认识同样充满了各种误读与想象。当我多次面对这种民间艺术时，我总觉得自己并未真正懂这种民间艺术。从澜沧江支流开始的行走里，有着对于河流与艺术不断认识的过程。

　　我们离真正的民间艺术很远，除了那些民间艺人，我们只能表达出自己面对它们时内心最真实的感受，而很多种民间艺术，往往给人的是感觉上的重叠与模糊。我们一直在努力表达着这些感受，至少我是如此。我已经无数次想通过河流与民间艺术来确定自我。只是当真正看到澜沧江（在这之前，我都只是沿着它的那些支流在行走），真正看到一些作为残片的民间艺术在旧州变得完整起来，也变得清晰起来时，我才意识到确定自己依然很难。

　　曾经，民间戏曲，它的主要功能是教化作用，真善美与理性。现在，它的这种功能至少在澜沧江和它的支流边已经被弱化，对于一些人而言，甚至已然消失。现在，我们面对它们时，它们的功能是审美。那些脸谱、戏服、戏台、唱腔所呈现给我们的东西，曾经培养了无数人的审美能力。很多时候，我绝望地意识到自己已经失去了某些方面的审美能力。我们很多人已经失去了审美与思考的能力。我混入人群之中。每当意识到自己感受力的贫瘠时，我在澜沧江边，似乎真正找到了沿着河流行走，沿着河流与民间艺术邂逅，沿着河流找寻那些民间艺术与民间艺人的真正意义了。

一个民间艺人开着一条船，船上是某个纸扎艺人给他扎的戏班子。他在澜沧江上漂荡，在澜沧江边带着那个戏班子给人们唱戏，不只是给世间的人们唱戏。民间艺人会在澜沧江上看到很多条船，他无法分辨哪些是真正的船，哪些又是纸扎艺人做的纸船幻化而来。我沿着那些河流行走时，内心的感受与这个民间艺人相近。

我们开始有了寻访一条河流源头的渴望。我也真正沿着澜沧江的支流行走，最终抵达澜沧江，并多次出现在澜沧江边。当出现在老挝的万象时，澜沧江不再叫澜沧江，它叫湄公河，它在泰国与老挝之间流淌着。河流变得更加宽阔。在旧州，我出现了两三次。南涧的小湾，我出现过。澜沧古渡，我也曾多次出现过，去见那些因为建电站被淹没后，复制在更高崖壁上的霁虹桥摩崖石刻。在面对澜沧江时，各种复杂的感觉可能会在瞬间一股脑儿地朝我们涌来。经过江顶寺抵达澜沧江边的那个过程，真夹杂着兴奋激动的晕厥感。曾经有一次，几个诗人沿着桥下的台阶往下走，很陡峭，很艰险，我不敢往桥下望澜沧江和他们。他们在那里引吭高歌，唱的是与江流有着紧密联系的杨慎的《滚滚长江东逝水》。我们翻越博南山，抵达澜沧江的过程中，杨慎的影子伴随着我们，还有其他的一些过往行人行走在这条路上。他们中的一些人与我们很相近，来到澜沧江边然后就折返，一些探险家和诗人却不是这样，他们跨过澜沧江，经过水寨，继续往前。最近一次出现在澜沧江边，是去临沧的邦东，我们在澜沧江边的一座茶山上喝茶。不远处是一个古渡口。澜沧江是浑浊的、奔腾的、翻涌的。

诗人在我们离开邦东的路上讲了一个故事，真实又虚幻的故事。

邦东这边，有一个乡长的梦想是成为船长，然后拥有一条船，在澜沧江上开着自己的船，自由自在。他知道要成为一个船长的艰难，他去很多地方学习驾驶船只的技术，他学会了开船。他还要学会造船，他要进入那些原始丛林中，找寻古老粗壮的树木，用古木造一条大船。他还未进入丛林之中。他也知道现在已经不可能去砍伐那些古老的树木了。诗人已经很长时间没有见到那个人了，他不知道那个人是否已经学会了造船的技术。在澜沧江边，你将会遇见形形色色的人。在澜沧江的支流边，我遇见了各种各样的民间艺人。

在西双版纳的景洪市，已是冬日，下了一场小雨，我们在泥泞中出现在了澜沧江边，一些施工的推土机不断挖掘着岸上的泥土，然后运往澜沧江的浅滩处，远近的江流都是浑浊的。黑惠江已经汇入其中，象图河已经汇入其中，沘江已经汇入其中，还有其他很多条重要的支流都已汇入其中，远远望着，我们能感受到冬日的澜沧江在急速流淌着，这与在旧州，或者是在霁虹桥边见到的近乎静止流淌的澜沧江不同。在景洪市的澜沧江边，我感慨很多，我是从澜沧江的一条几乎可以被忽略的很小的支流边来到了澜沧江的末端。

当我在江头看着象图河缓缓朝远处流淌时，我并未想象过自己也像是澜沧江的一条微小的支流来到了澜沧江的末端。我看到了一条河流从流量开始的变化，一条河流随着不断往海拔的低处流淌时的变化，世界在变化，河流边的植物也在发生变化，我的内心也在变化。

在澜沧江边，我待了很长时间。

澜沧江从云南流入老挝，它开始叫湄公河。在万象那些有着众多电缆线交错盘绕的街道上行走时，我最想去的是湄公河边。我们跟我们的翻译海勇说起内心的渴望，他带我们穿过一些街道，经过一个中国人建造的庙宇，再穿过小门来到一个热闹的集市，然后就是湄公河。

　　落日从泰国那边落下。

　　我们在老挝看着落日下的湄公河，壮观不已，那是源自纯粹的一条真正的大河，它给我心灵带来的震颤，久久不息。

沘　江

1

白棉纸上的脸谱，与在弥沙河边见到的滇戏脸谱图书不同。眼前的白棉纸，是单页单页的，已经有些泛黄。时间感的对比一目了然。白棉纸质地柔软，细细的绒毛轻触着那些脸谱，也轻触着一些人的命运悲欢。清代箐干坪剧团画在白棉纸上的吹吹腔脸谱，出现在了沘江边那个叫石门的小城里。在箐干坪村，我还将看到清代留下的古老戏服，几代人穿过的戏服，它们因为老鼠啃咬、虫蛀、受潮的原因，已经变得破烂和暗淡，它们被保存在戏台之内的箱子里。它们的破烂，反衬着它们真正的价值。我们在戏台上拿出了其中一件戏服，拿戏服的人小心翼翼，轻轻地把戏服铺在戏台上，许多残存的细部依然释放出夺人的斑斓。一些小圆镜铺满戏服，戏服里的金丝夹杂在其他丝线里，就像是要努力扯着某种时光与记忆。手工制作那样一件戏服要花的时间，我们无法估量。当出现在箐干坪时，我希望自己能看到一本古老的吹吹腔脸谱，我没能见到。我以为画脸谱时，人们就会拿出来，照着脸谱开始画。老人只是把颜料挤出来，让演员坐在画脸谱处，开始画着，所有的脸谱都已经存在于他的脑海中，他并不需要脸谱。与我见到的其他地方不同的是，在箐干坪的戏台上，还有一个专门画脸谱的地方。那个神龛上供奉的是画师唐伯虎。

石门，这个命名给人的感觉是坚硬。石门这个小城很小，在一个河谷里，沘江被挤压。沘江一年四季浑浊，有时它的浑浊是那种红土的色调。那种红色，总会让我们想到与生态破坏有关的东西。有时与生态破坏无关，一条高速公路正在修建，已经修了好几年，河流便一直浑浊。当我们出现在沘江边时，见到的许多经风化的石头是易碎的，两岸土质疏松，植被稀少，总会让人担心一个又一个雨季的持续破坏。世界并未如我们想象中的那般坚硬，世界也并未如我们想象中的那么易碎。那些脸谱被藏在一个比较隐蔽的空间，一个文物管理所。我喜欢那些具有博物馆特点的空间。我寻找着，找到了，我进入其中。这也只是我们感觉上的隐蔽。只有很少的人会对文物管理所的展馆感兴趣。文物管理所的展馆，有着博物馆的一些特点，或者可以说就是微型博物馆。我们身处的时代有着很多博物馆的特点，只是我们很难轻易察觉到，这是评论家提醒我的。那段时间，我正有意进入一些大大小小、形式不一的博物馆。我跟评论家说起了自己对于许多博物馆的直观感受，我想描述在博物馆中的感觉，一些诗学意义上对于博物馆的感受。

那些脸谱沿着沘江的支流往下，可能是一个民间艺人带着它们沿着河流往下，也可能是文物管理员带着它们，还有着其他种种可能。我对是什么样的人带着那些脸谱顺江而下特别感兴趣。只是在讲述中，事实早已变得扑朔迷离。我们能够肯定的是，白棉纸易烂，面对着已经不完整的脸谱，他们都小心翼翼。不完整的脸谱，也意味着吹吹腔艺术的不完整。当我们出现在沘江，一些民间艺人也会感叹，一些传统的经典剧目已经消失了。随着剧本的消失而消失，随着一些老艺人的逝去而消失。应该是在冬日，为了保护那些易朽的脸谱，适合在干燥的冬日沿着河流往下。它们在干燥的世界里给人的安全感与雨季不同。有时，我会无端想象着，那些脸谱在某个冬日的夜晚，无法忍受蛀虫的啃食和时光的残酷，以及艺术的落寞，它们从箐干坪那个村子里集体出逃，它们知道沿着河流的方向就可以抵达想要去的世界。它们在河流的流动里，捕捉到一些民间艺人的声息，它们也想登上澜沧江上那些由纸扎幻化的船只。

在沘江边的文物管理所，我擦拭了一下眼睛，才真正肯定自己看到了介绍文字中有"箐干坪村"的字样。箐干坪，我很熟悉，现在，那里有一个修复一新的古老戏台，还有一个民间戏班子。逆着沘江往上，再沿着那条叫箐干坪河的支流往上，就可到达箐干坪。我早已熟知这个村落的很多东西，这些脸谱我却是第一次见。如果没有进入那个文物管理所，这些残破的脸谱将会被我错过。我只会看到现实中被画在演员脸上的脸谱。箐干坪，像弥沙河边见到的那样，也有一个专门画脸谱的人，头发已经花白。他在画脸谱的神龛前虔诚地拜了拜，然后开始提笔画财神，画魁星，画赐福天官，画张飞，画吕布，然后画一些兵卒。

红色和黑色是那些脸谱最主要的颜色。脸谱就摆放在我面前，我一直想看的是画脸谱的那个过程，许多脸谱的区别往往是细节上的微妙调整，往往是眼睛、色彩和线条上的区别。从脸谱上看，就能轻易判断角色的善恶。善与恶的对抗永远是那些民间戏台上不会过时的主题。我们有时也会责怪脸谱的简单。我们也希望看到一些模棱两可的脸谱，我们只有沉浸其中，慢慢地才会发现人性复杂的一面。在与很多人对话的过程中，并未有人提到脸谱的单一与模式化，他们反而提到了脸谱在确定人物形象时的重要性。

脸谱上标着"沙僧""张飞""程咬金""五郎"等，我们熟悉这些更多是超脱于真实的角色，但这些脸谱变得让我们感觉很陌生。艺术的变形与创造。当看到这些熟悉的角色时，我多少还是有些失望，我以为在那些世界里，会有着独属于自己的角色（在真正对吹吹腔剧目有了一些了解后，才知道确实有一些被创造和独属于自己的角色，只是并没有在那些脸谱上得到体现）。当时的那种失望之感，与在高黎贡山中发现那些贝叶经上抄录的都是一些经典传说故事时的心情相近。当然，这也与我对这种民间艺术的误解有关。在我多次出现在这个村落，并与那些民间艺人之间有了一些情感上的联系之后，我的一些看法开始改变。那些同样抄写在白棉纸上的剧本，用汉字记录白语，汉字成了类似注音一样的存在。这样的记录方式，发生在了澜沧江的那些支流边，是没有文字的一种投巧。只是这样的记录，在民族语言因为河流和地理空间的稍微变化有了一些不同之后，很多外行人看不懂，才出现有个老人抱着一些手抄的戏本，奔波于乡村与城镇，呼吁一些人把它们整理出来的情形。老人深知自己离世后，那些看得见的戏本也将很难被人读懂，也将不可能再被人在古戏台上演出来。

在箐干坪村，因为我们之间的语言几乎没有多少区别，只要安静下来，我们就能听懂那些演员表演的民间戏曲。只是多少人又能在那种场合安静下来？其中一次，我专门选择在戏台两侧看，才知道他们是用汉话在唱戏。在春节愉悦的气氛中，内心会跟着戏曲内容的变化和民间演员的动情演绎，变得激动不已。有时，戏曲已经与我们无关，我们的内心抵达的是另外的世界。我无法肯定自己是否理解了那些戏曲。只是我能感觉到那些戏曲在舞台上表演时，里面有着对于美丑善恶的审视，我们能分辨出角色的好坏，也能分辨出美感。这是最会牵动人心的民间戏曲。我们也想在那些戏曲里看到迥异于这些已经固化的部分的东西，人性的复杂，古老戏台的一些细部，故事的不完整（就像那些斑驳的脸谱），作为背景的音乐（音乐同样很重要，特别是唢呐，吹吹腔又被称为唢呐戏）与演奏音乐的人，那些人的人生与命运。与很多民间戏曲的固化不同，我们想捕捉的是那些无法轻易被定义的东西，只是很难。我们只能从另外的角度来考量这些民间艺术依然在澜沧江的支流边存在的意义。

2

我要成为众多观众中的一个。我快速地奔跑着，气喘吁吁地冲入大姑家，喊了一声"大姑"后，全身瘫软，也顿时感到轻松。我的目的很明确，就是要过来看这个村落里每年都要唱的吹吹腔大戏。我说不清楚来看一场民间戏曲对自己的意义。它在我的记忆中，并未留下任何深刻的印象。只有去的那个过程，直到今日依然记忆犹新。那是多年以前，我对这种民间戏曲的了解不多，只知道那是我所在的村落里没有的。时间一晃多年，我对这种民间戏曲的认识，依然没有什么变化。那时，许多和我一样的人，都是为了来看一场戏而已。那时的我们，纯粹就是凑热闹。虽然只隔着一座山和一条河，但是世界的不同已经凸显。我混入那些观众中。有许多观众，他们中有一些人很明显看懂了表演的戏，他们频频点头，伴以欢笑，或佐以泪滴。我看不懂，那时的我，还有很多人，想要的只是那些喧闹的气氛，我们把目光从戏台上移开，去寻找一些玩伴。

多年以后的此刻，雪下了好几十天，雪很厚，村落后面山坡上的背阴处落满的雪还未化。依然要过河。那条河流的作用，在我过河的时候，更多具有的是审美上的意义，河流曲曲弯弯往上游延伸，雪色映入其中，很美。戏台出现，已经修复一新的戏台出现。古老的建筑，特别是戏台，人们在建造它的时候，既要方便表演，又要考虑它的审美。在讲述中出现的戏台，华丽且繁复，建筑的细节变得很复杂，木匠在上面花费的时间和精力远超我们的想象。作为木匠的小叔，带着他的徒弟，出现在这个村落，修复古戏台。墙体上的一些脸谱，小叔也无法把它们惟妙惟肖地画出来，还有许多细部，小叔也只能感叹自己的技艺还不能真正做到如实还原。小叔真正说出了内心的真实感受。我理解小叔，在黑惠江边的某个村落里，我看到了修复古建筑的人，他们描着墙体上的画，描得惨不忍睹，色彩发生了变化，线条发生了变化，人物和动物的眼神发生了变化，那些似乎从墙体上找出来的绒毛被粗暴地一笔勾掉，许多细部的东西都被覆盖了。小叔他们必须在大年初一前修复完，大年初二，开始唱戏。小叔在规定的时间完成了修复，只是这次修复的过程中留下了诸多让小叔不好跟人说起的遗憾。小叔跟我感叹，有些民间技艺并不会随着时间的推移变得越发精进。一些感觉和技艺，已经退化了。

3

在看到冬日澜沧江的那些支流时，我是忧郁的，那些支流把河流最惨淡瘦小的一面展示给人们。那是河流的秘密。一些人并不在意，一些人悲伤莫名，暗自感伤。冬日的河流，对于我而言，又是最安全的，我要沿着澜沧江的两条支流（黑惠江和沘江，以及由这两条支流繁衍出的众多支流）行走的计划，最适合在冬日完成。冬日里的众多生命，在凛冽的天气作用下，变得不再锋利与危险，一些虫蚁在冬日隐身。在冬日，我们可以毫无顾忌地出现在那些河流边，并在河流边驻足凝思，用思考来回应河流本身。冷涩的空气中，也适合思考。在雨季，在万物葱茏的季节，繁盛的绿色中蛰伏着各种生命。我是为了获得安全感，而有意避开雨季。进入苍山，我也有意避开了雨季，雨季万物葱茏的景象背后是说不清楚的安全担忧。这也注定，对这些支流的认识是带有偏见的。它们在我的世界里，只能是季节性的河流。这些河流边的那些民间艺术，也像在它们旁边驻足停留的河流一样，有了季节性的东西，里面有着与冬季的河流相呼应的东西。

当离开河流，进入村落，一些民间艺术开始变得与冬季的冷瑟萧条格格不入。当我出现在箐干坪时，感觉就是如此。世界开始喧闹起来，男女老少开始围坐在戏台前面，一切貌似是有秩序的，一切又是无序的。一切是无序的，一切又是有序的。戏曲的内容里有着诸多无序与有序的东西，它们掺杂在一起，为了让人们抵达某种有序。民间戏曲，在传达着一些基本的价值判断。我们很多人，在面对戏台时，变得无比纯粹，只是纯粹的观众，我们没能真正看懂那些戏曲，那些夹杂着汉话的戏，我们没能听清，那些纯粹的白语的戏曲，我们同样还是无法听清。

我们纯粹就是热闹的一部分，戏曲与我们无关，又与我们有关。我已经忘记了那些河流。在看到那些同样已经遭受虫蛀的戏本时，我是忧郁的。我身处一个容易滋生忧郁的世界之内。当世界被抽丝剥茧，留下戏台、唱戏的人和戏本之时，我变得无比忧郁。我会在一知半解中，臆测民间艺术的命运，也臆测与之相关的那些人的命运。

我成了悲观主义者，莫名的悲观主义者。当自己也汇入那些喧闹的人群时，才意识到自己的一些担忧貌似多余。他们的生活与我无二。有时，反过来是我羡慕他们，他们有着平淡却精彩的生活，他们还有着民间艺术。民间艺术让他们成了更加丰富更加有棱有角的人。如果赵四贵忧郁了，他一定是因为生活的压力才变得如此。唱戏之时，对他而言，他是放松的。我看到了那些民间艺人，在唱戏之时，是放松的，他们在舞台上不用藏掖自己。还有对世界思索太多的人，也无法避免自己会忧郁与焦虑。我们也知道，世界远远不止有戏台、唱戏的人和戏本。我羡慕在唱戏那几天里，很多人就是纯粹的演员，观众同样很纯粹，大家抬了凳子，有些人甚至就席地而坐，无论懂与不懂，都已经融入其中。

我们把注意力集中在华丽的戏服上，还有不一样的脸谱以及他们手中拿着的那些东西上，童年的视角就是这样。我感到不可思议的是，一些人在日常生活中容易羞赧拘束，当他们出现在舞台上时，他们变成了另外一个人，也应该是需要改变了，那时他们不再是自己。当从戏台上下来时，他们又从饰演的角色回到现实之中。即便是现实，也足以让他们有回味的时间。大家都沉浸在演戏带来的欢乐中，评价着赵四贵的表演，点评着其他人的表演，那时的大家都是对民间戏曲貌似深有研究之人。唱戏，也在改变着唱戏的人。他们从舞台上下来以后，我们看到了其中一些人在发生着变化。是白棉纸上，手抄下来的戏本，被人们轻轻拿了出来，里面有着众多唱戏的秘密。

一些古老的戏本不再被翻开，它们被放入类似博物馆式的空间里。

我就是在那个文物管理所里，被或是破碎或是完整的脸谱惊醒。一开始我并不在意，当看到脸谱下标注的村落名时，我的一些记忆开始纷纷扬扬地回来，童年的记忆也被唤醒。在那个像博物馆一样的空间里，我停留的时间不算短。脑海里瞬间蹦跳出来的要去的村落，就是要沿着沘江一直往上，再沿着沘江的支流，也是澜沧江的支流，抵达的箐干坪村；也可以用类似的路线，抵达的另外一个村寨——大达村，那里也有着很多民间艺人，他们与赵四贵他们很相像。他们面临的困境很相似，他们在世界中的位置与角色是一样的。我还不曾去过大达村，这个村在父亲和小叔的口中经常出现，他们说到了戏台和唱戏的人。那是一张照片，有些人穿着戏服，有些人还化着妆，有些人拿着唢呐和锣鼓，很少的人穿着普通的服饰（他们的身份可能有好几种），他们的神情或拘谨，或放松，他们照相的位置是古戏台上。我很想出现在那里，看看那个古戏台，也想认识那些男女老少都有的戏班子。

4

我找到了民间戏曲与河流之间的一些联系。那些民间戏曲在那条河流边开始上演了。那些民间戏曲在时间长河中存在的样子，也像极了河流的形态。我们看到了和箐干坪河一样的支流，不断改变着河床，也在流量上不断变化着，变得很小，在宽大的河床里，被那些白色的沙石模糊。河流在一些河段被模糊，在一些河段又突显出来。那条河流继续往前，汇入沘江，然后汇入澜沧江。

当出现在澜沧江边的旧州时，箐干坪村里被演绎的戏曲与旧州之间的联系，就像是支流与大河之间的那种联系。除了箐干坪，还有大达村，在大年初一都会开始戏曲表演。两个村落很相似。那些民间艺人，在各自的村落里表演着，到了特殊的日子，他们会出现在旧州，同样是表演，只是对于那些民间艺人的意义完全不同。当出现在旧州时，我一个民间艺人都没有看到。在平日里，他们的身份与民间艺人无关，只有在那些特殊的日子里，作为民间艺人的身份才会再次被唤醒。我进入了那个吹吹腔艺术博物馆，我在里面一个人听着一些被录制好的戏曲，语言变得很模糊，有些是白语，有些是汉语。赵四贵多次出现在了旧州的那个戏台，那个戏台比箐干坪的戏台大很多。在旧州画的脸谱与在他生活的那个村子里画的脸谱之间，还是有着一些细微的差别。每年，在旧州，会有一次画脸谱比赛。画脸谱的人跟我说，需要漫长时间的淬炼，才能真正画出白棉纸上留下的脸谱。画脸谱和雕刻面具有些不同，卸妆时脸谱被河流扯成各种斑驳的彩色碎片，色彩在河流中洇染开来，然后彻底消失。我多次在热带河谷见到雕刻面具的人，面具被挂于热带河谷，在风中飘荡，让人心生恐惧。脸谱和面具，代表着灵魂的不同状态，一种依附，一种飘荡。除了画脸谱的人，离世的还有一些唱戏的老者，那些老人真是跳得好又唱得好，赵四贵发自肺腑地这样评价道。里面有他的师父，有他的父亲，只是岁月不只夺走了他们的生命，还夺走了他们个人的符号。

一个吹吹腔艺术博物馆，是另外一种保存民间戏曲的方式。在旧州，两种保存方式都有。在箐干坪那个村寨里，只有一种保存方式，那就是在戏台上继续唱着。赵四贵说自己已经学了十多年，也耳濡目染了十多年，但其中的一些东西，自己依然很难表达出来，他还不能算是一个真正的表演者。一些东西在消失，随着那些肉身的消亡而消失。杨华说自己看到了那些最古老的戏谱。戏谱的残破，与戏服的残破相近，残破之后，一些东西再也无法被修复。当看到那些残破的戏服时，一些老人难过得眼泪纵横，赵四贵见到了那些老人对于戏服和戏谱的看重，他们的情绪让人动容。一些外来人，出现在这个村落，拜访了那些老人，想把那些戏服买走，出价很贵，都被那些老人婉拒了。后来发生了古老的乐器被盗事件，人们又想起了那个来买戏服的人。在兵荒马乱、盗匪猖獗的年代，唱完戏后，古老的戏服和乐器被放入箱子，箱子被抬到村子对面的悬崖上藏起来。那些破烂古老的戏服，被放入一个箱子里。他们换了一批新的戏服。村子里已经没有人会做戏服了。

在箐干坪村，很多老人已经不在，这也让我在进入这个村落时，有着强烈的不信任感。那种认识里充满偏见，我甚至觉得赵四贵与其年纪差不多的那一拨人的表演，远远达不到那些老人曾经表演的水平。这确实是偏见。当我再次出现在箐干坪村，所剩不多的几位老人只是教年轻人，他们并不上台。那个彩排的现场，赵四贵表演的是一个小兵，与他搭戏的是一个大将，两人的穿着，一个很简朴，一个很华丽，一个简单，一个繁复。我对角色和服饰，并没有任何偏见，角色并无大小。他们还未画脸谱，从服饰上也可以判断他们要演绎的角色。彩排结束，真正的表演开始。那些年轻人记住了唱词，再不需要有人在戏台两侧为他们提词，他们的神态、动作、唱腔，让戏台边的那几位老人频频点头，感到欣慰。得到那些老人的肯定，就已经意味着很多东西。我确实应该抛开偏见了。

赵四贵和其他很多年轻人，在春节前几天，从城市回到村子，一起排练几天，然后正式开始表演。更多时间里，他们被时间的重压压得喘不过气。我们曾多次在下关那座城里相遇。我们基本不会谈论那些戏曲，我们谈论的是生活。当我突然想和他好好谈谈这种民间艺术时，他回到了村子里，他说在下关这座城里，找不到相对轻松一点的活。他要在村子里待上一段时间。这段时间，与戏曲无关。受到疫情的影响，他们已经有三年多没唱戏了。三年过去，他们也基本没有时间聚集在一起练习。一些东西，在没有练习的情况下，很容易就变得生疏。赵四贵感觉到了自己与老一辈的民间艺人之间的差距。他印象深刻，老一辈的人，一年里总会有一些时间，在烛光下聚集在一起，小心翼翼地打开那些白棉纸，开始练习。

现在，只要表演，最不缺的还是观众，每个观众在看那些表演时各取所需，一些人被华丽的戏服吸引，一些人被古老的唱腔吸引，很多人纯粹就是为了喧闹。曾经，一些戏曲的内容，会改变观众。此刻，对于戏曲的作用，我已经不敢肯定。戏如人生，人生如戏，人们有着这样强烈的感觉。我们会有一些隐忧，如何才能真正把吹吹腔保留下来？这是一个问题。只要在戏台上继续被表演着，它们就不会消亡。

戏班子在不大的范围里辗转，奔走，他们想让自己的足迹再拓宽一些。只是他们唱的地方戏，汉语和白语交杂，只有很少的人才能看得懂。在面对这些民间戏曲时，我们又真需要看得懂才有意义吗？是有一些戏班子把范围拓展到了一些发达繁华的城市。当语言和唱腔在现代化的建筑里发出一些回音时，只有演员和不多的人听得懂。一些人会专门过来看一场戏，里面夹杂着复杂的情感。陌生的声腔飘荡在偌大的空旷的舞台上。不只是听者激动，戏班子的所有人也都很激动。那种激动里暗含的深意，只有在时间洪流中奔突的他们，才深有体会。我们作为观众，能做的就是细细地品味咀嚼，看是否能在一种地方戏曲中找寻到自己想要的东西。

我出现在澜沧江的支流边，那些支流发出的是微弱的声音。那是雨季还未到之时，是秋末，是冬日，是春初，这样的时间变化里，似乎我为了这种民间戏曲已经多次去拜访那些民间艺人，事实并不是这样。我的出生地同样也是澜沧江的一条支流边，我对沘江很熟悉，我闭上眼睛，一条河流就开始流淌，河流的声息与我的内心遥相呼应，河流在调整着我的心跳。对于一条河流的变化，我是无力的。

我熟悉沘江，却不熟悉沘江边的那些民间戏班子。我开始有了与他们之间真正发生联系的机会。在很长时间里，我已经把他们忽略了，他们就像洪水一样从我的世界中退去了。关于他们的记忆，正在一部分一部分地消失，先是消失了一个人（确实有一个老人去世了），然后是第二个人消失了（又有一个老人去世了），最后是一个群体消失了。记忆像极了一个人的衰老，一部分一部分地开始衰老，还会一部分一部分地消失，如头发、牙齿、视力、力气等。重新面对他们，感慨很多。我是在重新拾起一些记忆。没有人会在戏台上等着我。如果能在戏台上遇见他们，那纯属幸运。他们习惯的是在古老的戏台上，或者就在临时搭建的简陋舞台上，观众能听得懂他们唱的内容，观众时而会发出一些感叹，或是毫不掩饰的笑声。

赵四贵跟我通电话，说他们将要去往某个地方演出，已经有三年多时间不唱了，戏班子的所有成员都很激动。戏神已经三年没被接回古戏台上的神龛了。在这三年里，他们也不曾进行过任何练习。他们开始临时集中在一起，一些外出工作的人，也纷纷回来，要先在一起重新找找过往的感觉。这三年里，如果有练习，那也只可能发生在人们的梦里。是有人在梦中不断进行练习，也在梦中不断往返于各种地方。

时间又过去了大半年。春节来临，箐干坪村开始热闹起来，古老的戏台上又将开始唱吹吹腔。沉寂了三年的戏台，已经修缮一新的戏台。人们去庙宇里把戏神接回来，戏神摆放的地方正对着戏台。娱神娱人，无比庄重。为数不多的几个老人在戏台上教年轻的人唱戏。还有一个老人，要照看自己生病的妻子，不能出现在戏台上。过来看的观众超乎我的想象。

5

当我在雨季出现在沘江和它的那些支流边时，那些支流开始涨起，它们同样是让人忧惧的。尤其是今年，雨水连日不停，这是让母亲的内心都惊惧不已的雨水。我们习惯了沘江流到石门时的浑浊，却没能习惯沘江的水涌上堤岸，水还将那座久已不用的铁桥淹没，淹没了好几天，水位才回落了一些，铁桥才再次露出了悲壮景象。在这样连绵潮湿的天气里，那些民间艺人暂时忘记了自己民间艺人的身份，他们面对着的是许多路在塌方，一些桥被冲走。他们中的一些人聚集在火塘边，唱几句，浑厚的嗓音里，充满感伤。暂时没有时间去思考民间艺术的问题，现在要思考的是如何生活。当我出现在他们面前，我把他们从现实中拖到了另外一个世界。他们开始变得心绪复杂，开始讲述着这门民间艺术。

有一段时间，我出现在各种各样的博物馆，也出现在那个吹吹腔博物馆，同样印象深刻。那是无意间出现的。当我开始关注吹吹腔这门民间艺术时，我有意再次出现在了那个博物馆。博物馆存在的意义，便是把一些东西放入其中，一些静物（像戏服，像乐器，像照片。那些戏服不会再有人去穿，有古老的戏服，破旧却华丽的时间底色，现代的戏服，一些东西在发生细微的变化，比如针脚、图案。乐器同样有着古老和现代的区别，我们将看到音乐在吹吹腔中的重要性。一些人只剩下照片，我们只能通过现实中的一些场景，来想象民间艺人开始穿上其中的一种戏服，化妆，音乐响起，穿透时间的声音开始在古老的戏台上唱响），一些可以储存的声音（一些民间艺人逝世之后，有些声音被存在了那里，一些人把录音机打开，戴上耳机，或浑厚或悲戚或喜悦或清越），一个似乎不需要人守护的空间（当我们进入其中时，木质的门是开着的，可以随意进出其中，我们知道那只是错觉。那天确实没有讲解的人，也没有工作人员出现，就像是为了制造一种与民间艺术形成平衡的吊诡气氛。许多人对这门民间艺术是漠视的）。

我打听着一些唱戏的民间艺人，我想见见他们，却见不到他们。除了已经离世的那些人外，我出现在旧州的那几次，他们都不在旧州，这是不可思议的，也是根本不可信的，唯一的可能是我故意不去打听那些民间艺人的下落，是我故意把他们从我的叙事里移走。我想虚构一些东西，也想营造一些适合的氛围。当我们出现在吹吹腔博物馆，民间艺人已经消隐，他们以另外一种方式存在着，以声音、以照片的形式存在着。我早已熟悉他们，把眼睛一闭，他们就在脑海里浮现，把眼睛睁开，他们就成了我的眼睛。在我沿着澜沧江的那些支流行走的时间里，我与其中的一些人相遇，也真正见到了他们在戏台上的表演，但当我出现在许多民间艺人同样也无比向往的旧州时，戏台是空落的，我们只能进入吹吹腔博物馆里了解一门民间艺术。在其他的时间里，戏台上会聚集着众多的民间艺人，唱着丰富的剧目，也有着很多观众，那是我们希望看到的活态的艺术。当我们从博物馆走出来，我再次确定了让人觉得不可信的还是博物馆的门是开着的，工作人员暂时也不见。在那一刻，还有一种可能，似乎意味着的便是这种艺术在更多时间里，需要凝视。面对着那些戏服、脸谱，还有录制下来的声音，要听的话就把耳机戴起，把开关打开，一些传统的曲目开始把河流的喧响遮蔽，需要过滤一些声音，才能听清那些真实的声音。让一个民间艺人给你清唱几句，或者伴着音乐独唱一段，在博物馆里一个人听上一段，与在聚集着众多观众的喧闹场合所拥有的感觉完全不同。我听过一些人的清唱。

最终一切归于沉寂，最终一些声音被寂静吞没，最终一切就像远远被我们望着的澜沧江，它是平静的，它是波澜不惊的，只有它的色调是浑黄的，与旧州本身的那些正在繁殖满溢的绿色不同。在洪水泛滥的季节，澜沧江的流量已抵顶峰，它的破坏力，它裹挟泥沙与其他事物的能力，都让人望而生惧，它的真实需要近观。许多人在慨叹，在世的那些老人都不曾见过今年的雨水之多、河流水量之大，以及洪水对于河床的冲刷之深之广。在许多河床边开始发生坍塌，植物和沙石被卷走的时段，我真正沿着象图河，然后沿着象图河汇入其中的沘江往下，然后沿着沘江汇入其中的澜沧江走了很长一段路程，直到澜沧江隐入群山之间，直到路不再是继续沿着澜沧江往下为止。

我的沿河行，暂时告一段落。我的行程最终堕入的是无尽的平静之中，而不是一直想象的会是一场吹吹腔表演制造的无比喧闹中。一些人正准备着一场吹吹腔表演，许多民间艺人都在等待着再次出现在旧州。当他们出现在旧州之时，雨季已经过去，澜沧江的水将变得清澈透蓝。当十月出现在旧州时，一开始我的想象里，自己将见到的依然是浑浊的河流，沘江的浑黄将融入其中，我看到的却是那些挟带着泥沙的浑黄被澜沧江稀释。雨季似乎还未真正过去，澜沧江就早已不再是那般浑黄和不安了。我们在它的清澈与平静中，谈论着一些民间艺人和一些民间艺术。在旧州，远远地望着澜沧江，平静、清澈、幽蓝。一个关于吹吹腔艺术的节日正在举行。与在吹吹腔博物馆的所见不同，也与在这个季节出现在沘江以及它的支流边所见不同，世界暂时忍受不住静默的一面。但我们都知道民间艺术的喧闹只是它的一面。它们又将回归静默。他们又将暂时把戏神送回庙宇，直到一些特殊的节日来临。在旧州，由于河谷气候的原因，即便是在冬日，世界也不是枯索的。我看到了河流的各种形态。我看到了澜沧江的各种形态。我看到了民间艺人的各种状态。

沿河行（代后记）

沿河行，暂时告一段落后，我开始回想这段至少于我而言有着很大意义的行程。几年以前，我就多次跟一些友人说起自己的沿河行计划，要沿着澜沧江的一些支流行走，要看着它们真正汇入澜沧江。其实很多条支流，我都没有目睹它们汇入澜沧江。黑惠江汇入澜沧江时的样子我没有见到。银江河和黑水河从哪里流入澜沧江，我是通过别人的讲述知道的。完成沿河行计划的过程，充满了荆棘与变数。我成了漫游者，我想起了曾经在怒江边漫游的诗人，也想起了在热带丛林见到的那些漫游的僧侣，还想起了那些在高黎贡山中行走的探险者，我无法与他们相比。相较于那些人，我的行走，很多时候没能像他们一样深刻，至少在用时用力上我就无法与他们相比。我想成为他们那样的漫游者，对河流和植物很沉迷，他们采撷各种植物的标本，他们同样在那些河流边关注着灵魂的洁净与人类的命运。我在关注河流在不同时间的各种形态的同时，也在关注着那些民间艺术，以及民间艺术背后的民间艺人。当回过头来慢慢审视，就会发现我只是了解了那些民间艺术的表象。许多民间艺人被河流冲刷，成为无名之辈，他们以这样的方式完成了关于人生与命运的注释。当他们知道我把他们当成采访对象之时，他们是否也曾有过一些希冀，至少不会成为无名之辈。他们定然是失望了，很多时候，他们把名字告诉我，我却没能真正把他们的名字记下，甚至在一些时候，我还有意把他们的名字隐去，名字背后的个性随着名字而消失，他们成了一个群体。对此，我深感不安。群体重要，还是个人重要？表象重要，还是深层重要？我没能清楚地回答这些问题。在我模棱两可的表述中，我是在回避自己在做一些田野调查过程中的粗心与不深入。如果我再深入些，我再把时间拉长些，至少不要显得如此匆匆，那些民间艺人和民间艺术给我呈现的又将是另外一种模样，我对于民间艺术的认识也将有一些不同。

在沿着澜沧江支流行走的过程中，我无比依靠那些讲述，我信任那些在一些时间里呈现给人的是不真实的、神秘的讲述。那些讲述方式，会让世界偏离我们所看到的平静与真实，会把世界的黑夜照亮，那些讲述里掺杂了让人信服的虚构（我们不曾怀疑过那些讲述中的虚构色彩，我们反而被那些虚构的色彩深深吸引）。如果有机会的话，我还要沿着真正的澜沧江行走，至少要花上一两个星期（一两个星期，其实并不是很长）。沿着澜沧江行走的计划，还没有付诸行动，很有可能会搁浅，我意识到自己已经很难有那么长那么集中的时间来完成这样的计划了。

有个友人多次问我是否开始了沿着澜沧江支流行走的计划，每一次我都说正准备启程。几年过去了，我还没有真正启程。友人专门给我寄来了一本笔记本，一本封面色彩蓝绿相杂的笔记本，友人说那是河流的色彩之一，那本笔记本适合随身带在身边，随时可以记录下沿河行的所见、所闻、所感。我知道必然要开始沿河行的计划了。有时是自己一个人，但更多时候是一些友人陪着我，一个人面对着那些民间艺人总是让我感到很恐慌。他们在面对着我们时，心情是否也是如此？

我真正放下一切顾虑，选择在冬天开始了沿河行的计划。这与选择在冬天进入苍山的考虑是一样的，总觉得冬天会比其他季节安全一些。特别是与河流联系在一起后，雨季沿着澜沧江的那些支流行走，确实不是那么安全，必然要发洪水，偶尔也会有一些泥石流发生。回顾这一两年的沿河行，我不仅仅是在冬季沿着河流行走。要看到河流的万千姿态，别的季节同样也要出现在那些河流边。笔记本被我随身携带着，上面记录着我不多的几次沿河行的只言片语。现在那本笔记本被我放置在书架上。我把那本笔记本拿了下来，再次打开，一些沿河行的记忆奔涌而来。很多时候，面对着河流时，内心总是莫名激动，多年以后，才真正意识到那是一种天然的情感上的依恋感在起着作用。我生活在澜沧江的一条很小的支流边，只有在雨季，它才会让我们无法忽略它，雨季一过，河水一落，空落的河床，满目凄清。当有一天，我沿着那条河往下走，看到了几条河流汇在一起，继续往前，然后汇入了沘江，沘江继续往前，流经宝丰古镇，流经大栗树，然后真正汇入澜沧江。当某一天，我出现在老挝万象时，澜沧江早已成为湄公河。有人问起我的来处时，我开始跟他们讲述，自己生活在湄公河上游，我见到了这条河流在源头时的模样，我无法忘记那些湿地上流淌出一条小溪流时，内心的那种激动。我是为了去寻找一条河流的源头。一些命定的东西开始起着作用。澜沧江的许多条支流开始出现。

我的沿河行，并未真正结束。这与我出现在苍山中几年后，依然觉得那样的行走还会持续下去一样。当那些支流汇入澜沧江，我自己好像也成为了一条又一条的支流，那些支流就像是我的多个分身。在澜沧江的那些支流边，曾经有一些祭师，他们有着分身的能力。现在还是否有着这样的人，我本想到处去打听，最终没有去打听。如果这样的人还有的话，我又将如何面对他们？那或许只是作为梦想者的传说。我也曾在梦境中多次沿着那些河流行走。我在沿着那些支流行走时，发现河流以及沿岸的一些东西，与我梦到的很像。那时，我也在怀疑是否自己的一些分身，早就完成了我计划多年的沿河行。

《沿河行》那本书对我的影响，持续了好几年，我也想通过自己的行走，把那本书对我的影响抛在一边。我知道如果没有真正把那种影响抛开的话，我的沿河行里将有着太多他人的东西，那我的沿河行的意义又将残存多少？我开始在脑海里回忆《沿河行》真正对我的影响，却又无法清晰地说出来，最终我意识到这本书对我的影响，已经渗透到那些对于河流的感觉之中。书的内容，成为碎片，被现实中我曾到过的那些河流的水声吞没，成为河流撞击江中或者江岸上的岩石后的点点浪花，美丽又转瞬即逝，消逝后又重新生发。河流继续不断击打着沙石，河流继续改变着河床。我无法回避这本书对我产生的那种深远影响，至少它让我产生了一个沿着澜沧江的支流不断行走的计划和渴念。

我从白石江开始了我的沿河行计划。我应该是从大家公认的黑惠江的源头开始了自己的行走。我并未有着这样的执念。沿着河流行走，未必一定就要从源头沿着河流往下抵达河流的终点。我迷恋那些巧合的行走。巧合的行走，总会给我带来许多在这之前未曾预设过的东西，陌生的世界就在这样巧合的行走中展现在了面前。面对着陌生世界带来的那种诡异之美，我在河流边可以丝毫不用顾忌地尽情释放着自己的情绪。我可以变得无比矫情。在那些矫情中，我也变得无比真实。在这些河流边，我多次再次成为了男孩，再次短暂地拥有了纯粹的自己。让河流成为内心的河流。对河流和旷野充满渴望。河流会给我一些启示，我用那些河流来找寻自己生命的方向。在经历了生活的起落，经历了在不同世界的辗转之后，很多时候，我和很多人一样，已经失去了那种对于河流的关注。无论是在这之前，花了好几年出现在苍山中，还是这几年沿着这些河流的行走，都是努力想通过行走找回对于自然的感觉。认识河流，也是在认识自己。

那些河流边的民间艺人，完全是无意间进入了我的视野。一开始，我把沿河行的计划想象得无比纯粹，就是沿着这些河流行走，能不能把行走时的感觉转化为文字，也没有那种急迫的渴望。我出现在了某条河流边。就在那条河流边，我想起了曾经有人给我讲述过，有个民间艺人把他带到了河流边，开始讲述他们的民族神话和史诗，当那些源自远古的讲述混入河流的声息中，一些东西开始变得无比神秘。当我在脑海中，再次想象着这样的场景时，内心无比激动。我开始想到了第一个民间艺人，我开始想到了一群民间艺人，他们的身影与他们生活的河流，与澜沧江的那些支流之间产生了一些联系。他们中的一些人开始沿着那些河流出走，最后等到老去再也无法从事那些民间艺术时，他们又开始沿着河流回到自己的故乡。我选择采访的那些民间艺人，他们中只有很少的人是年轻人，也只有那些为数不多的年轻人常年外出打工，别的人在我想采访时都在，只是我不知道以什么样的方式面对他们，我的许多采访是无效的。许多民间艺人沉默寡言，我同样不知道该如何才能把他们的话匣子打开。往往是和我一起去的友人，他们与那些人相谈甚欢，我努力从他们的交谈中捕捉一些自己想要的东西。

我以沉默之身面对沉默之影。他们打开了关于泥塑的相册，他们打开了珍藏他们艺术品的木箱子，他们现场刺绣，他们现场唱戏，他们以独属于自己的方式给我展示着他们从事的那门民间艺术的魅力。很多时候，面对着他们的沉默寡言，我并没有感到失望，我理想中的民间艺人的形象就是那样。时间的流逝只改变了他们创作的那些民间艺术，没能真正改变他们。在与他们的不断接触中，我却有了一些变化。我是有了一些变化吗？是有了一些变化。有一段时间，当一些人跟我说起那些民间艺人时，我总会很激动。在一些时间里，我把河流忘记了。我却没能把那些民间艺人遗忘。他们的人生与命运，以及他们从事的民间艺术，总是吸引着我。当离开他们，我的返程往往要与澜沧江的那些支流产生联系，我又重新看见了那些河流。